新潮文庫

国銅

上巻

帚木蓬生著

新潮社版

7894

国銅

上巻

1

その年、天平十五年（七四三年）の暮、長門《ながと》周防《すおう》地方は例年になく雪が多かった。奥行二間《にけん》、間口《まぐち》六間《ろつけん》の茅葺《かやぶ》きの人足《にんそく》小屋にも、一晩に一尺程の雪が積もった。地面を掘り、柱を立てて木組みをしただけの掘立小屋は、二尺の積雪の重みには耐えられない。半月前には、夜間に雪落としの作業を怠った小屋の屋根が落ち、下に寝ていた人足全員が生埋めになる事故があった。幸い異様な音を聞きつけた隣の小屋の人足たちが飛び起きて救出をしたため、死者は出なかったものの、足の骨を折った者二名、肋骨《あばらぼね》を折った者一名の負傷者を出した。

「国人《くにと》、起きろ、交代だ」

耳元で言われても一瞬何の事か分からず、国人は手で顔の前の邪魔者を払いのけて寝返りをうった。しかし今度は胸元を揺すぶられ、ようやく目が開く。汗臭い猪手《いて》の髭面《ひげづら》がすぐ近くにあった。

「お前の年頃では眠たいだろうが、これも役目だ。いいな、火の前で居眠りするな。時々は外に出て雪の積もり具合を見張れ」

猪手は国人がゆるゆると起き上がるのを待って、入れ違いに藁布団《わらぶとん》の中に入り込んだ。国人は目をこすりながら藁蓑《わらみの》を背中に負い、草鞋《わらじ》をはき、小屋の隅にある火床《ほど》に腰を据えた。まだ眠気が残る頭は石のように重かった。そのまま火の傍に横になれば寝入りそうだったので、戸口の莚《むしろ》をかき上げ外に出た。

闇《やみ》の底だけがほの白く光っている。雪をひと握りすくって、顔をぬぐう。その動作を三、四回繰り返して、やっと頭が軽くなる。念のために屋根上の雪の厚さを確かめた。一尺より少し深い程度で、この雪の降り方ならば心配はなさそうだ。夜が明ければ、人足のうち二人が残って雪落としを命じられるだろう。できれば国人は山に行くよりもその役につきたかったが、足腰を痛めている者か持病持ちが、選ばれがちだった。

国人は恨めしい気持で北の方を見やる。漆黒の闇の奥には榧葉山《かやばやま》があるはずだった。毎日そこの中腹まで登り、穴の中にはいり、松明《たいまつ》の薄明かりの下で日がな鉄鎚《てつつい》をふるい、岩壁を砕かねばならなかった。砕いた石はまた自らの力で背負子《しょいこ》に入れ、切口《きりくち》近くまで運び出す。何十回か往復し、もう精も根も使い果たした頃、労役終わりの号令がかかった。穴の底から這《は》い出すと、既に西の空は茜色《あかねいろ》に染まっている。朝の暗いうちに小屋を出て、夕暮に小屋に戻る生活では、日が瞬時拝めるだけでも有難かった。事実、年配の人足の中には、朝日や夕日に遭うと必ずその方角に向かって手を合わせる者もいた。当初は合掌の所作《しょさ》を奇妙だと思っていたが、ここ、奈良《なら》登《のぼ》りに来てようやく一年たった今、気持が理解できる。

目をこらすと、山寄りに赤い灯がいくつかちらついているのが見えた。動かないところからすれば狐火《きつねび》でもない。釜屋《かまや》の火だと思い至る。掘り出した璞《はく》石を砕き、薪《たきぎ》と交互に積み重ねて燃やし焼鉑《やきはく》を取る場所だ。いったん火入れをすると、ひと月燃やし続ける。やはりそこにも寝ずの番がいるのが心強く感じられた。

戸口をくぐって小屋に戻り、火床をのぞいて国人は胆を冷やした。火の勢いがなくなり、底に火種が残っているだけだ。慌《あわ》てて火種に息を吹きかけ、藁を折って乗せ、その上に細い木片を置いた。ようやく火は勢いを増し、木に燃え移る。しかし煙を出すと寝ている者が咳込《せきこ》んで、怒鳴られる。少し大きめの枯枝を選んで用心深く火の上に重ね合わせた。火勢は思いどおりに大きくなった。

奥の寝床にいた人足がひとり起き出して戸口から出て行き、厠《かわや》で用を足し戻って来る。眠気を断ち切るのが嫌なのだろう、国人の方には眼もやらずに、そそくさと元の位置に戻った。

兄の広国《ひろくに》はその三、四人向こうに寝ているはずだ。弟が見張りについていることには頓着《とんちゃく》せずに、ぐっすり寝入っているに違いない。それくらいに兄は働き通しであり、この一年の苦役に国人が持ちこたえられたのも広国のおかげだった。

璞石を入れた背負子を担《かつ》いで狭い坑道を行き来するのは、新参の国人にとってたやすいことではなかった。日の初めのうちは足腰が重みに耐えられていても、午《ひる》が過ぎ、未《ひつじ》の刻《こく》、申《さる》の刻になるとふらつき出す。暗がりにさし渡した板を踏みはずせば、岩の割れ目にそのまま落ち込み、肉を破り、骨を砕いてしまう。息を継ぐ口からは、ねばっこいよだれが垂れ下がった。そんな時、広国と行き合うと、空になった自分の背負子を脱ぎ、国人の背負子をひょいとはずして自分の背に担《にな》い、また急ぎ足で切口の方に向かってくれた。

人足の中で一番年端《としは》の行かぬ国人が一年間、掘場《ほりば》の課役に耐えられたのは、そうした兄の無言の助力のお蔭《かげ》だった。

ひょろ長い体軀《たいく》の国人と違って、広国は首も腕も脚も太かった。その兄が口をきくのは稀《まれ》だった。軀《からだ》を動かしているときはもちろん、骨休めのときでさえ、岩に背をもたせて他の人足の話に耳を傾けている。だから国人にとっての兄とは、その敏捷《びんしょう》な軀の動きと、〈気をつけろ〉〈それでよし〉〈よくやった〉と告げているような目の動きであり、長々しい説教の類《たぐ》いとは無縁だった。

それは三年前、長門一帯を襲ったはやり病いで、両親があいついで亡《な》くなったときも同じだった。姉の若売《わかめ》が日がな泣き通しだったのに対して、広国は泣かず、天も呪《のろ》わず、黙々と野辺送りをすませた。国人からみても、兄はいったい悲しんでいるのかと訝《いぶか》しく思えたほどだ。

しかし今から思えば、そんな兄であったからこそ、姉も自分も悲しみに耐えられたのだ。もし兄が声をあげて泣き取り乱していれば、姉も自分もうちひしがれたままだったろう。岩のように動かない兄がいたからこそ、再び立ち上がることができたのだ。

兄が泣いたのを、一度だけ見た覚えがある。もう六年も前、まだ七歳だった弟の国《くに》上《がみ》が瀬々《せせ》川《がわ》の淵《ふち》にはまって死んだとき、水底から弟を引き上げたのは兄だった。冷たくなった遺骸《いがい》を抱いて、泣きながら家に帰りついた。そして両親の前で何度も地面に額をつけて、見張っておかなかった自分の非を詫《わ》びた。川岸の向こうに実をつけていたあけびを見つけ、泳いで渡り、木によじ登って実を採っているうちに、河原にいた国上の姿が見えなくなったという。すぐに木からおりて弟の名を呼んだが返事はなく、十間ばかり下流の淵に潜《もぐ》ってみて、水底の岩の窪《くぼ》みに沈んでいる弟を発見したのだ。無口だった兄が一層口を開かなくなり、滅多に笑わなくなったのも、それ以来のような気がする。

国人はまた戸口の莚を上げて外に出る。綿雪から粉雪に変わっていた。東の空がうっすらと明るみ始めている。念のため厠に行って用を足し、小屋に戻って、火に薪をくべた。

ひとり二人と起き出して外に出、用足しのあと戻ってくると、火床の周囲で手をかざす。

「国人、寝たけりゃ寝ていてもいいぞ。あとは俺が引き受ける」

そう言ってひとりが国人を押しのけ、どっかりと腰をおろす。有難かった。国人は空いた寝床にもぐり込んで、目を閉じた。

案内されたのは見知らぬ掘口だった。頭領《とうりょう》はもう自分より四代も五代も前から掘り続けている掘口だという。奥まで行くうちに、いくら上質の璞石が採れても、運び出すのに労力をとられるのではないかと、嫌な気分になる。掘口でたがねと鎚《つち》をふるい続けるのも辛《つら》いが、璞石を切り出せば出すほど、運び出す量も多くなる。かと言って怠けているのが見つかれば、骨休めの時間を取り上げられる。

ここだと言うように、頭領は突き当たりの岩壁を叩《たた》く。たがねや鎚、背負子、松明などの道具は揃《そろ》っていた。たがねを手にしてひと振り鎚を柄頭《えがしら》にぶつけてみるが、岩はびくともしない。普通の璞石とは質が違うようだ。力を込めて鎚をもう一度打ちつけるが、たがねは見事にはね返される。

いったいどうすればいいのか、誰か仲間に訊《き》こうと思って、周囲を見回すが、人の影はない。ひとり自分だけがたがねをふるっている。それでも揺らぐ松明の火影《ほかげ》の先を見はるかす。数間先の地面に、誰かがしゃがみ込んでいた。助《すけ》っ人《と》を得たような気持がして近づく。声をかけたが返事がない。くたびれ果てて動けないのかもしれなかった。背をかがめて、男の肩を揺さぶる。革《かわ》の腐ったような臭《にお》いが鼻をつくと同時に、痩《や》せ衰えた男の頭がころりと地面に転がった。その頭部をのぞき込んで、二度目の声を出す。目玉の穴が窪みになり、されこうべに皮が張りついただけの頭がそこにあった。逃げ出そうとして腰を浮かしたとたん、足が小枝のようなものを踏みつける。見ると別な死骸の足の骨が裸足《はだし》の下で折れていた。その周囲にも、黒光りする骨をところどころに曝《さら》したむくろが転がっている。逃げようとする足が滑って先に進めない。助けを求めてあらん限りの声を出す。

「国人」

低い声で何度か胸を揺すられ、目を醒《さ》ます。夢だった。広国の心配気な顔がすぐ傍《そば》にあった。頭を上げ、周りを見渡すと寝ている者はほとんどいない。

「兄さん、すみません」

国人は飛び起きて、かぶっていた藁布団を隅にかたづける。広国の横で草鞋をつけ、蓑《みの》を着る。外はまだ明け切ってはいないものの、雪のために明るく見えた。

広国は欅《けやき》の下枝に積もっている雪をすくい、口の中に入れた。国人も真似《まね》る。かすかに木の芽の香がした。

雪の踏み蹴散《けち》らされた道を、黙って歩く。始終軀のどこかしこを動かしていないと、凍りついてしまう気がした。途中にあるもう一軒の人足小屋からも人が出て来て、合流する。

「この寒さだと、切口の中のほうがいくらか暖けえはずだ」

誰かが言ったが答える者はいない。国人はそうじゃないと思った。確かに掘場は風も吹かず、外よりはいくらか暖かいはずだが、いくら寒くても、明るいなかで一日中働いてみたかった。杭《くい》打ちでも、薪《たきぎ》集めでも、釜屋から出た焼鉑《やきはく》運びでもよかった。賄所《まかないどころ》にはいる前に、腰につけた麻袋から素焼きの皿と竹箸《たけばし》を取り出す。広国の皿は素焼きではなく、自分で作った挽物《ひきもの》の皿だった。須恵器《すえき》よりは食い物が冷えないので重宝するようで、いずれ国人にも作ってやると言っていたが、まだその気配はない。朝から晩まで働き通しなので、作る暇がないのだ。

賄婦《まかないふ》が大鍋《おおなべ》に杓《ひしゃく》を突っ込み、雑炊《ぞうすい》をひとすくいするのを、国人はひとしずくもこぼすまいとして用心深く皿に受け取った。稗《ひえ》と稗糠《ぬか》を混ぜた粥《かゆ》の中に、たにしの身のぶつ切りと里芋のかけら、にらの塩漬けが少しばかりはいっているのを確かめてほっとする。稗の粥だけしか皿に載《の》らないときもあって、運のなさを嘆いたこともある。文句を並べたてようものなら、賄婦は顔を覚えていて、次からはわざと粥だけを盛るのだ。

二番手に控えた賄婦が配っているのは、沢蟹《さわがに》の醤漬《ひしおづ》けで、ひとり頭、親指の先ほどの量しかなかった。それでも掘場での労役には、その塩気は欠かせない。

土間にしゃがんで、朝餉《あさげ》をゆっくりと口に運ぶ。すぐにでも胃袋に入れてしまいたいほど空腹だったが、それではまたすぐに飢えがくる。なるべく少しずつ、口の中に留め置いて嚙《か》み続けていたほうが、腹もちはよかった。

この一年、腹を満たしたのは粥でも汁でも木の実でもなく、谷川の水だけだった。へとへとになって切口から出るとき、あと半とき待てば夕食になると分かっていても、空腹に耐えられず、岩の間を流れる清水に口をつけ、思う存分飲んだ。岩肌に付く苔《こけ》までも、歯でこそげ取り、嚙んで水と一緒に飲み下した。そんな日は、夜になって下腹の具合が悪くなり、慌てて何度も戸外の厠に駆け込まねばならなかった。

須恵器の皿についたものは何も残さないように、自分の舌で舐《な》め上げ、箸の先も口の中で吸い上げて麻袋にしまい込む。

「みんな、よく聞け」

頭領が叫び、自分のかたわらに立っていた国司《こくし》の使者に恭《うやうや》しく頭を下げた。ゆうべ、頭領のいる館《やかた》にいつまでも灯《とも》が点っていたのは、国司の使いが来ていたからだと、国人は納得がいく。顎鬚《あごひげ》を生やして冠《かんむり》をかぶった使者は、人足たちをひと睨《にら》みしたあと口を開いた。

「かしこくも天子様におかれては、去る十月の月満《み》つる日を選び、盧《る》舎那《しゃな》仏造立《ぶつぞうりゅう》の詔《みことのり》を発せられた。ここにその詔勅《しょうちょく》があるので、読み上げる。心して聞け」

国人は使者が懐《ふところ》から巻紙《まきがみ》を取り出すのを眺めていたが、「伏せ」という頭領の号令で頭を垂れた。

——朕《われ》、薄徳《はくとく》を以《もっ》て、恭《うやうや》しく大位《たいい》を承《う》け、志兼済《こころざしけんざい》に存《そん》して、勤《つと》めて人物《じんぶつ》を撫《ぶ》す。率土《そっと》の浜已《ひんすで》に仁恕《じんじょ》に霑《うるお》うと雖《いえど》も、普天《ふてん》の下《もと》、未《いま》だ法恩《ほうおん》に洽《あまね》くあらず。誠《まこと》に三宝《さんぼう》の威《い》霊《りょう》に頼りて、乾坤相泰《けんこんあいゆた》かにし、万代《ばんだい》の福業《ふくぎょう》を脩《おさ》めて、動植咸《どうしょくことごと》く栄えんことを欲す。粤《ここに》、天平十五年歳癸未《ほしみずのとひつじ》に次《やど》る十月十五日を以て、菩薩《ぼさつ》の大願《たいがん》を発《おこ》して、盧舎那《るしゃな》仏金銅像一躯《ぶつこんどうぞういっく》を造《つく》り奉《たてまつ》る。国銅《こくどう》を尽《つく》して象《かたち》を鎔《とか》し、大山《たいさん》を削《けず》りて堂《どう》を構《かま》え、広く法界《ほうかい》に及《およ》ぼして、朕《わ》が知識《ちしき》と為《な》す。遂《つい》に同じく利益を蒙《こうむ》りて、共に菩提《ぼだい》を致さしめん。夫《そ》れ天下の富を有《たも》つ者は朕《われ》なり。天下の勢《いきおい》を有《たも》つ者は朕《われ》なり。この富勢《ふせい》を以て、この尊像《そんぞう》を造る。事《こと》や成り易《やす》く、心や至《いた》り難《がた》し。但《た》だ恐るらくは、徒《ただ》に人を労《つから》すことのみありて、能《よ》く聖《しょう》に感《かま》くること無く、或《ある》は誹謗《ひぼう》を生じて、反《かえ》りて罪辜《ざいこ》に堕《おと》さんことを。是《こ》の故《ゆえ》に、知識を預《あずか》る者は、懇《ねんごろ》に至誠《しせい》を発《おこ》して、各《おのおの》、介《おおき》なる福を招《まね》きて、宜《よろ》しく、日毎《ひごと》、盧舎那仏を三拝《さんぱい》し、自《みずか》ら念《おもい》を存《そん》して、各盧舎那仏を造る可《べ》きなり。如《も》し更《さら》に、人有りて一枝《いっし》の草《くさ》、一把《いっぱ》の土《ひじ》を持ち、像《ぞう》を助け造らんと情《こころ》に願わば、恣《ほしいまま》に之《これ》を聴《ゆる》せ。国郡《こくぐん》の司《つかさ》、此《こ》の事に因《よ》って、百姓を侵《おか》し擾《みだ》して、強《しい》て収《おさ》め斂《あつ》めしむる事莫《なか》れ。遐邇《かじ》に布告《ふこく》して、朕《わ》が意《こころ》を知らしめよ。

　長い沈黙がきたので国人は上眼づかいに頭を上げた。巻紙を畳《たた》んだ使者がそれを頭の上にかかげたあと、一拝《いっぱい》するところだった。

「頭を上げろ」頭領が言った。「みんな、分かったな。要するに、天子様は国を泰《やす》らかにするために、都に大きな仏像を造ることを発願《はつがん》なされた。その仏像は木でも土でもなく、金銅《こんどう》でできる。そのための銅を国中から集めて来いという命令だ。来年になったら、人足の数を増やし、これまでの三倍、四倍、いや五倍の棹銅《さおどう》を納めなければならなくなる。それだけこの奈良登りが、お国の役に立つということだ。いいな。よし持場につけ」

　頭領は人足たちに言うと、使者に一礼して先導しながら小屋から出て行った。

「何のことだ、いったい」

「俺たちはどうなる」後ろにいた連中が囁《ささや》き合う。

　国人も、使者の読み上げた詔の内容はもちろん、頭領の言った言葉さえも充分に理解できなかった。大きな仏像と言うが、はたしてどれくらいの大きさで、どういう形をしているのか。榧葉山のそびえ立った岩場に張りついて、景信《けいしん》という僧が彫っている像を思い浮かべる。まだ顔しか出来上がっていないが、女とも男ともつかない穏やかな表情は遠くからでも見分けがつく。

しかしそれとは別に、姉の若売が嫁いでいる福万呂《ふくまろ》の家で、小さな厨子《ずし》が開かれたのを後ろの方から眺めたこともある。それは木で彫られた一尺足らずの像で、目をむいた激しい形相《ぎょうそう》をし、頭の周囲をまっ赤な炎が包んでいた。あれも仏だとすれば、どちらが本当なのかますます分からなくなってくる。

助けを求める気持で、国人は兄のほうを見やった。広国は何事もなかったかのように歩き出していた。

「おい聞いたか。えらいことになったな」

猪手が広国の肘《ひじ》をつついた。国人は何が大変なのか知りたくて、兄の返答を待つ。広国は黙々と歩くだけだ。

「人足が増え、小屋も増える。わしたちの年季も必ず長くなる」

猪手はなおも広国の傍を離れない。自分のほうが十五歳も年長なのに、広国がどう考えているのか聞いておきたいのだ。

「俺たちの年季はもともと定まっていない。ここの労役についたときから、一生ここで働くようになっている。百姓に年季があるか。ない。百姓は一生百姓だ」

広国はそれだけ言うと口をつぐんだ。猪手は恐れていたことを言い当てられたように、生唾《なまつば》を呑《の》み込んだ。

〈百姓が一生百姓のように、自分たちは一生人足だ〉——兄の言葉を国人は胸の内で繰り返す。しかしどう考えても、百姓のほうが人足よりはましな気がする。雨風、雷、雪があったとしても、大地の上で働けるのだ。春になれば道端に花が咲き、眼に沁《し》みる木々の若葉を眺められるではないか。青い空に流れるさまざまな形をした白い雲も。

それに比べて切口の中で働く人足には、空も雲も、若葉も花も縁がなかった。薄暗い松明《たいまつ》と、じめじめした足場、倒れれば皮膚を破く鋭い岩肌に囲まれた、季節の訪れない穴ぐらしか与えられていない。

「お前の言うとおりかもしれん。しかし逃亡民《とうぼうみん》にもなれないしな」

猪手はぽつりと言い残して、広国の傍から離れた。国人はまだ兄から何か聞けるものと期待して脇《わき》についていたが、広国は唇を真一文字に結んだままだった。

岩清水の湧《わ》く付近だけは雪が融《と》けていた。おのおの腰にぶらさげた竹筒をはずして、水を入れる。その一杯で一日の喉《のど》を潤《うるお》さねばならなかった。飲み干してしまえば、濡《ぬ》れた岩壁を舐めるしかない。

「国人」兄の低い声がした。「切口からはどんなことをしてでも出ろ」

広国の暗い眼がじっとこちらに注がれている。「出られないときは」竹筒の口を木蓋《きぶた》で塞《ふさ》ぎながら、広国は口を耳元に寄せた。「逃亡民になれ。穴の中で死ぬよりはいい。できるだけ遠くへ行け。奈良登りにとどまるな」押し殺した声に国人は思わず顎を引く。兄の口からそういう言葉が出るなど、思いもよらなかった。竹筒を腰に結わえつける手が震えた。

釜屋《かまや》の前で人足の一部がとどまり、残りは切口の方に向かった。坂が急になるにつれて雪が深くなる。草鞋《わらじ》の足先はしびれ、凍えた指先に息を吹きかけた。

璞《はく》石を採掘《さいくつ》する切口は三つあった。大切《おおき》りの手前から北の方に山腹を迂回《うかい》した所に中切《なかき》り、谷を下った所に小切《こき》りがそれぞれ口を開けていた。小切りに三十人、中切りに五十人、そして大切りに八十人ほどが配置されている。国人は広国や猪手と共に大切りに続く急坂を登った。ひと息ついて後ろを振り返ると、末広がりの谷間が一面に布を敷いたように白一色になり、空と地面の区別さえつかなかった。

「目が覚めるような眺めだ」

猪手が腰に手を当てて背を伸ばす。広国はしかし景色にはちらりと眼をやっただけで、すぐに歩き出す。景色の美しさなど今の自分には何の関係もないという顔つきに見えた。

大切りの切口は幅一間、高さ二間で、天井に近づくにつれて烏帽子《えぼし》のように尖《とが》っている。中はさらに四つに分岐していた。四、五間はいった所に、下にまっすぐ降りて行くための梯《はしご》がかかっている。そこが広国の持場で、猪手はさらにもう十間ばかり突き進み、木の階段を下った掘場を任されていた。国人は二人と別れて、松明を頼りにしながら先へ進む。左右の石壁が狭くなり、代わりに天井は四間ばかりの高さになる。そこをくぐるたび国人はためらいを覚えた。本来、人間などがはいるべきではない神々《こうごう》しい場所を、自分たちが汚《けが》しているのではないかと、恐れを感じてしまうのだ。亀裂《きれつ》の先はゆるやかな登りになり、突き当たりで上下二つに分かれた。国人は奈良登りに来て以来、下切りのほうでずっと働いてきた。切口までの道のりは長いが、上り下りは少なく、璞石の運搬は他の場所より難渋《なんじゅう》しなかった。反面、岩は硬く、たがねと鎚の扱いには力が必要だった。

初めてその二つの道具を持たされたとき、広国と猪手が傍にいて、使い方を教えてくれた。まず足元の低い岩壁に斜めにたがねを立て、その柄頭に鉄鎚《てっつい》を打ちつける。広国の手にかかると見事に岩が砕け、あるいは剥《は》がれた。猪手がやっても同じことだった。ところが国人が真似をすると、たがねは岩に食い込むどころかはじき返される。

左手にも右腕にもしびれが走った。

「岩の目を突くのだ」

広国はまた岩の突起にたがねを当て、軽い一撃で子供の頭ほどの塊《かたまり》を切り出した。〈岩の目〉といっても、松明の薄明かりの下では、岩肌はただ凹凸があるだけにしか見えない。

「目がないときは、顎を剝がす」

猪手は突き出た岩の斜め下から、上向きにたがねを当て、鎚《つち》のひと振りで、胸板ほどの石片《せきへん》を見事にひき剝がした。

「じきに見えるようになる」

広国は慰めてくれたが、実際に半年たった頃には、国人も鎚の一撃で小さな石のかけらくらいは削り落とせるようになった。しかしそれまでに、何度手の皮が破れ、血にまみれ、指先を打ちつけたことか。たがねと鎚を握っただけでも飛び上がらんばかりの痛みが走った。

そんなとき広国はどこからか薬草を採って来てくれた。南天やおおばこの葉、せんだんの実がそれで、葉の汁を破れた皮膚にたらし、実を砕いて指先のひび割れたところに塗り込んだ。

夏が過ぎる頃に、頭領の采配《さいはい》で広国と猪手は別の掘場に行かされた。

「お前もようやく半人前になったな」

相方《あいかた》を務《つと》める朝戸《あさべ》がじっと国人の手先を眺めていた。一人前でなく半人前と言われて国人は腹立ちを覚えたが、黙っていた。口応《くちごた》えをすれば必ずその二倍三倍の言い募《つの》りが返ってくる。わざと相手の気分を逆なでして、そのあと言い負かすのを得意とする男だ。上の前歯が二本欠けているのは、国人がここに来る前に広国から殴られて折ったものだとは、猪手から聞かされたことがある。確かに広国がいる前では、朝戸は神妙にしていた。

しかし国人と二人きりになると、国人のひょろ長い軀《からだ》つきや、道具を扱う手つきの悪さ、背負子《しょいこ》を肩に担《にな》う際の腰のよろけ具合を、ことある毎に揶揄《やゆ》した。

朝戸自身は璞石の切り出しも運搬も、年季がはいっているだけにうまかったが、国人より速い分、無精《ぶしょう》を決めこむのだ。

「半人前かもしれんが、気が向いたときだけ軀を動かすお前のほうが、切り出し量は少なかろう」そんな言葉が国人の喉元《のどもと》まで出かかった。

「お前も広国と同じで、何考えているか分からん奴《やつ》だな」

朝戸が言うのを聞き流す。こちらが逆上すれば、広国からされた仕返しに、これ幸いと受けて立つつもりだろう。

たがねをふるっている間は口をきかぬに越したことはない。岩肌にまんべんなく眼を注ぎ、岩の凹凸と割れ具合を見定めなければならない。目が分からないときは、大方の見当をつけて、表面の岩をひとまず薄く剝ぐ。その剝がれ方で、目が明らかになる。口をききながらそれができるほど、国人はまだ手慣れてはいなかった。

目にたがねが食い込むようになると、作業は楽になった。両膝《ひざ》をついた位置から少しずつ軀を起こし、最後は梯をかけて、天井近くの岩を砕く。その繰り返しで、掘場は数寸ずつ先に進んでいく。

「今日は頭領もやって来ない。国司の使者の相手で忙しいだろうからな。骨を休めていい日だ」朝戸は岩陰に腰をおろす。松明の影になって遠くからは見えない。

「おい国人、俺たちが掘った璞石で仏を作るのだと、あの使いは言ったな」

朝戸が暗がりから呼びかける。「これまでは、璞石からとった銅は、和同《わどう》銭になっていたのだ。お前はまだ銭を作るところは見たことがなかろう。俺は見た。大きな声では言えんが、鋳銭司《じゆぜんし》ではない所でだ」

聞くまいと思っても、朝戸の声は耳にはいってくる。鋳銭司以外の場所で和同銭を作るとすれば、私鋳《しちゅう》ではないか。銅銭の私鋳が禁止されたのは、国人が生まれる十年ばかり前だとは聞いている。その禁を破った者に過酷《かこく》な刑が科《か》された実例も、噂《うわさ》では知っている。私鋳者当人は斬首《ざんしゅ》、従者とその近縁者も罪となり、足枷《かせ》をはめられて、死ぬまで鋳銭司で使役《しえき》されるという。実際にここから南に何十里か下った所にある鋳銭司では、骨と皮になった罪人たちが亡霊のような姿で働いているらしかった。

「銭を作るなんて、造作《ぞうさ》ない。お前には考えもつかんかもしれんが、赤土で作った銅銭の鋳型《いがた》に溶けた銅を流し込むだけでいい。もちろん湯流れをよくするために、多少なりとも工夫を加えなければならないがな。自分で銭を作るのだから、これほど楽なものはない。もともと金を持っている連中は、みんな陰でやっているさ。国司だって郡司だって、もっと下の郷長《さとおさ》だって、俺の見るところ怪しいものだ。その証拠に、和同銭で手に入れられる物がずい分と減った。俺が小さい時分には、食米《じきまい》一升が二文だったが、この頃では三文から四文はする。銭が溢《あふ》れているからこうなったのだ。これからも溢れ続けて、食米一升が五文、六文するようになるだろう。そうしたらどんなことが起こるか、お前には分からんだろう」

国人が耳を傾けているのを感じとって、朝戸は謎《なぞ》をかけたようだ。国人は黙って鎚を振りおろす。小気味よい音をたてて、岩の突起が崩れ落ちる。

「銭の値打ちが下がってしまえば、誰も銭を作らなくなる。命がけで、隠れて作った割には、うまみがないからだ。要するに私鋳はなくなる。それはそれでお上としてはいいのかもしれんが、自分たちも銭を作るうまみが消えてしまう。銭は、その作り加減が難しい。少なく作っても役に立たない。作り過ぎても値打ちが下がる。ほどほどのところが一番儲《もう》けやすい」

国人には朝戸の言うことが、どこか真実をついているように感じられる。こういう話は他の人足には絶対できなかった。朝戸は頭領の目を盗んで休んでいるときも、政《まつり》事《ごと》の裏を考えているのだろう。いや、世の中の仕組みの裏を考えるから、一心不乱に働くのが馬鹿《ばか》らしくなるのかもしれない。

国人は梯の位置をずらして登り、そこを足場にする。下の暗がりから、朝戸の低い声が追いすがる。

「あくせく働いて銭を貯《た》めるよりも、銭そのものを扱うほうが儲かる。俺たちには直接関係ない、お上のやり口だがね。国人、お前は無《む》文銀銭《もんぎんせん》は見たことがあるだろう、一度くらいは」

「あります」

思わず答えていた。姉の若売が福万呂の家に嫁いだ時、その本家《ほんけ》筋《すじ》の縁者がみんなに披露《ひろう》してくれた。自分たちの一族は豊かに暮しているのだと誇りたかったのだろう。一寸くらいの丸くて平べったい銭で、真中に穴が開き、小さな模様が二つほど刻まれていた。黒っぽくて、とても値打ちのあるものには見えなかった。

「ほう、そうか」朝戸はどこで見たかは訊《き》かない。「あれはもう人の目には触れなくなった。昔はもっと多かった。減った理由は簡単だ。無文銀銭一枚で和同開珎《わどうかいちん》の銀銭が二枚作れたそうだ。無文銀銭と和同銀銭の値打ちは同じだというのが、お上のお触れだったから、みんなこぞって隠れて作り替えた。私鋳禁止のお触れが出されたが、そんなものは役に立たん。俺たち下々の者ではなく、国司や郡司が隠れて作るのだから世話はない。無文銀銭は消えてしまった。出回ったのは和同銀銭ばかりになった。そのあと、お上は銀銭をやめて、銅銭を作り始めた。銀銭は表向き使えないという禁止令も出した。みんなが驚いたことに、和同銀銭一枚は和同銅銭一枚と同じ値打ちになった。銀と銅では、俺たち人足の目から見ても、位《くらい》が違う。それが同じなのだ。そのうえ、銀銭は使えないときている。銀銭を貯め込んでいた連中がやることと言えば、ひとつしかない。どうしたか分かるか」

「分かりません」

梯から降りながら国人は答える。お互い銭とは無縁の生活をしているはずなのに、朝戸はどうしてこの筋の話に詳しいのか、そのほうが不可解だった。しかし話の内容は、妙に国人をひきつける。

「銀銭を溶かして銀の地金にした。銅銭と同じ値打ちで交換するくらいなら、よほど得する。その狙《ねら》いは見事に当たった。むしろ当たり過ぎたくらいだ。銀の地金一両が、銅銭百枚と交換できるようになった。それが二、三年後には、銅銭二百枚と同じになった。今ではなんと五百枚と取り換えられる。それくらい銅銭の値打ちが下がった。和同の銅銭は、だからみんな信用を置いていない。俺たち人足でもそうだろう。銅銭を貰《もら》うくらいなら、籾《もみ》や小豆、瓜《うり》や茄子《なす》を貰ったほうがよほどいい。役人にしたってそうだ。衣や米で貰いたがる。銭は嫌われる。そこでお上は銭をみんながあがめるような方策を思いついた。銭を十貫文集めると、位をひとつ上げるというのだ。二十貫文、つまり二万枚なら、二つ位が上がる。従《じゅ》八位下なら従八位上を飛び越して正八位下だ。まあ、所詮《しょせん》は俺たちには用のない位だがね。役人の禄《ろく》にも銅銭を使うようにしたし、田畑の売り買いも銅銭を使う触れが出された。そうやって、銭はよく行きわたるようになった。いや、溢れ出したと言ったほうがいいかもしれん。そこでだ」

朝戸は立ち上がり、暗がりから出て手をこする。「じっとしていても身体《からだ》が冷える。

お前が運びやすいように、石を背負子に入れておいてやるか」

岩壁に立てかけた背負子に、朝戸は国人が砕き落とした璞石を、木鍬《きぐわ》で入れ始める。しかしあくまでもゆっくりした動作でだ。

「さっき国司の使者が読み上げた詔《みことのり》は、俺の見るところ、国中の銅をひと所に集めてしまおうという下心が働いている。このまま銅をはびこらせていては、銅銭の値打ちは下がるばかりだ。それなら、大きな仏に国中の銅を流し込んでしまえば、銭作りに銅が出回らなくなる。仏を溶かすわけにはいかんからな」

最後のところは、朝戸も自信はないのか、自分に言いきかせるような口調になり、そのあと黙り込んだ。国人は梯をおりて、横にずらす。

「おい、もう行ってもいいぞ。今度は俺が切り出す」

朝戸は国人が背負子を担《かつ》ぐのを珍しく手伝う。長話に耳を傾けてくれたのに、気をよくしたのだろう。

転ばないように足を踏みしめて歩く。窪《くぼ》みに足をとられると、背負子の重みで足首を挫《くじ》くか、膝を痛めやすかった。

「国人、またあいつが銭の話をしていたな」

後ろから追いついた刀良《とら》が肩を叩《たた》いた。「あいつの頭の中は、銭のことしかない。

さっきの使者が読んだ詔でまた火がついた。朝戸から誘われなかったか」

「何をですか」

「銭作りをだ」

刀良は髭《ひげ》もじゃの口を国人の耳に寄せる。「誘いに乗っちゃならんぞ。お前は利発だから、そこを見込んで仲間に引き入れようとする魂胆だ。おっと気をつけろ」よろけそうになった国人を刀良が支えた。「あいつの大叔父が私鋳の罪で捕まって、これになったという噂だ。だいぶ前のことらしいがな」

刀良は首に平手を当てて、斬首の仕草をした。「遠縁の中には、周防《すおう》の鋳銭司で働かされている者が何人かいるらしい」

「死ぬまでそこで働かせられると言っていました」

「そう。罪人の縁者だからな」

その鋳銭司での課役とこの切口での労役とでは、どちらが辛《つら》いのだろう。国人はつい考えてしまう。刀良も同じ思いだったのか、しばし口をつぐんだ。

「とにかく、あいつの銭の話は、からすの鳴き声と思えばいい。何か不吉な印だから、四方八方見回して、妙な動きはせんことだ」

刀良は国人の前にでて、丸太で作った通路を渡った。

斜切《ななめぎ》りの入口では、下から湧《わ》き出る水を木桶《きおけ》で汲《く》み出していた。木桶に縄をつけ、滑車に通したその縄を二人がかりで引き上げ、溝に流し込む。水は出口の方に向かって流れ、溜口《ためくち》に貯まり、それから先は、人手で切口の外へ汲み出すのだ。

「この斜切りや本切りと比べたら、俺たちのいる下切りは極楽だ。びしょ濡《ぬ》れにならないだけましだ。俺は本切りに一年、斜切りに半年いた。本切りは、梯《はしご》をつたってまっすぐ降りて行くだろう。毎日、地獄の口に呑《の》まれる思いがした」

本切りの入口まで来て、丸太の上から下をのぞき込む。松明《たいまつ》の明かりが暗がりにいくつか連なっているのは分かるが、穴全体の様子も、中で働いている広国たちの姿も認められない。

切り出した璞石《はくせき》を巻き上げる櫓《やぐら》はひとつなのに、湧水を汲み出す木桶の櫓は二基あり、四人の水替人足《みずがえにんそく》がかかりっきりになっていた。

「本切りの底に国人は降りたことがあるか」

「兄さんが一度だけ見せてくれました」

国人は思い起こすだけで胸苦しくなる。横穴と違って縦穴は、いつも頭の上に重しをのせられている気がして、国人は半ときも我慢ができず、逃げるようにして梯を登った。

「奥の方は毒気《どっき》がたまって気を失う者もよく出る。横穴と違って風の通りが悪い。本当は、もっと風箱《かざばこ》の数を増やさなくちゃいかん」

風を送り込む羽根つきの木箱は、切口に一台置かれているだけだった。それも誰かがいつも回しているわけでもなかった。

「本来なら、国人もそろそろ斜切りか本切りに行かなくちゃならない頃だが、広国がお前の身代わりをやっている。お前は知らんだろうが」国人には初耳だった。「あいつは偉い。俺より十歳も若いくせに、俺が弱ったとき、親のように俺の面倒を見てくれた。どこで覚えたのかは知らんが、身体中がむくんで働けなくなったとき、山牛蒡《やまごぼう》の根を掘って来て、煎《せん》じて飲ませてくれた。二日寝ていて、むくみはなくなった。そのうえ、俺が本切りの労役には不向きのようだと頭領にかけ合ってくれた。それで俺は斜切りに持場が変わり、今では下切りだ。それにひきかえ、広国は今もって穴の底で働いている」

刀良は背負子をはずし、貯め場に璞石をぶちまける。国人もそれにならった。切口から麓《ふもと》まで璞石を運ぶのは負夫《おいふ》の役目だった。

掘場近くまで戻ると、刀良は国人に目配せして自分の持場に向かった。

朝戸はまだ神妙にたがねと鎚をふるっていたが、国人を見て手を休めた。

「刀良が何か言ったか」

朝戸は璞石の上に腰をおろす。

「いえ、何も」

「あいつの言うことなど聞き流しておくことだ。あいつは私婢《しひ》の子だ。誰も口に出しては言わんが、あいつのおやじさんが、私婢をはらませてできた。おやじは、相手が私婢だとは知らなかったと言い張ったので、その子、つまり刀良は私奴《しゃっこ》にならなくてすんだ。私婢だったおふくろは、早く死んで、おやじが引き取った。そういう男だと、お前も知っていて損はせん」

国人はたがねを左手に持ち、鎚《つち》を打ちつける。朝戸は何か考えている様子で、背負《しょい》子《こ》に璞石を入れ始めた。

刀良の家は豊かで、父親は正妻の他に二人の妾《めかけ》を持ち、一族四十人が大きな屋敷に住んでいるらしい。十数人いる刀良の兄弟のうち、奈良登りにやられたのは彼ひとりだったが、それも朝戸が言ったように、母親が私婢だった故《ゆえ》かもしれない。郷長《さとおさ》への口ききひとつで、奈良登り送りになるかならないかは簡単に決められる。両親を亡《な》くした広国と国人が二人とも穿子《ほりこ》にさせられたのも、有力なつてがないからだった。姉の若売が嫁いでいる福万呂は、家柄も良かったが、まだつてを使うには若すぎる。

課役《かえき》は表向き三年と言われていた。しかし誰もそれを信じてはいなかった。大半の人足が四年五年、なかには十年も働く猪手のような男もいる。

「仕丁《じちよう》として都に上らされた叔父を俺はかすかに覚えている。お前はまだ生まれていなかった。父親の一番下の弟だ。小柄だったが力が強かった。都の使役に三年の約束でやらされて、もう二十年近くになる。一緒に行った連中は大方が帰って来たが、叔父だけは残された。父も亡くなる前、この叔父をずいぶんと案じていた。郷長におうかがいをたてても、元気にしているはずだから心配するな、そのうち戻って来るという返事だった。俺が思うに、都で課役を終えて帰って来る途中で、病に倒れたか、賊にでも襲われたのかもしれない。都に上るときは、途中の食米も銭で支給される。しかし、都から下るときは、食米も塩も衣も自前になる。都から長門まで、何日かかるかは知らないが、ひと月ではきかないだろう。奈良登りにいるのも辛いが、遠国《おんごく》の使役もむごい」

年季明けのことなど、とっくに諦《あきら》めている兄の口調だった。

「国人、少し休んでもいいぞ。今度は俺が運ぶ。この調子では頭領の見回りもない。山留《やまどめ》には俺がちゃんと口ききをしている」

朝戸は背負子を担いで立ち上がる。朝戸が山留にまで働きかけていたとは国人も知らなかった。山留は、切口内に危険な所がないか見て回るのが務めだが、穿子や水替人足の働き具合をそれとなく見て、頭領に知らせていた。

ひとりになると急に空腹を覚えた。まだ午《うま》の刻にもなっていないはずだ。空腹を感じてからの長い労役ほど辛いものはなかった。鎚に力をいれるたびに、岩の響きが腹にこたえる。岩の目を見分ける力もなくなるので、たがねが思わぬ力ではね返される。岩背負子を担《にな》っても、腹に力がはいらないから前かがみになり、足元がふらつく。岩壁づたいに進んでみるが、他の負夫にぶつかろうものなら、はね返されて横倒しになった。もちろん怒鳴られる。そういうとき、わけもなく目に涙がにじんだ。暗がりで涙をぬぐい、散らばった璞石をかき集めた。

毎日こうやって腹を減らしながらの課役が、あと何年、いや何十年も続くとしたら――。普段は考えないようにしていたが、泣いたあと、決まって訪れるのが、その疑問だった。

切口から出て山を降りるとき、谷を渡る白鷺《しらさぎ》の姿をよく見かける。一羽あるいは二羽連れ立って、夕闇《ゆうやみ》のなかを悠然と飛び、山の中腹に消える。そこの樫《かし》の木が鳥のねぐらになっているようだった。一日中穴ぐらにもぐっている自分より、その鷺が羨《うらや》ましかった。兄弟や親とも一緒に飛べ、巣に帰れる鳥のほうが、何倍も恵まれている気がした。

「誰とも比べたらいかん」

子供の頃そう言って叱《しか》ったのは母親だ。大百姓の子を羨ましがってくどくどと恨み言を並べたてたのだ。「国人は国人。他の誰とも比べられん。貴麻呂《たかまろ》の家が羨ましければ、そこへ行って、子供にしてくれと頼め」

母親は国人を外に押し出して戸を閉めた。八歳か九歳のときだったろう。貴麻呂の家に行けるはずはなかった。国人は椎《しい》の木の下で暗くなるまで待った。夜になり、遠くで母の声がし、父親の呼び声も聞こえたが、返事もせず、茅《かや》の中に横たわっていた。そこに丸くなっていれば、夜風もしのげそうだった。腹の足しに、黒く熟した椎の実を両手一杯拾っていた。しかしあたりが真暗になる前に、兄に見つかってしまった。広国にしてみれば、弟が身を隠す場所など、とっくにお見通しだったのだ。

「国人、帰るぞ」

広国から力強く手を引っ張られて、初めて国人は泣き出す。見つけて貰った嬉《うれ》しさから出る涙だった。家にはいると、父も母も姉も黙って迎えてくれた。家族一緒の夕《ゆう》餉《げ》はそれから始まった。もう人の身の上を羨むことなど、絶対にしまいと子供心に誓った。

自分の身の上を誰とも比べようとは思わない。しかしこの穿子の使役をいったいいつまで続ければいいのか。朝戸が言ったように、都で大仏が作られるとしたら、奈良登りの課役も数年では終わるまい。

穴から出ろ。出られないときは逃亡民になれ。――広国は言ったが、まさか逃亡民になるわけにはいかない。逃亡すれば、兄や姉の顔に泥をぬるだけでなく、いずれ捕えられて一生を穴の中で過ごすはめになるだろう。

国人は立ち上がり、たがねと鎚を握る。考えが定まらないときは、軀《からだ》を動かしたほうが気持が楽になる。梯の一番高い所に登り、天井近くに突き出ている岩にたがねを立て、力いっぱい鎚を当てる。思った以上に璞石が剝《は》がれて落ちた。

「国人」

天井をつたって鋭い声が届いた。薄闇の先を振り返ったが、松明の炎が揺らいでいるだけだ。同じ声が繰り返される。朝戸の声だった。国人は梯からおりて、暗がりの先に眼をこらす。

朝戸が姿を現す。背負子を担いでいなかった。

「国人、大変だ。広国が倒れた」喘《あえ》ぐ息の下でようやく告げた。

「兄さんが。どこで」

「本切りの中だ。梯から落ちて気を失った。行って来い」

作り話にしては真顔だった。国人は駆け出す。斜切りを越えて本切りの手前まで来ると、人だかりがしている。

「広国、しっかりしろ。梯を持って来い」誰かが叫んだ。

兄は地面に横たわり、苦痛に顔をしかめている。顎《あご》と額に血がにじんでいたが、痛みはそこから出ているのではなさそうだった。

「国人か。広国について小屋に戻れ」山留のひとりが言った。

梯に乗せるとき、広国は胸を押さえてまた呻《うめ》いた。日頃は我慢強い兄だけに、相当の痛みなのだろう。顔から血の気がひき、唇までが白くなっていた。

「兄さん」叫びながら梯を四人がかりでかかえ上げた。

弟が傍にいると判《わか》って、呻き声はいくらか小さくなった。

切口の外は、眩《まぶ》しいくらいに明るかった。雪はやみ、白一色で覆《おお》われた風景が静かに広がっている。

「足を踏みはずすな」後ろを担いでいるひとりが注意する。梯が傾くたびに広国は短い呻き声を発した。

坂道を用心しながら下る。石撰《え》りをしている立場《たちば》小屋の前まで来ると、苦痛に歪《ゆが》んだ広国の顔には脂汗《あぶらあせ》が浮かんでいた。鍛冶《かじ》小屋から出て来た道足《みちたり》が、驚いて駆け寄る。

「広国じゃないか。どうした」

呻き声で、ただならぬ様子を感じとったようだった。そのまま走って行き、人足小屋の戸を開けてくれる。火床に近い板張りの上に藁布団《わらぶとん》を広げた。五人がかりで軀を持ち上げ、横たわらせる。広国は口をかみしめたままだ。

「痛いのはどこだ」

鍛冶小屋の人足が広国の口に耳を近づける。兄は右の胸にそっと手をやる。血は出ていなかったが、打ち身になり、肋骨《ろっこつ》の形が変わっていた。

「骨が折れている。息をするたび痛い」

広国の訴えに五人とも顔を見合わせるだけで、どうしていいか分からない。

「とにかく今はじっとしておくことだ。力をつけるには何か食わにゃいかん。わしが用意する」

道足が出て行くと、あとの二人も切口に戻ると言って立ち上がる。残ったのは、兄と同じ掘場にいた奥丸《おくまる》だった。

「すまんな。俺が自分で背負子を担げばよかったんだ」

奥丸はおろおろと国人に語りかける。朝から軀の具合の悪かった奥丸は、本切りの中にはいっても思うように鎚がふるえなかったらしい。かといって、背負子を担ってまっすぐの梯を登るのも無理だ。相方だった広国は、奥丸を休ませ、自分で璞石を落とし、背負子で運び出す役もしたという。ひとりで二人分、それも手を抜くのではなく、一心不乱に働いたのも広国らしかった。

「奥丸、心配ない。もう戻れ」

広国が目を開け、手の甲を小さく振った。藁の上に横たわったおかげで、痛みはいくらかひいたようだった。

「じゃ、任したぞ」奥丸は国人の肩に手を置き、小屋を出た。

「国人、すまんが火を起こしてくれ。寒くてたまらん」

はじかれるように国人は小屋の隅に寄り、火床に息を吹きかける。火種は充分にあった。木切れを埋火《うずみび》の上に置き、火を大きくする。

痛みが肋骨の折れたためだとすれば、簡単にはひかないだろう。動けない軀になってしまうのかもしれない。あの頑丈な肢体《したい》を誇っていた広国がだ。

「兄さん、まだ寒いですか」

返事はない。広国の顔をのぞき込む。兄は小さく咳込《せきこ》み、顔をしかめた。ほんのちょっとした動きでも、軀全体に痛みが走るようだった。

「起こしてくれ、厠《かわや》に行く」

「大丈夫ですか」

「だから起こしてくれ」

怒った声で言われ、国人は広国の背に手を入れ、上体を起こした。広国の顔が歪む。外に出て一歩一歩足を踏み出すたびに、広国が歯をくいしばるのが分かった。

「ここで待っていてくれ。すまんな」

丸太をつたって、広国は莚《むしろ》の向こうに行き、やがて戻って来る。顔に血の気はなかった。小屋まで戻る数間の距離が何町にも思えるくらい、国人が支える兄の足取りは重かった。

また元の藁床に横たわろうとしたとき、道足がはいって来て椀《わん》を突き出す。「粥《かゆ》だ。女に作ってもらった。これで軀も温《ぬく》もる。元気も出る」

「すまない」

広国は頭を垂れ、左手で椀を持ち、右手で木匙《きさじ》を何度か口にもっていったが、やがて諦めた。匙を動かすたびに、胸に痛みが走るらしかった。国人が介助してやる。

「道足、俺はもう駄目だ。弟を頼む」

粥をまだ食べ終えないうちに広国は肩で息をし、道足の顔をじっと眺めた。

「何を言うか。必ず元気になる」

道足の目にみるみる涙がたまる。国人は唇をかみ、匙を持つ手を兄の口元にもっていった。

2

暮れ方、知らせを受けた姉の若売《わかめ》が、夫の福万呂《ふくまろ》と連れ立ってやって来た。まだ人足たちは小屋に戻っていなかった。福万呂は広国《ひろくに》のただならぬ様子を見て、自分の家で養生するように勧めた。荷車に揺られ、あるいは人の背に担《かつ》がれて行くのは命を縮めるだけだと、広国は首を振る。

「それに、義兄《にい》さんの新しい家で死人を出しては申し訳ない。俺はここで死ぬ」

「このくらいの傷で死にはしない。すぐ元気になる」

福万呂は首を振り、若売を毎日ここに寄こすからと言って慰めた。

福万呂は頭領に口ききをしてくれ、小屋の隅はそのまま広国の寝床になり、国人《くにと》の付き添いが許された。一日二度ではなく、三度の食事が賄所《まかないどころ》から広国に届けられた。

人足たちも出がけに代わる代わる広国に声をかけ、夕方戻って来ると広国の容態を案じた。小用《しょうよう》を足す竹筒を用意してくれたのは朝戸《あさべ》だった。小用のたびに難渋して起き上がる姿をどこからか見ていたのだろう。国人を手招きし、そっと手渡した。それ以来、厠《かわや》に連れて行くのは大便のときだけでよくなった。

榧葉《かやば》山《やま》の岩屋に住みついている景信《けいしん》という僧に会いに行くよう猪手《いて》が勧めたのは、広国が寝ついて三日目だった。時折、広国が景信の許《もと》を訪ねていたのは国人も知っていた。

「景信から広国は薬のことなどいろいろ習っていた。いい薬を教えてくれるかもしれん」

猪手は広国に言う必要はないと国人に耳打ちした。榧葉山の山頂にある岩場付近を、景信は修行の場にしているらしかった。

若売が家で作って来た芋粥《いもがゆ》を、広国は三口ほど食べて国人の方へ押しやった。

「腹は減っていません。兄さんが食べないと」

弟の遠慮を見越したように広国は手を振った。若売も勧めるので、国人は椀《わん》の中の粥をすった。甘葛《あまずら》のほんのりとした甘みが臓腑《ぞうふ》にしみわたる。人足小屋の賄いでは決して口にできない味だ。

兄が眠りについたのを見届け、姉に後を託して外に出た。猪手から教えられたとおりの道を辿《たど》った。一年近く榧葉山で労役したにもかかわらず、切口付近以外は足を踏み入れたことがない。急坂をようやく登り切って雑木《ぞうぼく》の生える斜面に出た。冷たい風が下から吹き上げてきて、国人は蓑《みの》を軀《からだ》に巻きつけた。茅《かや》をかき分けているうちに、手に幾筋もの切り傷ができた。山頂はまだ見えなかった。

僧侶《そうりょ》が何のためにこういう山奥に隠れ棲《す》んでいるのか。まさか石像を彫るためだけではないだろう。托鉢《たくはつ》をするなら、人里に下りてきたほうが都合がいいはずだ。それとも下りて来られない理由でもあるのだろうか。逃亡民の成れの果てなのかもしれない。そんな僧とどうやって兄は近づきになったのか。

茅の低く茂る斜面を登りきると再び岩場に出た。獣の吠《ほ》えるような声を耳にしたと思い、身構える。吹き上がってくる風が岩穴に入り込む音だった。風の微妙な方向の変化で、音はまるで生き物のように低くも高くもなった。

大岩の陰を回りきったとき、左手に榧の大木が見えた。あたりにはほとんど高い木はなく、周囲の岩を配下に従えるようにしてそびえ立っている。

眼をこらした国人は、榧の木の下にある岩に人がいるのに気がつく。山頂の方を背にして、吹き上げる冷風を受けとめる姿勢で坐《すわ》っていた。伸びた髪を後ろで束ね、顔の下半分も髭《ひげ》で覆《おお》われている。軀には黒い衣をまとっただけで、蓑《わらみの》さえもつけていなかった。

近づくにつれて、僧が坐っている岩の大きさが分かった。人足小屋の高さ以上で、下からでは上の方は見えない。どうやって声をかけていいかわからず、岩の下で足をとめ、息をつく。低い森の向こうに、なだらかな平野が見渡せた。大切りの切口から見る風景とは違って、川のうねりと耕地の広がりが見える。さらにその先は白くかすみ、まだ国人が足を踏み入れたことのない土地があった。

「わしに何か用か」背後でしゃがれ声がした。いつの間に岩をおりたのか、僧が鋭い眼でこちらを見つめていた。国人よりも小柄だが、相手を射抜くような強い眼差《まなざ》しだ。

「ここに来れば、薬を貰《もら》えると聞いたもので」相手に圧倒されて国人は言葉を継げないでいた。

「お前は広国の弟ではないか。広国が病んでいるのか」

恐《こわ》い顔で景信はきびすを返した。草鞋《わらじ》は藁ではなく茅で編んだもののようだった。黒衣は腰までの長さしかなく、その下に裾《すそ》のすり切れた下衣をつけていた。

景信のあとについて岩と岩の間を二十間ばかり進んだ。廂《ひさし》の形で突き出た岩に辿りついたとき、国人は肩で息をしていた。

張り出した大岩の下に茅が敷き詰められ、奥の暗がりには祭壇らしきものが設けられていた。

「広国の弟なら国人と言ったな。広国に何が起きた」

景信の息は少しも乱れていない。西日が景信の顔の左半分を照らしていて、右の目がまばたきもせずにこちらに向けられていた。

相手が国人の名前を知っているのは、広国が話したからだろう。国人はこの三日間の広国の容態を口にした。

「それでお前をここにさし向けたのは広国か」聞き終えたあとで景信から尋ねられ、国人はかぶりを振る。

「そうだろうな。広国なら、何の薬も効かないのを知っているはずだ。不憫《ふびん》な男だ」

そのまま僧は黙った。

「兄は助からないのですか」国人は恐る恐る訊《き》いた。ゆっくりと相手が顎《あご》を引く。急に涙がこみ上げて来て、国人は嗚咽《おえつ》する。

「一両日中だろう。広国もそのことは分かっているはずだ」

僧は奥に引っ込み、暗がりで後ろ向きになり、小さな道具を扱っていた。鼻をつく匂《にお》いが漂ってきた。やがて僧は国人の所に戻って来て、細い竹筒をさし出す。

「これを兄さんに飲ませてやりなさい。治す薬ではないが、苦しまないですむ。それから、わしがここで仏に祈っていると伝えなさい」僧は立ち上がり、足早に岩の後方に姿を消した。

国人が岩場を降り、振り向くと元の岩の上に僧が坐っているのが見えた。西の方角に顔を向け、吹き上げる冷風と、雲間から射《さ》す薄日を全身で受けとめていた。

「そうか、景信さんに会ってきたか」

国人が小さな竹筒をさし出すと、広国はほっとした表情になった。

「病気は必ず治る、そのために岩の上で仏に祈っていると、言っていました」国人は僧の言葉を曲げて告げる。

「俺も本当は景信さんの弟子になりたかった。しかし百姓が出家することはできない」広国は目を閉じたまま言った。「景信さんは、都の近くで十五年ばかり山林修行《さんりんしゅぎょう》をしていたそうだ」

広国は憑《つ》かれたようにしゃべり始める。「木の皮と葉で衣をつくり、食い物を口に入れるのは三日に一度、草と木の実だけしか食べない。寝るのは土の上、いばらの上、水と火の傍《そば》だったらしい。それから師僧《しそう》について山を下り、川に橋をかけ、沼を田にし、道をつくり、病人に薬を施し始めた。だから景信さんは何でも知っている。俺が死んだら、暇を見つけて会いに行け」

「兄さん」

「国人、お前のことも話したから、景信さんは知っている」広国はそこで深い息をする。「景信さんの薬をくれんか」天井を向いたまま広国は手を伸ばした。

国人は若売と一緒に広国の上体を起こしてやる。竹筒の蓋《ふた》になっている木の栓を抜くと、強い匂いがたちこめた。若売が杓《ひしゃく》に水を汲《く》んでさし出す。広国は竹筒の中の緑色の液をひと飲みし、杓の水をごくりと呑《の》み込んだ。

やがて安らかな顔で目を閉じ、寝入った。若売が暇乞《いとまご》いをする時も、広国は軽い寝息をたてていた。使役から戻った猪手は、二人分の夕餉《ゆうげ》を持って来てくれたが、広国を起こすには忍びず、国人だけがすすった。

「景信の薬が効いたんだな」猪手が安心したように国人の肩を叩《たた》いた。

頭領が姿を見せたのは、小屋の人足たちが床についてからだった。

「具合が良さそうではないか」頭領は広国の顔を見、国人に目配せする。「明日の朝、これを食べさせるといい。わしの家に代々伝わる食い物だ」それだけ言って頭領は小屋を出て行った。

熊笹《くまざさ》の包みを開くと黒っぽい練り物がはいっていた。胡麻《ごま》の匂いがした。

広国の寝顔は静かだった。国人まで眠気を覚えた。

「国人、しばらく寝ろ。何かあったら、俺が起こしてやる」

火床《ほど》の番をしている奥丸がそっと囁《ささや》く。しかし眠る気にはなれない。自分が寝入ってしまえば、兄の魂までが消え入ってしまうように思われた。

眠気を払いに外に出る。空一面に星が出ていた。榧葉山の方角に、強い光を放っている北辰《ほくしん》があった。

数えきれないほどある星がすべて、その北辰を中心にして回っていることを教えてくれたのは広国だった。まだ国人が十歳にもならない頃だ。広国がそれを誰から教えられたかは知らない。母からでも父からでもないような気がする。広国は自分が知らないことを知っている人物には興味をもち、近づくすべを身につけていた。景信と親しくなったのも、その性分ゆえに違いない。

北辰の左上の方角を、刃物で切り裂いたような黄金色の線が走る。

流れ星——。国人は軀が凍りつく気がした。人が死ぬとき、それも立派な人物が死ぬときに星が流れると教えてくれたのが広国だった。

眠気が醒《さ》めた思いで小屋に戻り、広国の寝床に寄る。兄が静かに息をしているのを確かめて安堵《あんど》した。

景信がくれた薬は、本当に秘薬で、特別な効力を持つものだったのだ。兄が元気になってくれれば、今度は頭領に自分が申し出て、あの本切りにはいらせてもらおう。代わりに広国にはもっと楽な持場についてもらうのだ。

広国の枕頭《ちんとう》に坐っているうちにうとうとしていた。

「国人、水をくれないか」広国が呟《つぶや》いていた。

国人ははじかれたように起き上がり、小屋の隅にある水桶《みずおけ》から杓で水を汲む。

広国の軀を半分起こすまでがひと苦労だった。広国は顔をしかめた。

「すまない」二口、三口飲んで、広国はひと息つく。

「兄さん、またひと眠りすると元気になるよ。頭領からも、明日の朝、食べるようにと、いいものを貰っている」

「そうか」一瞬、広国は苦痛がひいたように微笑を浮かべた。

しかし次の瞬間、国人の腕に広国の軀の重みがずしりとのしかかった。

「兄さん」

呼びかけたが、目を閉じ、首を垂れた顔に反応はなかった。

「広国兄さん」

何度も叫ぶ声に、小屋の中の全員が起き上がり、周囲に集まって来た。そのうちのひとりが広国の胸をはだけて耳を当てる。そして駄目だというように首を振った。すすり泣きがあちこちから聞こえ出す。

「広国、よく頑張った。立派だったぞ」猪手が頭を垂れ、こぶしで涙をぬぐった。

「あんたには世話になった」

刀良《とら》が髭もじゃの顔を広国の耳に寄せて言い、両手を胸元に組ませる。他の人足もひとりずつ寝床に寄り、ある者は涙をためた目で広国を見つめ、ある者はこぶしで涙をぬぐい、もの言わない広国に別れの言葉をかけた。

「国人、よく看病したな」

猪手に慰められたとき、国人はこらえていた涙を我慢しきれず、肩を震わせて泣いた。


夜が明けると、他の小屋からも人足がやって来て広国の遺体に手を合わせた。静かに涙を流す者もいれば、ぼそぼそと死人に話しかける者もいる。広国の傍に坐り続けていた国人は、無口で目立つことの嫌いな兄がどんなに仲間たちに好かれていたかを思い知らされた。

男たちが出て行ってしまったあと、頭領が賄所の女たちを連れてやって来た。女たちは小屋の中にははいらず、戸口で腰をかがめ合掌した。

ひとりだけ頭領から許されて広国の傍に寄った女がいた。

「真都売《まとめ》だ。わしは、ゆくゆくは広国と一緒にさせるつもりでいた」

女の顔を国人は覚えていた。若売と国人が看病をしていたとき、小屋の入口まで何度か粥のはいった椀を届けてくれたのだ。広国の思い人だったのであれば、枕元《まくらもと》に呼び、言葉を交わさせてやればよかった。

真都売は泣きはらした目で広国の顔を見、たまらずに両手で自分の顔を覆った。戸口の女たちももらい泣きする。

「泣け、思う存分泣け。いい男を亡《な》くした」そう言う頭領も涙声になっていた。「わが家伝来の練り薬も間に合わなかったな」

「申し訳ありません」

「あれは広国に持たせてやれ」

頭領は女たちを帰らせ、広国をどこに葬《ほうむ》るか、国人に訊いた。人足たちの墓は、小屋から一町ばかり歩いた花の山の麓《ふもと》にあった。事故や病気で倒れた人足が二十人余り、そこに埋められている。国人の両親や弟の墓は村人と一緒に別の所にある。

国人は迷ったが、花の山の墓が兄にはふさわしい気がした。村の墓に戻ってしまえば、仲間の人足からはすぐに忘れられてしまう。山麓《さんろく》の墓所《ぼしょ》なら、この奈良登りの銅山が続く限り、代々の人足たちが偲《しの》んでくれるはずだ。

「若売は反対らしいが、わしもお前の考えに賛成だ。すぐに用意をさせる。若売もじき駆けつけよう。それまで兄さんと水入らずにおれ」

頭領が出て行くと、小屋の中にひとりだけになった。両親を相次いで失ったときも悲しかったが、その悲しみはまだ骨身にしみていなかった。その三年ほど前に弟が死んだときは、まだ夢うつつで、泣いたのはほんの一日だけだ。じきに弟がいないのが当たり前になった。しかし広国を亡くした今、今までの悲しみが少なくてすんだのは兄がいたおかげだと分かる。すべての悲しみの風よけに、広国がなってくれていたのだ。

胸を内側から破るような寂しさが襲ってきた。広国の顔に手を触れる。石のように冷たくなっていた。

「兄さん」

若売が小屋にはいるなり広国の遺体にとりすがった。「広国兄さん、とうとうこんなになってしまって」

若売は顔を手で覆って泣き、後ろに立っていた夫の福万呂も鼻をすすり上げた。

福万呂が賄所からもらって来た湯を使い、若売と国人で広国の軀を清めた。牛のように肉の盛り上がった手足はもう硬くなり始めていた。福万呂の家の下僕が届けてくれた麻の白装束は、袖《そで》を通さずに軀に巻きつけるだけにした。

国人たちが驚いたのは、頭領から急ごしらえの柩《ひつぎ》が贈られたことだった。粗末な杉板ではあったが、表面は手斧《ちような》で平らに削られていた。

頭領はまた、弔《とむら》いを出すために、人足たちに早めに切口から出るように命じていた。広国の柩は猪手たちが六人がかりで担《かつ》ぎ、その前を国人や若売、福万呂の親族たちが歩いた。柩には人足や賄婦たちが百人ほどつき従った。

墓所の一番手前に、新しく穴が掘られている。柩に縄をかけて穴の底におろそうとしたとき、墓所を見おろす高台から、法螺貝《ほらがい》のような声がした。景信だとは遠目にも分かった。

景信は小走りで駆け寄って来ると頭領の前まで進み出た。死者とは多少の面識があった旨《むね》を頭領に伝え、お経をあげさせてくれるように頼んだ。

頭領は国人と若売の方を見やったが、二人に異論があるはずはない。

僧は胸にかけていた飾り玉を手に持ち、お経を唱え出した。

近くでお経を聞くのは初めてだった。父母が死んだときも、弟を送ったときも、僧は呼べなかった。僧が弔いにやって来たのは、村の長者が亡くなったときで、国人はそのお経の声を庭の外で耳にした。

お経は唄《うた》のようでもあり、かけ声のようでもあった。何を意味しているかは全く解せないが、声の調子から死人の魂を鎮《しず》め、生者の悲嘆を慰めてくれていることだけは分かる。居並んだ人足たちも神妙に頭を垂れ、読経《どきよう》に耳を傾けた。

「土をかけなさい」

読経をやめた景信が、静かな声で命じた。木鍬《きぐわ》を受け取り、国人は柩の上に土をひと振り二振りかけ、若売に手渡す。若売はしゃくり上げながら、弱々しい手つきで土をすくった。木鍬は頭領から福万呂、猪手、刀良たちの手に渡り、次々に土がかけられる。みるみる柩は土に埋もれた。その間も僧の読経は朗々《ろうろう》と続けられた。

国人はもう泣いていなかった。唇をかみしめ、柩を覆《おお》い尽くした土を睨《にら》みつける。姉の若売が泣いても、自分はこれから先、涙を見せてはならないと思った。涙は僧のお経とともに消えたのだ。

「今後は、時節時節に死者の追善《ついぜん》をしてやる。心配しなくてよい」経をやめ、何か口ごもったあと、景信は国人に向かって言った。

国人も若売も頭を下げる。この墓所に眠る二十数人のうちで、広国が最も恵まれている気がした。

「死者は、生者に力を与える。生者が死者を思い出す限りにおいてはな」景信が国人に鋭い眼を向けていた。兄を忘れることなどありはしないと、国人は反発を覚えながら相手を見返す。

「それでは」

景信は頭領以下の人足たちに一礼して、坂を下って来たときと同じ速さで高台へ登り、岩陰に姿を消した。

柩は完全に埋まり、その上にこんもりと土が盛られた。

国人は周囲の墓を見渡す。盛り土がまだ形を残しているものから、傾いた木片が突き刺さっている墓まで、新旧の塚が入り混じっていた。国人が奈良登りに来て、この墓地に人足が葬られたのは初めてだった。去年の夏頃、焼鉑《やきはく》を作る釜屋《かまや》で毒気《どっき》を吸った人足が気を失い、寝たまま村に帰って行き、数日後息を引き取ったが、この墓には埋められなかった。家人としては、死んだあとまで、忌《い》まわしい奈良登りの土中にその遺骸《いがい》を置きたくなかったのだろう。

そう考えると、兄をこの墓地に葬ったのがはたして正しかったのか。

いや、広国は喜んでいるはずだ。半ば朽ち果てた奥の墓標に目をやって、国人は思い直す。

榧葉山に銅が見つかって三十五、六年になることは、広国から聞かされていた。一年にひとり死者が出たとして、古里の村に葬られた者と、ここに埋葬された者は、半分ずつなのだろう。

仮に自分が奈良登りで命を落とすようなことになれば、自分はいったいどちらに眠りたいだろうか。やはりここだろう。ここには人足として、同じ人生を全うした者同士が憩《いこ》っているのだ。古里の村に戻り、父母や同胞《はらから》の近くに葬られては、切口にはいり掘場で血と汗にまみれた日々が、すっぽり消されるような気がしてならない。

景信は、広国の霊を弔うために折につけこの墓所に降りて来ると言った。自分もこれから先、ことある毎《ごと》にここに来よう。そして兄だけでなく、この三十年間に奈良登りで落命した見知らぬ人足たちの霊に語りかけるのだ。

3

翌日から国人《くにと》はまた人足としての苦役についた。下切りの掘場では、山留《やまどめ》や頭領の目を盗んで骨休めばかりしたがる朝戸《あさべ》と一緒だった。暮れ方に切口を出る時、朝戸の三、四倍は働いた気がした。

年が改まって、人足の数が増えた。人足小屋の数も増え、これまで一緒の小屋にいた半数が、新しい掘立小屋に移された。新入りの人足たちだけをひとつの小屋には置けないというはからいからだ。刀良《とら》も奥丸《おくまる》もそうやって出て行った。

人足が増えてからは、十日に一度、小屋毎に半日の骨休めが許された。昼過ぎに切口から出て、そのあとは夕暮れ時まで、小屋で寝ようが、川で魚を採ろうが、山菜《さんさい》をかき集めようが、思い思いに過ごすことができた。

国人はそんなとき、必ず兄の墓所に急いだ。

景信《けいしん》と違って、広国《ひろくに》の墓の前に立っても、祈るお経などは口をついて出ず、ありきたりの言葉もすぐに使い果たす。国人は兄の塚を石で固めることを思いつき、あたりに散らばっている石を抱えては積み重ねた。ある程度の体裁が整うと、隣の崩れかかった塚に石を置くようにした。土中から突き出た木片には墨で字が書かれていた。おそらく死者の名と、死んだ年とその時の年齢だろうが、兄の墓標同様、国人には読めなかった。

二つ目の墓に石を置き終えた日、景信が坂道を上がって来るのに行き合った。

「供養《くよう》をしているのは、やっぱりお前だったか」

広国の墓に合掌し、短い経を唱えたあと、僧は国人を振り返る。「広国だけでなく、他の仏も喜んでいる」景信は国人が石を積み終えたばかりの墓を指さした。

「あそこに眠っている人は何という人ですか」国人は気にかかっていた疑問を口にした。

「そうか、お前は字が読めなかったのだな」

僧は手招きして国人を墓の前にしゃがませる。木片の表面にはまだ墨の跡が残っていた。

「〈坂本岡万呂　天平九年　廿《にじゆう》一歳〉とある。亡《な》くなったのは七年前だ。生きておれば、もう妻《めと》も娶って、子供もできていたろう」僧はまた念仏を唱えた。「広国は字を覚えたがっていたが、お前も同じようだな」

国人は黒い墨跡から眼が離せなかった。たったこれだけの黒い模様から、死者の名や死んだ年、その齢《とし》までもが読み取れるのが信じられなかったのだ。兄の墓標は頭領が書いてくれたのだが、やはり同じような書き方になっていて、木片が朽ちない限り、それは無言のうちに広国のことを伝え続けてくれる。父母や弟の墓には何もなく、ただわずかに盛り土がされ、石が置かれているだけだ。

「お前がこうやって石を積み上げてくれるなら、わしもこれらの墓に、新しく墓標を立ててやろう。お前がいずれ読めるようにな。字がもう読めなくなった墓には、お経の一節かただ仏《ほとけ》と書きつけておく」

景信は袖《そで》のすり切れた上衣を風になびかせて、榧葉山《かやばやま》の方へ登って行った。

兄の墓標に記された字を見つめて、国人は自分の名前にも字があるのだと改めて感じる。自分がその字を知らないだけなのだ。

広国が大怪我《おおけが》をした日、国司の使者が来て、天子の詔《みことのり》を読み上げたが、あれもこの墓標と同じく、字が書きつけられていたから、長々と話すことができたのだ。

字など一生涯自分とは無縁だと思っていたが、景信が言ったように本当にそれが分かるようになるのだろうか。広国はあの僧から字を習っているなど、ひと口も漏らさなかった。たぶん、自分でも分不相応だと思っていたのだろう。

それならお前はどうなのか。この墓地に葬《ほうむ》られている二十数人の名前くらいは知りたかった。名前が分からない塚には、お経か仏を書き記すのだと景信は言ったが、できればそれもこの頭に入れておきたい。もちろん、兄がそうだったように、誰にも言う必要はない。

新入りの人足たちは、璞《はく》石を大方掘り尽くしつつある大切りよりも、中切りや小切りの方で働かされていた。

国人が頭領に、本切りに潜ってみたいと申し出たのは、寒さがやわらいだ閏《うるう》一月の初めだった。

「死んだ兄が働いていた掘場《ほりば》で、働きたいのです」

本来は国人がそこにやられるはずだったのを、広国が代わってその役を担《にな》った事実は、頭領も忘れていなかったようだ。何を好んで本切りに行きたいのか、と訝《いぶか》る目で国人を見返した。

「あそこは奈良登りの中でも、一番苦労する掘場だ」

「兄がいたと思えば、辛《つら》くありません」

今の下切りの掘場で、怠け癖のある朝戸と組むのが嫌だとは、口が裂けても言えなかった。

頭領は何か考える様子だったが、三日後の朝、他の人足の異動と一緒に、国人の本切り行きを命じた。

慌《あわ》てたのは朝戸だった。誰が相方になっても、国人ほどには扱いやすいはずがない。

怠けていれば、山留や頭領に告げ口されるのは当然だからだ。うろたえている朝戸を見て、国人は小気味良く思ったが、その気持も実際に本切りに潜ってみると、またたく間に萎《な》えてしまった。

梯《はしご》を下った先で通路はいったんだだっ広くなり、その奥で再び七つか八つの小さな道に分かれた。

本切りでの課役《かえき》は、水との戦いだった。掘場から絶えず滲《し》み出てくる冷たい水は、水替人足《みずがえ》たちが縄と桶《おけ》で汲《く》み出さなければ、穴全体を水びたしにしてしまう量だ。水替人足が夜中でもそこで寝ずの番をしていることを、国人は初めて知った。二人が夜通し交代で水を汲み出す必要があったのだ。

それほどまでに困難な場所でありながら、本切りが放棄されないのは、掘場から出る璞石の質が良いからだった。他の掘場よりも銅が多く含まれていることは、岩にたがねを打ちつけるときの感触でも分かった。鎚《つち》をはじき返す力が強く、その代わり、うまく目に当てると気持が良いくらいに璞石が剝《は》がれた。本切りに送られる穿子《ほりこ》たちが、腕達者ばかり選ばれていたのもそのためだろう。

しかし、いつも濡《ぬ》れている岩に璞石の目を見つけるのは、国人にはひと苦労だった。そのうえ水の恐怖と寒さにも悩まされた。天井から垂れる水滴でびしょ濡れになり、瞬時でも骨休めしていると冷えきってしまう。

たがねで璞石を剥がしたとたん、水が溢《あふ》れ出し、またたく間に掘場を満たす夢を毎晩のようにみた。穿子たちは一斉に梯の下に逃げるが、水の勢いには勝てず、水位が胸から首に上がり、ついには水没してしまう夢に、国人は夜中に何度も叫び声をあげて目を覚ました。泳ぎ上手でないという情なさが、余計水の恐ろしさをあおりたてているようだった。

ひと月もすると、本切りの中で広国が弟を働かせたくなかった理由が呑《の》み込めた気がした。背負子《しょいこ》を背にして梯を登るとき、兄をよく思い出した。梯は濡れて、草鞋《わらじ》が滑る。足を踏みはずせば、広国がそうだったように何間か下の暗がりに墜落して傷を負う。打ち所が悪ければ命取りになる。それでも国人には、掘場で鎚を振るうよりも、重い璞石を背負って梯を登るほうがましだった。穴の底からいっときでも抜け出られるうえに、空気もいくらか新鮮な気がした。

いきおい相方の黒虫《くろむし》が穿子になり、国人が負夫《おいふ》になることが多かったし、黒虫もそれで満足しているように見えた。

下切りではのべつまくなししゃべり続ける朝戸に嫌気がさしたが、ここでは耳も聞こえず口もきけない黒虫が相手なので、話をしようにもできない。

時折、黒虫は暗がりの中で手を使い、国人を笑わせようとした。黒虫自身が笑っているので、面白い話をしているのには違いないが、国人には話の内容がさっぱりつかめない。とはいえ、目と手だけをすばしっこく動かしている様子がおかしくてこちらが笑うと、黒虫は満足気に国人の肩を叩《たた》いた。

しかし、ひと月もすると黒虫の仕草がいくらか理解できるようになった。人足小屋でも、食事をとる賄所《まかないどころ》でも、切口に向かう道すがらでも、機を見ては黒虫が国人に近づき、何かと話しかけてきた。

話をしても別段やかましいわけではなく、他の人足からは苦情も出ない。皆を集めて頭領が指示を出している間も、黒虫は国人の横に来て忙《せわ》しく身振りをする。頭領の話を、これまで誰も黒虫に説明してやってはいないのだろう。話し手の口の動きと表情、そして聞き手の顔を見て、話の内容を自分なりに判断していたようだ。

黒虫につきまとわれるようになって、国人は頭領の話を身振り手振りで伝えざるを得なくなる。新入りの人足が三倍にもなって、賄所や吹屋《ふきや》、立場《たちば》小屋や釜屋《かまや》すべてで人員が増え、小屋も広くなる。あと二、三か月したら人足の異動を行わなければならなくなる。今、切口にはいっている人足のうち、働きの良い者から外に出す。切口から出たい者は、一生懸命に働くことだ。——そういう話のあらましを国人は黒虫に伝えた。黒虫はうんうんと頷《うなず》きはしたが、どこまで理解してくれたかは、心もとなかった。

天井から垂れ落ちる水滴に顔をしかめ、歯をくいしばってたがねを岩に打ち込む。冷え切った軀《からだ》は、いくら鎚をふるい続けても暖かくならなかった。そんなとき、黒虫が国人の背中を叩いた。黒光りする目を輝かせて、大きな手振りで、頭を使えと言う。天井を指さして、夢見るような顔つきになる。

どうやら、外に出ている日輪《にちりん》を思い描いて仕事をせよと言っているらしかった。

〈この穴の天井なんか、ないと思うのですか〉

国人が訊《き》くと、黒虫は何回も顎《あご》を引き、落ちて来る水滴も、日の光と同じに思うといいと笑顔をつくった。

天井がそのまま青空に続き、さんさんと光がふりそそぐ――。暗がりの中でそう思い定めれば、掘場での作業も苦にはならない。

足元に流れ落ち、くるぶしから下をいつも赤く冷やしている水も、黒虫によれば小川のせせらぎだという。岩清水が集まって細い流れをつくり、小石の下には沢蟹《さわがに》が群れ、水草の黄色い花が咲いている――。

これまで、黒虫が日がな一日楽しげに苦役をこなすのは、耳と口が不自由なうえに頭の働き具合も悪いからと蔑《さげす》んでいたが、間違いだったと国人は気づく。薄暗く水びたしの掘場に閉じ込められていても、日の光がふりそそぎ、きらきら光る渓流《けいりゅう》が足先を洗っていたのだ。

　黙々と常に身を忙しくしている黒虫の傍にいると、掘場の中の空恐ろしさも感じなくてすんだ。少なくとも、口だけを動かす朝戸の横で働いていた下切りよりは、ここのほうが国人には心落ちつく気がする。

　日は少しずつ長くなり、切口から出ても外は明るく、日が沈むまでには時間が残された。夕餉《ゆうげ》を賄所でとったあと、国人は頃合いを見て花の山の墓地まで山道を走った。途中で、咲き始めた野草を摘んでは、広国の墓に供えた。

　兄の墓も入れて二十六ある塚には、景信がすべて新しい墓標を立て、分かる範囲で葬られた者の名と齢《とし》、没年を書いていた。

〈肥手石山《ひでいしやま》　卅《さんじゆう》二歳　天平十三年〉、〈川辺与呂志《かわべよろし》　卌《しじゆう》七歳　天平元年〉、〈可多弥《かたや》須彦《すひこ》　廿八歳　神亀《じんき》五年〉。

　ひとつひとつの読み方は景信から教えてもらっていた。天平という元号の前が神亀だったことも知り、国人が生まれた年もその神亀三年だと、景信は言った。最も古い墓は養老元年のもので、景信によると二十七年ばかり前だった。そうすると死んだ広国が生まれる二年ほど前に、ここに葬られたのだ。

「この奈良登りの銅山は、和銅の年代に見つかっている。今から三十五、六年前だ。しかしその頃ここで死んだ人足の墓は、どこにあるか分からない。葬られても、弔う者が誰もいなかったので、草木の中に埋もれてしまったのだろう。こうやってここに、塚が残されているだけでも幸せだ。わしの感じるところ、墓のない死者の魂魄《こんぱく》が同じ数くらい、奈良登りには漂《ただよ》っている」

「するとこの奈良登りで亡くなった人足はどのくらいいますか」

「全部がここに葬られたわけではないからな。村の墓所に眠っている者もいる」景信は考える目つきになる。「百人近くになるだろう」

「多いですね」

「一年に三人の勘定だ。最近では死人は少なくなったがな。わしはここで死んだすべての人足の霊に対して、経を唱えている。これが生きている者のできるせめてもの供養だ。お前の石積みと写字も、お経に劣らない立派な供養になっている。恥ずかしがらなくてもよい。お前が墓標の字を真似《まね》て地面に書いているのは、遠くから何度も見た。ほら、これをやろう」

景信が国人にさし出したのは、幅が三寸、長さが一尺半ばかりの板だった。板には小刀も添えられている。

「地面に書くのもいいが、この板に書くと手もうまくなる。手本を見せてやろう」

僧は懐《ふところ》から取り出した細い炭で、板面に〈国人〉と書いた。「ほら、これがお前の名前だ」続けて同じ文字を二つ三つ繰り返して書きつける。国人はその動きの一部始終を凝視《ぎょうし》した。

「この下の空いている所に書いてみなさい」

景信から炭を渡されて、国人は見たとおりに手を動かす。しかし字の形は自分の目からしても不細工だった。

「それでいい。裏には兄の広国の名を書いておく。その下はこの小刀で何度も削り落とせる。わしの字と似てくるまで、何度も書いては削りとるとよい。お前の兄もそうやって字を覚えていた」

しかし広国が板に字を書きつけている姿など、国人は目撃したことがない。他の人足たちには気づかれないように、隠れて字を書き、頭に入れたのだろうか。

景信は墓の間を歩きながらお経を唱えていたが、そのうち衣をひるがえして、小走りに山道を登って行った。

国人は広国とは違って、字を書くのに人目をはばからなかった。人足小屋での夜の火床《ほど》守《も》りの際には、眠気を追い払うために、景信からもらった板に字を書き、表面が炭で黒くなったら、小刀で削り、削り屑《くず》を火にくべた。

分厚かった板は、手本の字が書かれた上部を残して薄くなっていく。しかし薄くなるにつれて、書いた文字の形が手本に似てくるのが嬉《うれ》しかった。

そんな国人の打ち込み方に興味を抱いたのは黒虫で、自分の名前はどうなのかと国人に訊いてきた。もとより国人に分かるはずはなく、次に景信に会ったとき、新たな板に黒虫の名を書いてもらった。それを持ち帰って黒虫に見せたが、彼自身は字の練習をする気はさらさらなく、国人に覚えてもらうのがねらいらしかった。

墓標の文字をすべて習い終えたあと、景信は、お前さえその気になれば千字文《せんじもん》を教えてやろうと国人に言った。

「千字文とは、千の字からなる歌だ。四字の小さな文句を重ねていって、天と地、森《しん》羅万象《らばんしょう》を雄大に歌いあげる。広国にもまだ千字文は教えていなかった」

景信は、ところどころに国人の理解しがたい言い回しを使ったが、それが国人の耳には不思議に快く響いて、分かったつもりになるのだ。

「例えば、千字文の初めはこう書く」

景信は今削ったばかりの板に、炭で〈天地玄黄《てんちげんこう》〉と書きつける。冒頭の文字は天平の天と同じだとは、国人にもすぐに分かった。しかし次の三字には初めて接する。

「易経《えききょう》という書物に由来する文句で、天地の色を示している。すなわち天は黒く、地は黄色という意味だ」

地が黄色というのは納得できる。しかし天が黒いのはなぜだろう。この世の初めがそうだったのかもしれないと、国人は自分なりに思った。その想像の正しさは、景信が木片を裏返しにして、次の四字を書きつけたときに判明した。魂を奪われたような気持で、国人は景信の説明に聞き入る。

「〈宇宙洪荒《うちゅうこうこう》〉とは、この世の中の初め、太古の昔をさす。わしたちを取り囲む天地の間は、どこまでも広がり、大きいということだ」

国人は思わず嘆息する。墓標に書かれた字は、人の名前と年齢、死んだ年を示していた。国人も知らない埋葬された死者が、ほのかな形をもって立ち現われる気がしたが、たった今書きつけられた字は、それとは明らかに違っていた。この目に見え、耳で聞き、膚《はだ》で感じている世の中がぐんと広くなるのだ。木々の緑も濃くなり、空の青さも増し、頭上を飛ぶ鳥の声も、一段と高らかにあたりの大気を震わせる。たった四字のつらなりが、身のまわりを変える事実に、国人は呆然《ぼうぜん》とした。

そうすると、同じ墓所に立ちながら、景信の目に見えているものは、自分とは全く違っているのではないだろうか。——そびえ立つ大樹《たいじゅ》を仰ぎ見る気持で、国人は景信をみつめた。

天地玄黄、宇宙洪荒。それらの字を知ると、掘場での労苦も薄らぐように思えた。青空と春の渓流を想起しておれば、辛さも辛くは感じないと教えてくれたのは黒虫だった。字は別の意味で穿子《ほりこ》と負夫《おいふ》の仕事を減じてくれた。〈天は黒く〉と字は語っているが、切口の中はまさしくそのとおりではないか。そしてこの黒さこそ、天地の間の広大さにつながっている。掘場は単に穴蔵《あなぐら》にはとどまらず、その中の一点なのだ。このたがねのひと突き、鎚のひと振りが、岩の中から新しい天地を創《つく》り出していく。次々と流れ出る水はその誕生の証《あかし》ともいえた。

山椿《やまつばき》が山麓《さんろく》一面に真紅《しんく》の花をつける頃になると、国人は、もう本切りの中に潜って行くのが恐《こわ》くなくなった。掘場が水に満たされて溺《おぼ》れ死ぬ悪夢にもうなされない。黒虫と二人で黙々とこなす仕事が楽しくさえあった。

岩壁を見やると、打つべき所はここだというように岩の目が、たがねを吸い寄せる。

そこにたがねを当て、鎚を打ちつける。音をたてて、人の胸板ほどの璞《はく》石が剝がれ落ちる。目はその脇《わき》にもあって、たがねを置くと同時に鎚を打ち込む。今度も人の肩くらいの璞石がめくれ、床に落ちて砕かれる。隣にいた黒虫が、そうだそうだというように笑った。そんなとき、一日中璞石を落とし、運ぶ労役を続けても、疲れは感じない。黒虫と連れ立って、足取りも軽く切口から出ることができた。

榧葉山の所々に自生する山桜が、麓《ふもと》で咲き初め、少しずつ上の方に昇っていく。毎朝、切口に向かうときに、黒虫がその方向を指さした。ある朝、大切りに向かう登り道の傍で、黒虫は国人の袖《そで》を引いた。山椿の中に数十羽の目白が群れていた。夜をそこで越したのに違いない。黒虫は手と口を動かし、〈ちょうど人足小屋に寝ていた俺たちと同じようだ〉と国人に伝えた。国人は苦笑し、見よう見真似の仕草で、〈目白は働かなくていいので、人足よりはましだ〉と答えてやる。黒虫はすぐに応じた。目白は鷲《わし》や鷹《たか》から襲われないかと、いつもびくびくしていなければならない。ほらあそこ、と言うように空を見上げた。日の照り出した空に、大鷲《おおわし》が悠然と旋回している。

〈自分は国人と一緒に働くのはちっとも苦にならない。むしろ楽しい〉

黒虫が顔をほころばせながら仕草で国人に伝える。国人はうんうんと頷いた。

黒虫が腰に下げているのは竹筒ではなく、大きな瓢簞《ひょうたん》だった。何年も使っていて黒光りし、黒虫の持物のなかでは一番の値打ちものかもしれなかった。その瓢箪に自分の名を刻んでくれと黒虫が国人にせがんだ。名前など入れなくても、その瓢箪を見ただけで黒虫の物だとは誰にも分かるのだが、やはり名前が欲しいらしい。国人が自分の竹筒に名を刻んでいるのを見たからに違いなかった。国人は苦労しながらも小刀を使い、ひと晩で名前を刻みつけた。目立つように大きくしたが、その瓢箪を誇らしげに腰につけ、黒虫は堂々と歩く。夕餉のときも、わざわざその瓢箪で水を飲んだ。

山桜が散り、山つつじが咲き出す頃、千字文の練習は半分くらい終わっていた。削り切った板片はもう五、六十枚にはなっていたろう。景信は手本にする四字を炭ではなく、墨で書いてくれるようになった。一枚の木片で八字は覚えられる勘定で、国人は削り残した手本の部分だけは捨てずにいた。

「いったい字はいくつあるのですか」

あるとき国人は恐る恐る景信に訊いてみた。千字ですべてとはとても思われなかったが、はたしてどれだけの努力を続ければすむのか、見通しくらいはたてておきたかったのだ。

「二十万か三十万はあるだろう。つまり、千文字を二百か三百集めた数だ」

「景信さんはそれを全部覚えたのですか」驚いた国人はまた問い重ねた。

「わしもそこまでは知らん。十分の一か二十分の一だろう。しかしすべてを頭に入れる必要はさらさらない。多くの字を知っていれば、初めての字でもおおよその見当はつく。まさかお前は、すべての字を習う気でいるのではなかろうな」景信の鋭い眼が国人に向けられる。

「とんでもないです」国人は慌《あわ》てて答えたものの、千字文の二百倍くらいなら覚えられそうな気が、そのときはした。

頭領が前触れしていた配置替えは、翌天平十七年、蓮《はす》の花が咲き染める頃にあった。頭領から呼ばれて釜屋《かまや》に上がる気はないかと訊かれたとき、国人は一瞬迷った。慣れてきた本切りの掘場には、あと一年、いや二年いても不都合はないように思えたからだ。しかし広国が怪我《けが》をする日の朝、〈切口からは出ろ〉と言っていたのを思い出し、二つ返事で応じた。

心残りは黒虫だった。釜屋行きが決まってからも、黒虫には伝えにくく、最後まで言わないことに決めていた。

数日後、国人は頭領からまた呼ばれた。

「国人、お前は人足のうちでも一番若いほうだ。それなのに切口から出したのには訳がある。璞石から荒銅《あらどう》、荒銅から真吹銅《まぶきどう》、さらには棹銅《さおどう》を作る腕のいい人足がこれから必要になる。その習練は若いうちから始めておくに如《し》くはない」

「はい」膝《ひざ》をついたまま頭を下げ、後ずさりしようとしたところを再び呼び止められた。

「それからもうひとつ、相方の黒虫のことだ。あいつは奈良登りに来た当初から穿子をやっている。もう十二年、そのうち十年が本切りだ」

　国人は黒虫の齢が三十だとは知っていたが、十年もあの水の溢《あふ》れ出る掘場で働いていたとは初耳だった。黒虫が暗い穴の中でも、日の降りそそぐ青空や快い岩清水を思い描くようになったのは、気の遠くなるような辛苦の果ての仕業《しわざ》だったのだ。もしかしたら黒虫は、いつ事故で死んでもいい捨石のようにみなされていたのではないか。

「わしも、あの耳も口も駄目な黒虫があそこまでやるとは思わなかった。いずれ璞石の下敷きになるか、水溜《た》めに落ちるかして命を落とすと思っていた。本切りの梯《はしご》から墜落して大怪我をした穿子がいるという知らせがはいったとき、わしはてっきり、あいつに違いないと思ったくらいだ。わしの本心を言えば、あのとき広国ではなく黒虫が梯から落ちてくれていたらと思ったりもする。いや、こんな胸の内、誰にも言ったことはないがな。神仏も、わしらの考えとは違った御《お》働きをされる——。それでだ」

頭領は自分から身をかがめて国人の目を注視《ちゅうし》した。「あの黒虫が一番頼りにしているのはお前だ。山留《やまどめ》たちの報告でも、わしから見ても、これは間違いない。十二年の間にいろいろな人足が黒虫の相方を務めたが、みんなあいつを小馬鹿《こばか》にして、働けるだけ働かせていた。幸か不幸か、黒虫は骨休め、あるいは怠けるということを知らない。黒虫が働けば働くだけ、相方は楽ができる。ずっとそうだったが、お前だけは違った。黒虫を先達《せんだち》として敬《うやま》い、話を聞いてやった。今では、あいつもお前を頼りにしている。わしは、お前たちを引き離すのが忍びない。生木《なまき》を裂くような気がする。どうだ、これはわしからの頼みになるが、黒虫もお前と一緒に釜屋に上げてやりたい。あいつの働きぶりから見て、切口から出してやらなければいけないのだが、今までその機会がなかった。これを逃せばもう好機は来ないだろう。それにもうひとつ、お前という相方を失ったあと、黒虫がどうなるか考えただけでおぞましい。逃げ出すか、榧葉山のどこかで、首をくくるかもしれん」

頭領の最後の言葉に、国人は思わず顔を上げる。人足が自ら命を絶つことが、これまであったのだろうか。

「お前が花の山にある墓を、あの僧と二人で供養《くよう》してくれているのはわしも知っている。ありがたいことだ。これまで誰もそういう殊勝《しゅしょう》なことはしなかった。わしが覚えている限りで、あそこには自ら首をくくった者が三人、埋められている」

「自分で死んだのですか」思わず訊《き》き返していた。

「どの墓がどれとは言いたくないがな。ちょうど四年前にもひとりいた。夏の盛りにいなくなったが、みんなが逃亡したのだろうと思って、山探しもしなかった。ところが、山の一角に白鷺《しらさぎ》がえらく集まり出したのが、下からも見えて、妙だなとみんなが言い出した。いつもの白鷺のねぐらとは違う場所だったからだ。人足のひとりがそこに行ってみて、ぶら下がっている遺骸《いがい》を見つけた。足のほうは猪《いのしし》が食いちぎり、目は烏《からす》がつついてしまっていた」

国人は二十六ある墓の名前を頭の中でたどり、どれがその可哀相《かわいそう》な男だろうかと思った。

「自分でくびれたその男は、一族の名折れだと言われて、里の墓には迎え入れてもらえなかった。不憫《ふびん》なことだが」

そうしたいわれであの墓に葬《ほうむ》られた人足がいるとは、これまで考えてもみなかった。広国をあそこに埋葬したのは、一生を捧《ささ》げた場所から魂を引き離したくなかったからだ。田長《たなが》、石山《いしやま》、真立《まだち》、野公《のみかど》といった死者の名を国人は次々と思い起こしてみる。

「だからお前とあの僧の手向《たむ》けは、わしにとっても慰めになる。墓のことは頭のすみにいつもあったが、足を向けはしなかった。だからこの前、あの僧が施《ほどこ》しを受けに来たとき、わしは木簡《もっかん》をひとかかえ渡した。苦労して板を作っていると聞いたからだ」

「そうでしたか。何日か前に貰《もら》った板は立派なものでした」

「お前が千字文を習っているのは知っている。あの僧が書いた手本を大切にしていることもな。木簡だと削りやすいし、書きつけるにも難渋《なんじゅう》はしない」

頭領は立ち上がって国人を見下ろす姿勢になる。「いいな。黒虫のこと頼んだぞ」

国人は深々と頭を垂れた。

黒虫が頭領に呼び止められたのは次の日の朝だった。本切りに遅れて降りて来るなり、国人に部署換えを告げた。頭領から前以《もっ》て国人に達示《たっし》があったとは知らされなかったらしく、初めて吉報をもたらすような喜びようだった。

釜屋に行くといつでも空が仰ぎ見られて、岩清水の所に行こうと思えばいつでも行ける。小屋の中はいつも明るいし、第一、梯でいちいち昇り降りする必要もない。それに俺たち二人は一緒だそうだ。——そういう意味のことを、表情と仕草を使って説明した。国人は初めて知ったように、喜んでみせた。

釜屋には三月の十日に移ったが、切口から出された人足の中に、猪手も含まれていた。

「わしの目が薄くなったのを山留の連中が頭領に言いつけたようだ。何度か石につまずいて転んだからな。この齢《とし》になって釜屋とは情ない」猪手が喜んでいないのを国人は訝《いぶか》った。「掘場が水地獄なら、釜屋はその名のとおり炎熱地獄だ。国人もじきに分かる」

　そのときは猪手が出任せを言っているのだと国人は思ったが、真夏が近づくにつれて、その言葉が間違いでなかったことを実感するようになる。

　掘場で削りとられた璞石は切口から出されて、立場《たちば》小屋で質の良い石だけが選ばれ、小さく割られる。その仕事は女人足と年寄人足に任せられた。それぞれが選び分けた璞石を石の上に置き、鎚《つち》を振りおろして砕くのだ。

　小片になった璞石は、国人たちのいる釜屋に運ばれる。釜屋に作られた焼き釜は、全部で三十ばかりあり、釜の中に璞石と薪《たきぎ》を交互に積み重ね、火を燃やし続ける。このとき、火の勢いを弱めないようにして水を注がなければならなかった。これが焙焼《ばいしよう》で、ひと月間、昼も夜も火を焚《た》き続けると毒気《どつき》が吹き出て、冷えたあと、釜の底に焼《やき》鉑《はく》ができる。

その焼鉑が次に送られるのは吹屋《ふきや》で、釜屋と鍛冶《かじ》小屋の間に建てられていた。吹床《ふきどこ》に移した焼鉑に珪岩《けいがん》を加えて炭火で熱し、からみを除いたあと、水をかけると、荒銅《あらどう》の含まれる鈹《かわ》がとれた。

鈹はしかしそのままでは使い物にならず、さらに真吹床でもう一度、珪岩と木炭を混ぜて燃やさなければならない。ようやくにして取り出されるのが荒銅で、このあと同じ要領でさらに真吹が加えられて真吹銅になった。

真吹銅は最後に棹吹床《さおふきどこ》で型に流し込まれ、板の形をした棹銅になった。

この一連の過程を国人が知ったのは後のことで、初めは来る日も来る日も釜屋での課役に明け暮れた。ひとつの釜には二人の人足がつき、そこでも国人の相方は黒虫になった。二人とも焙焼については何も知らなかったが、両隣の仲間がやり方を教えてくれ、見張り役の釜屋頭が時々やって来ては、あれこれと指図した。この釜屋頭は頭領と違ってあまり口をきかず、火の勢いの悪い釜を見ると近づいて来て、手にした竹の杖《つえ》で人足を叩《たた》いた。釜の上に開いた丸い口からは、いつも炎が勢いよく出ていなければならないのだ。

釜屋の課役は火を燃やすだけではなく、薪取りの仕事もあった。毎日ひとりは釜の前に坐《すわ》り、残りの者は連れ立って榧葉山にはいった。雑木《ぞうぼく》を切り、縄で束ねて積み上げ、日が傾き始めると束を背負って山を下る。荷が多いときは、山中と釜屋の間を五往復することもあった。麓の樹木は大方伐《き》り取られていたので、山中深くはいらなければ大きな雑木はなかった。

運びおろした薪は斧《おの》で割り、干場《ほしば》に積んで置く。乾燥した薪から順に釜口《かまぐち》に焚きくべるようになっていた。

黒虫と組んではいたものの、日中はほとんど顔を合わせることはなく、夜だけ一緒になった。交互に夕餉《ゆうげ》を取り終えたあと、釜口に戻って腰をおろす。待ち構えていたように、黒虫は手と顔を使って昼間の出来事を国人に伝えた。

兎《うさぎ》が足元を駆け抜けて行ったとか、谷川の水を飲みに同じ鹿《しか》が二頭やって来るのを知っているかとか、目を輝かせて報告した。黒虫は山での薪取りを苦にしているふうではなかった。あるとき懐《ふところ》から沢蟹《さわがに》を入れた麻袋を取り出し、釜口の中に放り込んだ。蟹はすぐに動かなくなり、香ばしい匂《にお》いが漂う。黒虫は火箸《ひばし》でそれをつかみ出し、粗塩を添えて国人にさし出す。焼き蟹は歯ごたえがあり、淡泊な味がした。兎獲《と》りの罠《わな》も仕掛けているから、いつか兎の丸焼きを食おうと、黒虫は耳の横で手を立てて兎の真似《まね》をした。

黒虫は時折足や手に切り傷をつけて帰って来た。その理由は隣の釜の人足が教えてくれた。黒虫は他の人足が嫌がるような傾斜地に下りて行って薪を集めるのだと言う。足を滑らせて膝頭を打つこともあれば、担《かつ》いだ荷が重過ぎて石に足を取られることも再三らしかった。

あるとき、国人が薪集めから戻ってくると、黒虫の首筋に赤いみみず脹《ば》れができていた。つまずいてできた傷ではなく、どうしたのか訊いても、黒虫は何でもないと首を振るばかりだった。

真相が分かったのは、夜中に黒虫が寝に行った留守に、やはり隣の人足が教えてくれたからだ。いつも竹杖を振り回して歩く釜屋頭が、黒虫の背中を杖でつつき、振り返ったところを杖で叩いたのだという。見回りに来た釜屋頭には、腰をおとして頭を下げるのが人足の習いなのに、黒虫はそれをしなかったのだ。何度かそれが重なり、とうとう釜屋頭が怒った。中にはいって代わりに弁解してやったのが猪手だ。黒虫は耳が悪くて釜屋頭が近づいたのも、気づきにくい。それに、切口の中では、たとえ頭領の前でも穿子《ほりこ》は手を休めなくてよかった、黒虫は十二年もそこにいたので、習い性となってしまったのです、と言った。すると釜屋頭は目を吊《つ》り上げ、「切口は切口、釜屋は釜屋、別のしきたりがある。穴の中なら耳と口が悪くても務まるかもしれんが、釜屋や吹屋はそうはいかん。頭領も本心では厄介者を放り出したかったのだ」と苦々しく言い放った。

あの釜屋頭は、いつも誰かひとり、さいなむ人足をつくる、と隣の人足は小声で忠告してくれた。前にいびられ続けた人足は血を吐いて飯が食えなくなり、里に帰されたばかりらしい。そこへ折悪《あ》しく黒虫が転がりこんで来たのだ。特に釜屋頭の持病である痔《じ》が痛むときは、まず顔つきから判じて、ことさら頭を低くしないといけない。お前からとくと黒虫に言いきかせておくことだな、とその人足はつけ加えた。

夜、交代で眠りにつく前に、そのことを黒虫にできるかぎり教えてやったものの、黒虫は意に介したふうではなかった。山で怪我をしようが、釜屋頭から叩かれようが、外で働けるのが嬉《うれ》しいらしかった。

猪手がいつか言った〈掘場は水地獄、釜屋は炎熱地獄〉は、半ば真実だった。釜屋には茅葺《かやぶ》き屋根が浅くかけられているだけで、夏の日差しを遮るものはなく、人足たちは藁《わら》や茅で笠《かさ》を作っていた。ところが黒虫も国人も笠の編み方を知らず、他の人足から古い藁笠を貰って、交互にかぶっていた。日差しはそれで防げたものの、釜口から発せられる熱にはどうにもあらがえなかった。下帯一枚になっても、汗は次から次から噴き出てくる。

あるとき釜口に坐って燃え盛る火を見つめているうちに、あたりが暗くなり、何事かと思って立ち上がろうとしたとたん地面に倒れ、気を失ってしまった。

おぼろに意識が戻ったとき、自分は本切りの掘場にいるのだと思った。兄と同じように梯から足を踏みはずして流水に顔を突っ込んだのだ。自分の名前を呼ばれて返事をしようにも声が出ない。持ち上げようとした頭にまた冷水が降りかかる。

「国人、大丈夫か」

顔をのぞき込んでいたのは猪手で、その後方にも人足たちの顔が連なっていた。

「水を飲んでしばらく休んでいろ」

杓《ひしやく》の水はうまく、臓腑《ぞうふ》に沁《し》みわたった。いっとき木陰に横になり、猪手と隣の釜口の人足が団扇《うちわ》で風を送ってくれた。

「釜屋《かまや》は、切口とは違ってどんどん水を飲まなければいかん。暑くてくらくらするときは、頭から水をかぶれ。そのための水桶《みずおけ》はちゃんと用意してあるだろう」

猪手の注意を国人は神妙に聞いた。水桶は吹屋の人足たちが使っているのをよく見かけたが、釜屋よりはよほど炎熱地獄の吹屋用だとたかをくくっていたのだ。

国人が倒れた夜、黒虫は薪集めから帰って来たあとも、そのまま夜の番を続けてくれた。もう大丈夫だと国人が言っても、黒虫は承知せず、国人を人足小屋に戻らせた。夜が明けたとき、黒虫は編み上げたばかりの笠を国人にさし出した。茅で編んだ歪《ゆが》んだ笠だったが、前の古びたものよりは大きく、かぶりやすかった。

黒虫は口がきけない分、手先は器用で、山から採って来た藤蔓《ふじづる》で筌《うけ》を作っては瀬々《せせ》川《がわ》に沈め、魚や亀《かめ》を獲った。兎を捕るつもりでかけた罠《わな》に山鳩《やまばと》がかかった日、羽毛をむしり、竹の串に刺して釜口にたてかけた。香ばしい匂いがあたりにたち込め、あとで少しずつ分け前にあずかれると知っていた人足たちも、舌なめずりをしながら焼き上がるのを待ち構えていた。

運の悪いことに、釜屋頭がただならぬ匂いに気づき、黒虫の傍に来て怒鳴りつけた。

「何という罰《ばち》当たりだ。釜の火は璞《はく》石を溶かすためのものだ。食い物、それも禽獣《きんじゅう》の類を火にくべるなど、とんでもない」

釜屋頭は竹杖を何十回となく黒虫に振りおろしたらしい。黒虫の顔と首は化け物のように赤く腫《は》れ上がった。国人は薪集めから帰ってみて、事の次第を猪手から聞かされた。今度の件については、さすがの猪手も間にはいって仲裁することはできなかったらしい。

しかし当の黒虫はどうして叩かれたのか、よくは分かっていなかった。国人は黒虫の顔や首を水で冷やしてやりながら、釜屋頭が怒り狂った理由を説明した。

〈奈良登りの銅は、普通の銅ではないのですよ。いつか頭領が言ったように、大きな仏様を造るのです〉

　黒虫は仏様の意味が呑《の》み込めないらしく、きょとんとしていた。国人は板片に炭で下手な絵を描いてやる。今度は、福万呂《ふくまろ》の家でみた仏像よりも、景信が岩壁に刻んでいる仏の坐像《ざぞう》のほうがふさわしい気がした。

〈それはどのくらい大きいものだい〉何を造るかは見当がついたらしく、黒虫はまた訊いた。

〈よくは知りませんが、かなり大きいと思います〉頭領も仏の大きさまでは口にしなかった気がする。

〈この小屋ぐらいはあるだろうね〉黒虫は屋根裏の木組みを見上げ、国人も頷《うなず》いてみせた。

　それ以後、黒虫は釜口で魚や鳥を焼くのをぴったり止《や》めた。きちんと姿勢を良くしてしゃがみ、釜口の中の炎に顔を向け、火の勢いが弱くなると、薪を運んできてくべた。釜屋頭の巡回も、四方八方に眼を配って察知し、誰よりも早く頭を下げて待ち構えた。

ようやく六月の大暑《たいしょ》が過ぎ、七月の処暑《しょしょ》がやって来ると、釜屋の周囲の樹々《きぎ》で鳴く蟬《せみ》も熊蟬《くまぜみ》から法師蟬《ほうしぜみ》に変わった。黒虫だけはしかしその鳴き声の変化を知ることができずにいた。国人は蟬の死骸を見つけて来て四種類を地面に並べ、鳴き声の違いを黒虫に説明してやった。小さなみんみん蟬、茶色の油蟬《あぶらぜみ》、大型の熊蟬、細く羽根の透き通った法師蟬と、形の違いは黒虫も知ってはいたものの、鳴き声までは想像がつかなかったらしい。国人が釜屋の柱にしがみつき、腹を震わせて鳴く真似《まね》をしてみせると、黒虫は大笑いした。細かい違いをどのくらいまで分かってくれたかは知らないが、少なくとも熊蟬が大きくうるさい声を出すのは納得したらしく、黒虫は〈それは釜屋頭そっくりだ〉と感心し、国人も思わず笑った。

その嫌われ者の釜屋頭が、国人に対して嫌がらせをしたのは法師蟬の声もすっかり鳴りをひそめた頃だ。昼間の薪集めから帰った黒虫が泣きながら国人に何かを訴えようとした。顔に傷はなく、竹杖で叩かれたのでないのは分かる。釜屋頭はどうやら黒虫の止めるのもきかずに、国人の大切にしていた物を次々と釜口の中に入れて燃やしてしまったらしい。

〈木簡をですか〉

国人は両手で四角い物を表わしながら訊いたが、黒虫は目を白黒させたまま顔を硬《こわ》張《ば》らせる。国人が後ろを振り返ると、眉間《みけん》に皺《しわ》を寄せた釜屋頭が立っていた。

「お前が、ことあるごとに薪や地面に字を書いて仕事をおろそかにしているのは分かっている。人足にはああいう物は不釣合いだ。釜にくべるのにはもってこいだから、薪の代わりに使った。よく燃えたぞ。何か文句はあるか」釜屋頭は杖の先で国人の顎《あご》をつついた。

「いいえ、ありません」やっとの思いで答える。

「人足の分際で字を覚えようなど、おこがましい」

杖の先についた泥が顎に残る。手で泥をぬぐいながら、国人は釜屋頭の後ろ姿を睨《にら》みつけた。

釜屋頭は、国人が短い木簡を小屋の中にしまっているのを知っていたのだ。長さ三寸ばかりの木簡の表と裏には、景信が墨で千字文を四字ずつ書いてくれていた。国人にとっては、かけがえのない手本だった。

隣の人足の話では、小屋の中から木簡を抱えて来る釜屋頭に、黒虫が取りすがって泣いたらしかった。そんな黒虫を足蹴《あしげ》にし、釜屋頭は木簡を次々と釜口に投げ込んだという。

〈もう灰になったものは仕方ないです〉国人は黒虫を慰めた。

黒虫は、〈自分が憎まれているので、相方の国人までが憎まれてしまった。すまない〉と詫《わ》びた。

次に景信に会ったとき、木簡がすべて無くなったことを告げた。景信は少しも驚かなかった。

「あの中に〈逐物意移《ちくぶついい》〉というのがあったろう。物事をとことんまで行っていると、そこに魂が乗り移って来るという意味だ。お前は炭で字を書きつけては削り、また書くというように、やれるだけのことはした。もう手本がなくてもやっていける。いやむしろ、わしが書いた手本など、いつまでも手元に置かないほうがいい。手本の字はお前の胸の内にある。これからはお前の字をしっかり書きつけていくのだ。それが意移るということだ。もうひとつ〈川流不息《せんりゅうふそく》〉とあったのも覚えているだろう。お前の学ぼうとする気持は川の流れのようなもので、もうどんな邪魔がはいっても、途中で滞《とどこお》ったりはしない――」

夕餉《ゆうげ》が終わったあと、国人は釜口の番を黒虫に任せて榧葉山の岩屋まで駆け足で登った。ひと目でも景信に会い、話を聞くためだった。あるとき、鍛冶《かじ》小屋から出てきた道足《みちたり》に呼び止められた。床についていた広国に、特別に作らせた粥《かゆ》を運んで来てくれた男だ。「今から景信さんの所に行くのなら、これを持って行ってくれ」と、先の曲がった刃物を国人に手渡した。

「届けるだけでいいのですね」

国人は確かめる。鍛冶小屋では、穿子《ほりこ》が使うたがねや鎚《つち》を作ったり修理したりする他に、釜屋での火かき棒や吹屋でのいろいろな道具をこしらえていた。しかし今手渡された鉄のたがねは、鷲《わし》の爪《つめ》のように先が曲がっている。

「いったいこれは何に使うのですか」

「岩壁を削るための道具らしい。これまでもあれこれ作らせてもらった。おかげでこっちも少しばかり腕が良くなったと思っている。都の鍛冶屋《かじや》はわしたちより何倍も腕がいいらしいからな」

「景信さんは都にいたことがあるのですか」

都と言えば、この奈良登りでできた銅が行きつく先だ。

「お前はしょっちゅう景信さんに会っているようだが聞いたことはないのか。あの方は行基《ぎょうき》という偉い坊さんに付いて修行された。その方の弟子は何千人もいて、川に橋をかけたり、沼の水を干し上げて田にしたり、荒地に水を引いたり、病人に薬を施す小屋を作ったりした。ところが、お上がそれを気に入らずに、働きを禁止する命令を出したらしい。二十年くらい前のことだ」

「どうしてですか」国人は首をひねる。人のために働くのをやめさせる理屈が分からなかった。

「百姓が仏門にむやみにはいり出したからだ。例えば、この奈良登りで働く人足が次から次に仏門にはいったらどうなる。銅は作れん。誰も頭領の言うことを聞かなくなる。景信さんも、もともとは都の近くの百姓だったらしい。それで行基という偉い坊さんは、弟子たちにそれぞれ鄙《ひな》にゆくよう命じた。自分の古里に帰る弟子もいれば、全く知らない土地に分け入った弟子もいた。景信さんはあとのほうだ。西へ西へと下って行き着いた先がこの榧葉山で、わしが来た頃と同じだから、もう十五年にはなる。で、行基というお方は、弟子を帰らせるとき、こう釘《くぎ》をさされたそうだ。〈ひとつの道を二人して行くな〉」

「どうしてですか」国人は訊《き》き返していた。

「見知らぬ土地に行くのだから、弟子たちは連れだって行きたがる。そのほうがお互い頼り合える。しかし、それはいかんとその方は言われた。ひとりでぽつぽつと歩け。

自分ひとりになってこそ、お前たちにふさわしい道が開ける、と弟子に命令された。その話をわしに景信さんがされたとき、涙をひとしずく流された」道足がしんみりと言う。

　景信が涙を流すなど、国人には信じ難かった。

「行基という人はまだ生きているのですか」

「生きておられるらしい。だいぶ前にお上から、また弟子たちを集めても良いというお許しが出て、それまで散り散りになっていた弟子たちも、都に集まって来ていると、景信さんは言っていた」

「景信さんも、すると都にいつか行くのですか」

「わしもそれを訊いてみたが、首を振っておられた。あの方にとっては、ここが都だそうだ。そう思ってもらうほうが、わしたちも助かる。あの方にはいろいろ都のやり方を教えてもらった。ふいごの箱の内側に狸《たぬき》の皮を張るようになったのも、景信さんのおかげだ。風が漏れにくくなって、助かっている」

　いつか国人が譲り受けた小刀も、鍛冶小屋で道足が作り、長く景信が使っていたものだろう。時折、砥石《といし》で研《と》いでは今も重宝していた。

「とにかく、それをあの方に渡してくれ」道足は水桶の水を杓ですくって飲み、鍛冶小屋の中にはいって行った。

いずれ景信に、都の暮らしぶりや、行基という偉い人のことを訊いてみようと、国人は思った。

4

景信《けいしん》は断崖《だんがい》の下から三間くらいの高さの所にいた。葛《かずら》を編んだ縄を断崖の上から三本吊《つ》るし、丸太二本をさし渡して、そこに坐《すわ》り、岩にたがねを打ちつけている。仏様の顔の輪郭は既に出来上がっていて、その耳の部分を細かく刻んでいるところだった。

国人《くにと》は下から呼びかけ、道足《みちたり》からことづかって来た鉄の道具を庵《いおり》の前に置いてあると告げた。景信はたがねと鎚《つち》を腰の袋にしまうと、葛縄を垂らして、するすると降りてくる。猿にも似たすばしっこさだ。

伸び放題の髪を後ろで束ね、髭《ひげ》が顔全体をおおい、衣もすり切れたままだ。

「どうだ国人、釜屋《かまや》での火の番にもだいぶ慣れたか。倒れたのは道足から聞いた」

「はい。あれ以来、倒れることもありません。暑い盛りも過ぎましたし」照れながら答える。

「釜屋頭は痔疾《じしつ》を患《わずら》っているとか言っていたな。臭木《くさぎ》の葉を干しておいた。煎《せん》じた汁で尻《しり》を洗っているとやがて快癒《かいゆ》する。これから寒くなるまで葉はいつでも採れるので、お前が作ってやるといい」

「臭木がどんな木か知りません」

「そうだったか。どこにでもある木だ。ついて来い」

景信はすたすたと山道を先に立って歩き、途中で足をとめた。道端の低い木が紫色の小さな実をつけていた。実の周囲には赤い花びらのようなものが四、五枚開いている。何度も見かけている木だが、嫌な臭《にお》いがしてこれまで近づいたこともなかった。

「名前は臭木でも、いい薬にはなる」景信は葉をちぎって鼻にもっていった。「葉は一枚一枚採らずに小枝ごと折っていい。日干しにしたあと、俵の中にでも入れておくと、冬中もつ」

景信は庵の前まで来ると、藤籠《ふじかご》に入れた干葉《ほしば》を国人に持たせた。

「釜屋頭は、こんな物をさし出されて怒らないでしょうか」

「怒るかもしれないし、喜ぶかもしれない。それはお前の才覚次第だ」景信は事の成行きが楽しみだというように笑った。

人足小屋まで藤籠を持ち帰ったものの、釜屋頭に薬の話を持ち出す機会はなかなかやって来なかった。

八月にはいって粟《あわ》や稗《ひえ》の刈り入れが始まり、夜は釜口《かまぐち》の前に坐るのも幾分かは楽になった。相方の黒虫《くろむし》は小屋の中で寝させて、国人は火の番をしていた。端のほうの釜口で人の声がしたので見やると、釜屋頭が珍しく夜に見回りに来ていた。国人は姿勢を正して、釜口の前の薪《たきぎ》もまっすぐに積み上げる。木簡を焼かれて以来、地面に木の枝で字を書くのはぷっつりやめていた。字を書くのは専《もっぱ》ら頭のなかでだ。そこに書けば、消されることも燃やされることもなかった。

「国人、いよいよ明日は焼鉑《やきはく》出しだ。東の空が白み始めたら火を消せ。これだけは黒虫には任せないで、お前がやれ。あいつは燃やすことには熱心だが、消すのを嫌がる。わしらがいったい何のためにひと月もの間、火を焚《た》き続けるか、分かっていない」

釜口をのぞき込んでいた釜屋頭は、立ち上がろうとして顔をしかめた。国人は後ろ姿を眺めやり、やはり思ったとおりだと納得する。釜屋頭の痔疾は悪くなってはいても、良くなっている様子はなかった。

その夜は十三夜か十四夜で、月が真上にかかった頃、黒虫と火の番を交代した。

〈今夜は月がきれいだから、朝まで起きています。どうぞ寝ていて下さい〉

国人が仕草でそれだけを伝えると、黒虫は空を見上げ、しばらく自分も一緒に月を眺めたいと腰をおろした。

〈国人は狐《きつね》の嫁入りを見たことはあるか〉黒虫が手と口を動かして訊《き》いてくる。見たことなどあるはずはない。

〈俺は見た。小さい時で、山の中腹にある原っぱでだ。周囲にすすきがちょうど壁のように生い茂り、月も名月にあと一日か二日という頃だった。白狐が柏《かしわ》の葉を頭の上に載せ、婿《むこ》の男狐は杉の枝を口にくわえていて、そのまわりで十匹くらいの親狐や子狐が踊っていた。踊りは、くるくると何回も後ろ跳びにひっくり返る奇妙な動作で、それは見事だった。小いっときも踊り続けたあと、遠くで狼《おおかみ》の遠吠《とおぼ》えがしたので、ぴたりと動きをやめ山の中に姿を消した〉

ひとりで見たのですかと、国人は信じられぬ思いで訊く。

〈ひとりだった。七つか八つの時だ。きれいな月を見るたびにそれを思い出す。それではもう少し寝かせてもらうよ〉

黒虫は屈託ない様子でそそくさと小屋に戻った。子供の頃に見た夢か何かを、本当のことだと信じ込んでいるのに違いない。耳が不自由なのに、狼の遠吠えが聞こえるはずもないと、国人は苦笑する。

何のためにそんな冗談をわざわざしたのか不思議に思えるものの、黒虫は本気でそんな絵空事を信じているのかもしれなかった。だからこそ、他の人足から相手にもされず、釜屋頭から理不尽な扱いを受けても、平気な顔でいられるのだ。狐の嫁入りを見た目には、苦虫を嚙《か》みつぶしたような釜屋頭の陰気な顔も、嫌なものとしてではなく、滑稽《こっけい》なものとして映るのに違いない。まさしく千字文にあった〈心動神疲《しんどうしんぴ》〉の反対だった。

黒虫は案の定、明け方近くになって起きて来て、火の勢いがなくなっているのを見て慌《あわ》てた。今日が火消しの日だと、国人が説明すると、自分が寝ずの番をしたのにと口惜《くや》しがった。

釜崩しは朝餉《あさげ》を終えて始まった。水をかけて釜を冷やしたあと、粘土で固めていた平石《ひらいし》を一枚一枚はずしていく。鼻をつく毒気《どっき》がまだ釜からくすぶり出ている。灰をかき分けた釜の底に赤黒い焼鉑がたまっていた。背負子《しょいこ》数十杯分の璞《はく》石と小山ほどの薪を使って得た焼鉑の量は、わずか四、五斤《きん》の重さしかなかった。

「なかなかいい色をしている」後ろで見ていた釜屋頭が満足気な顔をした。「吹屋《ふきや》頭も誉《ほ》めてくれるだろう。早く持って行け」

黒虫が両手にかかえて、二人で吹屋に向かった。吹屋の葦《あし》の簾《すだれ》はすべて上げてあったが、中はむっとする暑さだった。顔が焼けつくくらいの熱気に、毒気の臭いも加わって、思わず手で口と鼻をおおってしまう。吹屋人足たちはそんな中で、下帯一枚の裸同然の姿で鉑吹《はくぶき》に取り組んでいた。

「できたばかりの焼鉑です」

吹屋の入口近くに立っていた吹屋頭に頭を下げ、地面に焼鉑を置いた。大男の吹屋頭の顔はまっ黒な口髭《くちひげ》と顎鬚《あごひげ》で半分は隠され、その分、眼光だけは鋭かった。時折会うたびに国人は腰を低くして行き過ごしたが、それでも眼で射すくめられる思いがした。

吹屋頭は黙ってしゃがみ、持っていた鉄の火箸《ひばし》で焼鉑の表面をこすった。中から赤味がかった銅の色がのぞく。

「よし」初めて声が赤い唇から漏れた。

黒虫が国人と顔を見合わせてにんまりする。二人で退出しかけたところを呼び止められた。「お前、これが読めるか」壁際《かべぎわ》に瓶《かめ》が置かれ、その首にかかっている木札を吹屋頭は指さした。国人は近づいてみる。

「周防国大島郷御調塩《すおうのくにおおしまごうごちょうえん》三斗天平十七年七月三日と書いてあります」国人はそのまま読み下した。

「そうか、釜屋頭の言ったとおりだな。その塩は先月、大島から届いたものだ。お前の名は国人だったな」

「はい」国人は吹屋頭の大声に気圧《けお》される思いで答えた。

「よし行け」相変わらず鋭い眼つきで言われ、逃げるようにして吹屋を出た。腋《わき》の下にじっとりと汗をかいていた。

「どうだったか」釜屋頭が訊いた。

「はい。快く受け取ってもらえました」

「それだけか」

「はい」まさか文字を読まされたとは言えず、国人は答えた。

「今日のうちに釜を作り直して、夜からさっそく火入れをしろ」

「あのう」行きかけた釜屋頭に、国人は恐る恐る訊いた。「痔疾に効く薬を作ってみてもよろしいでしょうか」

「わしの痔か」怪訝《けげん》な顔つきをした釜屋頭は、すぐに思い到《いた》ったようだ。「お前に薬が作れるのか」

「岩屋のお坊さまからことづかった薬です」膝《ひざ》をついたまま答える。

「あの乞食《こじき》僧が――」一瞬不満気な顔になったが、すぐに訊き返した。「どんな薬なのだ」

「煎じ薬です。温かい湯で傷口を洗います」

国人は臭木という名は口にしなかった。「よろしければ、釜を作り終わったあと、日暮れ時に煎じたお湯を持って参ります」

最後のほうは口の中が渇いて掠《かす》れ声になった。薬草を景信から手渡されたのでなければ、申し出る勇気などなかったろう。

「持って来い。試してやる」

にこりともしないで言われ、国人は平伏《へいふく》した。釜屋頭がいなくなると、また何を叱《しか》られたのか黒虫が尋ねた。痔の薬を作る段取りになったのだと、どうにか分からせた。

赤土を水でこね、取り崩したばかりの平石を段々に積み重ね、すきまに粘土を詰めた。

日が傾きかけた頃に、新たに薪を入れて火をつけた。充分に火の勢いがついたところに、砕いた璞《はく》石を入れる。これから先、またひと月の間、黒虫と二人で、薪を焚き続け、璞石をつぎ足し、水をかけていくのだ。

釜の奥に、煙と毒気の通り道があり、その脇に小さな穴があけられている。そこに道足から借りてきた鉄鍋《てつなべ》を据えた。中の水はすぐに煮たち、国人は臭木の茎と葉を入れる。透き通ったお湯はすぐに黒く濁り、独特の臭いが発散した。

〈これが薬なのか〉と黒虫が鼻をつまみながら訊く。これほどまでの臭いがあるとは、国人も予想しなかったが、ある程度慣れるとさして気にならなくなり、却《かえ》って効力があるように思えてきた。

煎じたお湯は土師器《はじき》の深皿に移し替えた。こぼさないように釜屋頭の小屋まで運んだ。出て来たのは妻の嶋女《しまめ》で、釜屋頭は奥から顎《あご》をしゃくり、そこに置いておくように言った。

その日以降、夕方になると欠かさず煎じ薬を釜屋頭の家まで運んだ。土師器の深皿は、朝方国人か黒虫が取りに行き、夕方にまた二人のうち手のすいたほうが持って行くのだ。臭木は、薪取りに出かけたときに茎と葉を採り、日陰で干した。

煎じ薬が効いているのかどうか、釜屋頭は一切口にしなかった。しかし断らないところからすれば、少なくとも何かの役に立っているのに違いない。二人に対して邪険だった釜屋頭の態度も、当初ほどはあからさまでなくなった。

ある朝、国人が深皿を取りに行ったとき、嶋女から呼び止められた。釜屋頭は頭領や吹屋頭たちと一緒に郡司《ぐんじ》の館《やかた》に行っているとのことだった。嶋女は色の黒い女だが、亭主と違って愛想が良く、いつも忙しく立ち働いていた。

「いつもお世話様だね。今度からこれを使いなさい」

嶋女は家の戸を閉め、柄のついた土師器をさし出した。それまで国人たちが使っていた深皿の縁が欠け、運ぶのにも不便だったのを、見かねたのだろう。国人は礼を言い、この時以外にないと見定めて、煎じ薬の効き目を訊いた。

「お前さんたちに言わなかったのかい」嶋女は声を低くした。

「いいえ、何も聞いておりません」

「このふた月、ずっと続けているのも、効いているからこそよ。毎年、この時期になると十日ほど郡司の館で仕事をするのが、今年は二、三日でこちらに戻って来るのだと言っていた。いえ、もしかしたら、ひと晩泊まりだけにするかもしれない。煎じ薬でお尻を洗わないと、痛みがぶり返すと恐れているからなの。それが効いている証拠。でもこの煎じ薬、一年中、切らさずにあるのかしら」

「あります。この秋の間にたくさん採って、冬に備えています」

「そう、ありがとう。今度からはこっちの器でお願いするわ」

嶋女から渡された器を抱えながら、国人は釜屋頭が尻を煎じ薬で洗っている姿を思い浮かべた。薬が効くよう念じながら、神妙な顔をして中腰になっているのに違いない。たとえ効力があったとしても、国人たちに面と向かっては言いにくいのも当然だ。

嶋女が言うように、黙って煎じ湯を使い続けていること自体が、うまくいっている証だろう。

景信と会ったとき、煎じ薬の効き目はどうかと尋ねられた国人は、そのとおりに答えた。

「長く続けるのが大事だから、今のうちに臭木を集めておくといい」

「はい、それはもう黒虫と二人でやっています」

「来年の春になれば、臭木の代わりにすい蔓《かずら》や蓬《よもぎ》の葉を使ってもよい。同じ効果が得られる。その時期が来たら教えてやろう」

「ありがとうございます」国人は嬉《うれ》しかった。すい蔓や蓬など、ありふれた草が軀《からだ》に効くなど、これまでは考えたことさえなかった。名前は知っていたが、春の若葉を食べるためだったのだ。

「景信さんは都にいらっしゃったそうですね」国人は尋ねる。「薬草についてもそこで学ばれたのですか」

「仏法だけでなく、天と地についてあらゆることを学ばされた。星を眺め、運勢を占い、作物を作り、運河を掘り、港を設け、家を建て、病人を手当てした」

「それで、どんどん信者や弟子が増えたのですね。増え過ぎて、お上から布教を禁じる達示《たつし》が出たと、道足から聞きました」

「あいつがそんなことを言ったか」

「景信さんのお師匠さまは行基《ぎょうき》という人だったとも」

「あのお方には二、三千人もの弟子がいたから、わしなど物の数にもはいらない。二、三度口をきいただけだ。わしの師のさらに上の師匠というべきだが、偉いお方だった。十五歳で出家されて足かけ十年の沙弥行《しゃみぎょう》をしたあと、さらに十四年もの間、山林修行をされた。並のお方ではない」景信は手を休めて、遠くを見る目になる。

「まだ都に生きておられるのですか」

「お隠れになったとは聞いていない。もう七十五を過ぎておられるとは思うが」

「お上の許しが出て、お弟子さんたちは再び、その方の許《もと》に集まられたと道足は言っていました」

「そうだ。都が新たに造営されるたびに、あのお方の下に優婆塞《うばそく》や優婆夷《うばい》が集まって、道や橋を作った。優婆塞は、わしのように本当は出家していないで仏門に帰依《きえ》した男を言い、優婆夷はそのような女を言う。わしはだから、本物の僧ではない。人はわしを乞食僧と呼ぶが、半分は当たっている」

都に戻る気はないのか景信に確かめたかったが、国人にはその勇気がなかった。景信がいなくなると考えるだけで、軀から力が抜けていく気がした。代わりに、目の前で景信が作っているのが何なのか尋ねた。緑色の石を細かく砕いている。

「これは孔雀石《くじやくせき》と言って緑青《ろくしよう》がとれる。榧葉山《かやばやま》は銅の山でもあるが、同時に孔雀石の山でもある。今わしが仏像を刻んでいる絶壁の向こう側も、白い石の崖《がけ》になっているだろう。わしは勝手に瀧《たき》と名づけているが、そこにいくつもの穴があいている。狸穴《たぬきあな》のように、人ひとりがやっと潜り込めるくらいの小さな穴だ。そこに青く光る孔雀石がある。それをたがねと鎚《つち》で剝《は》ぎ取り、留石《とめいし》の上で砕き、臼《うす》でついてさらに細かくする。そのあと水で洗って、浮いた緑青だけを干し上げる」景信は庵《いおり》の隅にある古ぼけた石臼を顎でしゃくった。

「その緑青は何に使うのですか」

「そうか、お前には分かるはずもないな。絵師は、これがないと絵が描けない。緑色の基になる。銅が採れる山には必ず孔雀石もあると言われていたが、本当のようだ」

「景信さんも絵を描くのですか」

国人は絶壁に刻まれている仏像が色付けされるのではないかと思った。岩壁に青く仏の形が浮き出れば、遠くからでも見分けることができる。

「わしは絵具は使わない。せっかく孔雀石があるから作っているまでのことだ。都の絵師なら、喉《のど》から手が出るほどに欲しがる物だが」

　またもや景信は遠くを眺める目つきになった。白い毛が混じっている分厚い眉《まゆ》の下の目が、かつて都の賑《にぎ》わいを見たのだと思うと、国人は羨《うらや》ましかった。青や赤の絵具をふんだんに使った都の建物の美しさは、たとえようもないに違いない。

「お前、まだ字は忘れていないだろうな」突然、景信は話題を変えた。

「忘れていません」国人は、吹屋で荷札の字を読んだことを率直に話した。

「そうか、これからも字があったら見逃さずに何度も胸の内で読み、書くことだ。そして知らない字は、しっかり目の底に焼きつけておく。木の皮にでも書きつけてわしのところに持ってくれば、どういう意味なのか教えてやる」景信は優しい目を国人に向けた。「お前は利発なうえに素直だ。わしも若い頃には頭が良いと言われたが、素直とは反対に臍《へそ》曲がりの男だった。ここにこうしているのも、そのために違いない。とはいっても、こうする以外、道はなかった。素直さ、純な心というのは持って生まれたもので、練り上げるものではない。幸いお前にはそれがある。大切にしなさい」

　諭すように言われ、国人は訳の分からないままに頷《うなず》く。

　あたりはもう暗くなり、釜屋《かまや》から立ち昇る白い煙も薄闇《うすやみ》の中に溶け込みはじめていた。国人は岩屋を辞し、山道を一目散《いちもくさん》に駆け下った。

　十一月になると薪を取りに山に登るより、釜口にいるほうが楽になった。釜屋の周囲を莚《むしろ》で囲い、屋根代わりの薦《こも》を上に乗せると、夜中に外がどんなに冷えても、中で軀を冷やすようなことはなかった。途中で薪を取りに出なくてもいいように、後ろに積み上げ、璞石は背負子《しょいこ》に入れて手近に置いておく。心地良さについ居眠りしてしまい、気がつくと火が消えかかっていることもあった。釜屋の課役《かえき》のどれひとつとっても、穿子《ほりこ》の仕事と比べると命の危険が少ないのは確かだった。黒虫もそれはつくづく感じるらしく、この仕事に慣れるともう切口には戻れないと国人に述懐《じゅっかい》した。毎朝、切口に向かう穿子や水替《みずがえ》、山留《やまどめ》の人足の列を眺めると、気の毒に思った。人足たちの疲れきった顔は、日の暮れ方、山から下って来るときには、さらにその影が濃くなっていた。半年前、自分があの人足の群の中にいたのが、ずっと以前のことのように思える。

「国人、掘場でお前の相方だった朝戸《あさべ》がいなくなったそうだ」

　師走《しわす》の初めの雪の日、薪取りの最中に猪手《いて》が国人に知らせた。

「いつですか」

「おとといの夜から姿が見えない。雪が降る前だ。きのう一日、帰って来るのを待ったが音沙汰《おとさた》がないので、頭領は逃亡したものと判断した」

「するとどうなるのですか」

「見つけ次第、奴《ぬ》にされる」猪手は唇を前に突き出した。

「朝戸は、掘場で働かされるのは奴と同じだと言っていました」

「全くな。あいつの怠けぶりから、早晩こうなるのは目に見えていた。どこか山の中に逃げ込んで盗賊の手下《てした》にでもなるつもりだろう。この季節では乞食もできない」猪手は軽蔑《けいべつ》するように、口をすぼめて唾《つば》を吐き出した。

下切りで朝戸と一緒に働いていたとき、銭作りはもうかると言われたのを国人は思い出す。盗賊の仲間にはいっているとすれば、銭作りのためではないか。それくらい銅銭について知り尽くしていたような気がする。

夕餉《ゆうげ》のあとに釜屋頭の家に煎《せん》じ湯を持っていくのは、その後も欠かさなかった。機嫌の悪い日が少なくなったと、釜屋人足の間ではもっぱらの評判だった。あるとき、煎じ湯を届けに行った黒虫が、両手に壺《つぼ》と皿を持って戻って来た。嶋女がくれたのだという。壺の中味は酒粕《さけかす》を湯でうすめた糟湯酒《かすずけ》で、土師器の皿には塩をふった鹿肉《しかにく》の焼いたものがはいっていた。鹿や猪《いのしし》の肉は、賄所《まかないどころ》でもたまには出たが、嶋女がくれた肉はそれまで食べたことのないほど柔らかく美味だった。糟湯酒は全く初めての味で、さして旨《うま》いとも思わず、大半は黒虫に飲ませた。釜口の火で赤くなった黒虫の顔は糟湯酒がはいってさらに赤味を増した。黒虫は、そのまま莚《むしろ》の上に横になり、鼾《いびき》をかき始めた。

翌朝、器を返しに行った際、国人は嶋女に礼を言った。

「今度、主人と長門に戻るから、珍しい物を持って来る。糟湯酒はどうだったかしら」嶋女は酒のはいっていた壺を片手で振ってみせた。

「黒虫が大そう喜んでいました」

「お前さんは？」嶋女が少し口を尖《とが》らせる。

「酒など初めてですから」国人が手をうなじに当てるのを、嶋女は笑いながら見ていた。

その糟湯酒が人足全員に振る舞われたのが、年が明けた天平十八年の元旦《がんたん》だった。切口も吹屋も、立場《たちば》小屋、鍛冶《かじ》小屋もすべて休みで、火を燃やし続けている釜屋だけ、交代で賄所に行き、小さな皿で糟湯酒を飲んだ。

「いよいよ今年は、都で大仏を造り始めるということだ。山が削られ、平地を固めて基壇《きだん》ができた。酒が振る舞われるのも、そのためだ」

頭領は賄所の高い処《ところ》に胡坐《あぐら》をかき、大きな声で告げた。周囲には吹屋頭や釜屋頭など、主だった者も坐《すわ》り、賄所の女たちが鹿や猪の肉を運んでいた。

頭領はいよいよ大仏が造られると言ったが、その詔《みことのり》が出されてから、もう二年は経過している。この奈良登りで作られた銅は、その間にも次々と都に運ばれたはずだ。用いられる銅がすべて集められてから、大仏造りは始まるのだろうか。それとも運ばれて来る銅を順々に使って、大仏を造っていくのか。いやそもそも、どうやって銅で大仏を造るのか、そのやり方が国人には想像もつかなかった。頭領自身も分かっていない気がしてならない。

翌日景信に会ったとき、その疑問を国人はぶつけてみた。

「わしは一尺ばかりの小さな釈迦仏《しゃかぶつ》の鋳込《いこ》みなら見たことがある。まず竹ひごで芯《しん》を作り、そこに細い縄を巻きつけ、赤土と布海苔《ふのり》を水で練ったものを上から塗りつけて仏の形をつくる。それが塑像《そぞう》だ。よく乾かしてから、またその上によく練った赤土を塗り、籾《もみ》を混ぜた粗土《あらつち》で外側を固める。これが外型《そとがた》になる。これも乾かしてとりはずし、もともとの塑像の表面を薄く削って、磨きをかけ、火であぶって固める。これが中子《なかご》だ。このあとに外型をあてがうと、削られた中子との間に隙間《すきま》ができる」

景信は小枝の先で地面に図を描きながら説明する。国人は半ば分かったような、しかし半分は分からないまま頷いた。

「その隙間に溶かした銅を流し込み、冷えてから外型を取りはずせば、もとの塑像と同じ形の銅像ができるはずだ。そんなに難しい理屈ではなかろう」

「銅銭の作り方とは違うのですね」いつか朝戸から和同銭の鋳込み方を教えてもらったのを国人は思い起こす。

「ああいう平べったい物とは所詮《しょせん》難しさが違う。しかし、大仏ともなると、一尺の釈迦仏とは大違いだろうから、実際どうやって造仏するのか、わしにも見当がつかない」

「景信さんが、断崖《だんがい》に彫っている仏様くらいは大きいのでしょうか」

「知らん。しかしあれよりは大きいかもしれん。出来上がったら見たいものだが、できない相談だ。わしはわしの仏を刻むしかない」

国人の顔をのぞき込んだあと、眼を絶壁の方にやった。丸太の足場が宙吊《づ》りになっていて、仏の顔の輪郭がもう三分の二ほどくっきりと浮かび上がっていた。

正月の五日になって、若売《わかめ》が国人を訪ねて来た。蓬《よもぎ》の若芽を粟《あわ》に混ぜた菜飯《なめし》の握り飯をさし出す。いつも腹を減らしている国人には何よりの土産で、黒虫のために一個だけ残し、二個をがつがつと口に入れた。食べてしまったあと、若売の腹が大きくなっているのに気がつく。

「赤ん坊ができるの」若売は頰を染めた。

「よかったね」答えながら、広国《ひろくに》が生きていればもっと喜んだだろうと思った。自分がもうじき叔父になるなど実感がわかない。しかし子供ができるということは、若売も福万呂《ふくまろ》の家で幸せに暮らしているのに違いなかった。

「あのひとがお嫁に行くのは知っている?」

「誰」

「真都売《まとめ》。兄さんが好きだった人」

広国の死の床で静かに泣いた真都売は、その後すぐに賄所からいなくなっていた。

「嫁ぐ先は秦氏《はたし》。ここの吹屋頭の一族のところ」

「それじゃ立派な家柄だ」兄さんと一緒になるよりはましだとは、さすがに国人は口にできなかった。

「お前はこの釜屋に来て少し肥《ふと》ったね。掘場にいた頃は、枯木のように瘦《や》せて青白い顔をしていた。よほど辛《つら》かったのだろう」

自分では元気に張り切っていたつもりだったが、その実は必死で苦役に耐えていたのかもしれない。兄が不慮《ふりょ》の死を遂げたあと、もっと苛酷《かこく》な本切りに行ったが、そこでも何とか働きおおせたのは、相方《あいかた》が黒虫だったからのような気がする。そしてこの釜屋でも、黒虫がいるから気持を楽にして働けるのだ。他の人足たちは、口もきけない相方をもって苦労するだろうと気の毒がるが、反対だった。

「もう掘場には戻らないでおくれ。お前まで切口の中にはいっていると、また悪い夢を見続ける。お前はたったひとりの弟だからね。主人からここの頭領にはそれとなく話をしてもらっている」

若売は黒虫が帰って来るまで待っていた。釜口の守り役を黒虫に任せて、二人で花の山にある広国の墓に参った。

「この墓所もずい分立派になったわね」まがりなりにも墓標の立っている塚を眺め渡して、若売は感心した。「両親とは別の所に葬《ほうむ》られて兄さんは寂しくないかと、初めは心配したけど、他の人たちと一緒だから安心した」

「時々、景信さんが来て供養《くよう》して下さっている」

「あのお坊さんかい」

「景信さんからは千字文《せんじもん》を習った」国人は少しばかり胸を張った。

「お前が字を覚えているという噂《うわさ》は本当なんだね。嬉《うれ》しく思うけど、ひけらかしてはいけないよ。必ず妬《ねた》む人がいる」

もう妬まれたことがあると言いかけて、やめた。釜屋頭が木簡の切れ端を釜口にくべたのは幸いなことだったかもしれなかった。そうでなければ、今でも人前でこれみよがしに地面や木切れに字を書きつけていたかもしれない。

「あの赤いのは椿《つばき》かい」若売が山腹に眼をやった。「山の椎《しい》の枝にとまっているのは、白鷺《しらさぎ》だね」

緑の中に赤い椿が点々と咲き揃《そろ》い、その上方の深い森には、もう白鷺たちが帰り着き始めていた。冬が終わり、春の到来を感じさせる光景だった。

「こんなにきれいな山なのに、ひと足、切口の中に踏み込むと、もう恐ろしい所なんだね」

兄を切口で亡《な》くしているので、若売はことさら掘場を嫌っているのかもしれない。しかし恐ろしい場所は切口だけではなく、地上にもあるように国人には思える。例えば、焼鉑《やきはく》が出来上がるたびに訪れる吹屋だ。うだるような暑さの中で人足たちは、焼けただれた荒銅《あらどう》を鉄の杓《ひしゃく》でかき回していた。しかも小屋の中には鼻をつく毒気が満ちていて、長くいると息が詰まりそうになる。夏の釜屋は炎熱地獄だと猪手は言ったが、吹屋は年がら年中、炎熱地獄だ。

釜屋まで戻ると、黒虫はまだ若売の土産を口にせずに待っていた。夜中に月を見ながら食べるのだと、手で説明するのを国人は若売に伝え直した。

若売が帰ったあと、美しい人で弟思いの優しい姉さんだと、黒虫は盛んに国人を羨ましがった。黒虫には兄弟もおらず、両親は亡くなり、伯父や叔母はいるはずだが、話に出たことはない。耳と口の不自由な黒虫など厄介者だとして、誰も近づかないようにしているのだろう。

釜屋頭に届ける煎じ湯はその後も怠らなかった。臭木の茎と葉の貯《たくわ》えがわずかになったときから、景信の勧めで蓬を摘んで陰干しにし、同じように鉄釜で煎じた。夕刻にその煎じ湯を家まで運んだとき、珍しく奥の方から釜屋頭が出て来た。

「国人、これを持って行け」須恵器《すえき》の壺をさし出す。「鯛醬《たいびしお》だ。食べたことはあるだろう」

国人は押しいただく。鯛の身を醬《ひしお》に漬けたもので、福万呂の家で一度出されたことがある。歯ごたえも舌ざわりも良く、何とも言えない旨みが口の中に残ったのを覚えている。それを思っただけで、唾《つば》がたまった。

「黒虫と仲良く食べろよ」

「はい」

「それはわたしの古里の大島の方の名物よ」

傍にいた嶋女が笑いかけた。大島と言えば、吹屋にあった塩の荷札に記されていた場所だ。しかしどのあたりにあるのか、国人には見当がつかなかった。

「お前は瀬戸内の海は見たことがあるか。この鯛が泳ぐ海だ」

国人の疑念を見透かしたように釜屋頭が訊《き》いた。

「瀬戸内は、長門とは反対の方角にある海で、島がたくさん浮かんでいる。大島もそのうちのひとつ。この時期、島と島の間を赤い鯛の群が埋めつくすこともある」嶋女が言った。

「大島では塩もとれますね」つい口に出てしまう。

「よく知っているわね」

「あの塩はどうやって作るのですか」

「海の水を土器に入れて、火を焚《た》いて煮つめるの」

「釜屋のようなものですか」

「そう、塩屋《しおや》というの」

なるほどと国人は納得がいく。焼鉑を作るのにもひと月の間、火を燃やし続けなければならない。あの白くつややかな塩もそうやってできるのだ。塩屋で課役する人足に国人は親しみを覚えた。

「これ、黒虫と一緒にいただきます」深くお辞儀をして、釜屋《かまや》頭の家を出た。

〈俺たちは幸せ者だ〉

夜中に星を見上げながらその鯛醤を食べているとき、黒虫が気持を国人に伝えた。

〈掘場にいたときは、こんな食い物などなかった。いつも腹が減っていて、瓢箪《ひょうたん》の水ばかり飲んでいた。みんな国人のおかげだ〉

黒虫が真顔で手を合わせるのを国人は押しとどめた。そんなことはない、反対に本切りの掘場でもこの釜屋でも、相方が黒虫だから元気で働けたし、これからも働けると、国人はありったけの手の動きを駆使して伝えた。

〈釜屋の仕事がいつまでも続けばいいが、良いことはいつか終わりが来る。国人はもう切口に戻ることはあるまいが、俺はいずれ掘場にやらされるような気がする〉黒虫は笑い、寂しげな顔をした。

二月になって春分が過ぎ、瀬々川の川ざらえが終わったのか、朝餉にも夕餉にもしじみ汁やしじみの醤煮《ひしおに》が出始めた。夕方、蓬の煎じ湯を運んだ際、釜屋頭から声をかけられた。

「明日は骨休めしていい。黒虫の相方には別の人足を当てる。その代わり、嶋女を蓬採りに連れて行ってくれないか。こいつ、いつまでもお前たちに薬を作らせては申し訳ないそうだ。教えてもらえば、これからは自分で薬草を採り、煎《せん》じ薬を作ると言う」

入口にいた嶋女は国人を見て、お願いしますというように首を傾けた。

翌日、朝餉が終わると、黒虫に言いふくめ釜屋頭の家に急いだ。切口の負夫《おいふ》から背負子《しょいこ》を借りて、背に担《かつ》いだ。

嶋女は藤蔓《ふじづる》で編んだ籠《かご》を手にさげていた。

「こちらです」

蓬は山道にもあったが、国人は瀬々川に向かう道を選んだ。他の人足が課役に出ている最中に、女連れで蓬採りに精を出している姿など見られたくなかった。

国人は嶋女に並ばれないように、早足で歩いた。気になって後ろを振り向くと、嶋女は必死であとについて来ていた。

気の毒になって国人は足をとめる。右側の藪《やぶ》にすい蔓《かずら》の花が咲いているのに気がついた。

「あれも煎じ薬になります」

「きれいな花ね」追いついた嶋女はまだ荒い息をしていた。

国人は背伸びして、下の方に咲いている白い花を取り、細い管になっている根元を口に含んだ。

「甘い味がします」

国人はもうひとつ花を取って嶋女に渡す。

「甘い。それにいい匂《にお》いがする」嶋女はうっとりと目を細めた。

すい蔓の花は、国人も小さい頃から摘み取って中の蜜《みつ》を吸っていたが、葉と茎が薬になるとは、景信から教えられたばかりだった。臭木と同じで、葉と茎を干して使えばいいらしい。国人はそのまま嶋女に受け売りをした。

「葉や茎も、この花と同じようにいい香がするのかしら。あの臭木の葉や蓬は、良い匂いとはとても思えないけど」

「どうでしょうか。まだ試してはいません」国人は正直に答える。

景信に会いに行くたび、身近にあるいろいろな樹木や草が、目や鼻、腹痛の薬になることを教えられた。それらすべてを逐一覚えることはできないが、猪手の脛《すね》が虫に刺されて腫《は》れたとき、雪の下の葉を摘み、火にあぶって傷に張りつけてやった。次の日には膿汁《のうじゅう》が出て腫れがひき、四日目には快癒《かいゆ》したのだ。

蓬は瀬々川に注ぐ細流の岸に群生《ぐんせい》していた。背負子をおろして葉を摘み始める。嶋女には向こう側から採って来るように言ったが、一間も離れていないところに腰を据えた。

「わたしは海辺育ちだから、海草や貝のことはよく知っているけど、山については何も知らないの。のびるや芹《せり》、蕗《ふき》のとうくらいなら海辺の村でも食べるけど」

「川に潜るようにして、海にも潜るのですか」

「潜ってうにや貝を採って来る。岩の間に大きななまこが見つかることもある。うには栗《くり》のいがが海の底に沈んでいると思えばいい。半分に割って中の身を食べる。なまこは、そうね、目も口も鼻も手足もなくて、田んぼに蛭《ひる》がいるでしょう。あれを人の足くらいに大きくしたと思えばいい」

「蛭ですか」国人はぞっとする。子供の頃、川の中で遊んでいて何度も蛭に吸いつかれた。初めは恐ろしく、広国が指先で取ってくれ、石で叩《たた》きつぶしてくれた。あんなものを食べるなど、逆立ちしても考えつかない。

話をしているうちにすぐ傍まで嶋女が来ているので、国人は驚き、また一、二間離れた場所に移動する。しかしいつの間にか、また嶋女がすぐ近くに寄っていた。国人のほうから話すことなどなく、もっぱら嶋女がしゃべり続ける。釜屋頭の家で会っていたときは無口な女だと思っていたが、間違いだったと思い直す。嶋女は海に乗り出す筏《いかだ》や舟についても誇らし気に話した。十人や二十人も乗れる大きな舟は、まだ国人も見たことはない。どうやってそれを作るのか、見当さえつかない。

「いつか海に乗り出してみたいです」そう答えるのが精一杯だった。

背負子にも、嶋女が持つ籠にも蓬が一杯になり、国人はほっとした思いで腰を上げた。

帰りは瀬々川を少し遡《さかのぼ》り、山麓《さんろく》の道を選んだ。行きとは違って嶋女はすぐ横を歩きたがり、国人が歩を速めると嶋女も息を切らせてついて来る。仕方なく国人も嶋女に歩調を合わせるしかない。

「嶋女さんはまだ赤ん坊はできないのですか」そんな質問をしたのも、こちらから何か話題をもちかけなければならない気がしたからだ。

「わたしは生まず女《め》なの。十七で結婚したときも子供が生まれなくて、二十一で離縁された。二十四で今の主人の所に来てもう五年。でも主人には黄波戸《きはと》に残した正妻との間に四人子供がいるので、わたしは生まなくてもいい。奈良登りで主人の世話を一生懸命するのが、わたしの務め。だからこれから煎じ湯も毎日欠かさず作る」

不躾《ぶしつけ》な質問をしたのを国人は悔いたが、嶋女はあっけらかんと答えた。

「これ、すい蔓でしょう」

嶋女が立ち止まり、ぐみの木にまつわりついていた白い花を指先でつまんだ。先刻国人が教えたように根元を口で吸う。「やっぱりそうよ」

国人が頷《うなず》いて眺めているところへ、もうひとつ花を抜いて唇の間にさし込んだ。国人も無理やり吸わされるはめになる。すい蔓の匂いより、嶋女の軀《からだ》の甘い匂いがした。

しばらく行くと道の脇《わき》に臭木も生い繁《しげ》っていて、若芽を出していた。

「これが臭木です。花が咲いて実がなる頃、葉を小枝ごと取って下さい。冬が来る前にたくさん日陰干しにしておけば、春までもたせられます」

「春から夏にかけてが蓬とすい蔓で、秋から先はこの木なのね」嶋女は場所を記憶にとどめるように周囲を見渡した。

「この木は切口に行く途中にもいっぱい生えています。時期が来たら案内します」

国人が言うと、嶋女は安心した顔で歩き出す。

前方に奈良登りの集落が見えていた。人足小屋や家族持ちの掘立小屋が手前の方に点在し、その少し上に賄所《まかないどころ》、吹屋、鍛冶《かじ》小屋、釜屋、そして立場小屋などが並んでいる。榧葉山は後方にお椀《わん》を伏せた形でそびえていたが、所々の山肌は絶壁になり、白っぽい断崖《だんがい》と岩場が露出していた。左側に、低い花の山が寄り添い、広国たちの眠っている墓地はその右斜面にあるはずだった。

眼をこらすと、一番高い絶壁に丸太作りの足場がぶら下がっているのが見えた。真中に黒い点のように乗っているのは景信だろう。仏の顔の輪郭はここからはぼんやりとしか見えない。岩を刻み終えるのに何年かかるかは知らないが、その頃には、ここからでも仏の姿がはっきり見分けられるに違いない。そのとき石仏は、この奈良登りの地一帯を昼となく夜となく見おろし続けることになる。国人は景信がなぜあの山にひとりとどまっているのか、理解できた気がした。

釜屋頭の家に帰りついて国人はようやく息をついた。たとえ半日でも女と二人きりになったことはこれまでなかった。自分より十歳も年上とはいえ、どう振る舞い、どういう口のきき方をするのか、いちいち考えなければならない。首筋から肩にかけて軀が固く感じられるのは、背負子の重みのせいではない。璞《はく》石の重さと比べれば蓬の重みなどたかが知れている。

「背負子はここに置いておきます。夕方、黒虫が煎じ湯を持って来る際に、持って帰りますから」国人は肩の荷をおろす気持で言った。

「まだ蓬の煎じ方を聞いていないわ」そそくさと立ち去りかけた国人に、嶋女は不服そうな顔をする。

「お湯を沸かすとき、生の蓬をそのまま二つかみほど入れればいいのです」

「そう、二つかみなのね。ちょっと待って」嶋女は奥に引っ込み、小さな竹筒の容器を手にして来た。「これはうにの塩漬け。海の底に栗の形をしたものがいると言ったでしょう。相方と一緒に食べなさい。本当にありがとう」

国人は片手で握れるくらいの竹筒を押しいただき、急ぎ足でその場を離れた。こんな役目なら掘場での苦役のほうがまだ性に合っていると思った。

釜屋頭とは鍛冶小屋の前で行き合い、蓬採りが無事に済んだ旨《むね》を告げ、貰《もら》ったばかりの塩漬けを見せた。

「それは糟湯酒《かすざけ》の肴《さかな》にすると絶品だがのう。お前たちなら粥《かゆ》に混ぜてもうまいはずだ。黒虫が寂しがっていたぞ。早く行ってやれ」釜屋頭は煙の出ている釜屋の方を顎《あご》でしゃくった。

黒虫に竹筒の中味を見せる。指先ですくい、口でしゃぶり、うまいという顔をした。蓬採りはどうだったか、訊きたそうな目をしたので、国人は璞石がなくなりかけているのをいいことに立ち上がった。

立場小屋にはいり、選り分けられ細かく砕かれた璞石を竹籠にすくい入れる。釜に放り込む一回分を取り終え、出ようとしたところを呼び止められた。もともと立場小屋は女人足が多く、長居をしたくない所で、璞石運びはなるべく黒虫に任せていたのだ。

「さっきは誰かいい人と、川べりを歩いていたそうだね。あんたも隅に置けない」

白いものの混じった髪を後ろに束ねた女で、それまでもよく国人を冷やかした女だ。どこから見られたのか、国人はどぎまぎして咄嗟《とっさ》に返事ができない。立場小屋の中の全員が顔を向けている。

「小さくて可愛《かわい》らしい娘だったとか。新しくはいった賄所の女かい」

「違います。釜屋頭の言いつけで、嶋女さんと蓬採りに行ったのです」やっとそこまで答えたものの、耳まで血がのぼっていた。

「春の菜摘みかい。それはそれは」

女たちが笑いころげるのを尻目《しりめ》に、国人はそれこそ転がるようにして小屋の外に出た。

5

六月、国人《くにと》は釜屋《かまや》頭から呼ばれ、一緒に吹屋《ふきや》に向かった。何の用事かは皆目分からなかったが、吹屋の戸口の前で釜屋頭が足を止めた。

「お前を手放すのはわしも辛《つら》い。しかしこれは吹屋頭のたっての所望なのだ。もちろん頭領の許しも得ている」

「しかし釜屋に移ってまだ一年とちょっとです」寝耳に水の話に、そう答えるのが精一杯だった。

「釜屋の仕事なら誰にでもできる。お前がずっとあそこにいるのは良くない」

釘《くぎ》をさすようにして言い、小屋の中にはいり、吹屋頭の前に立った。

「こっちに移ってくれるんだな、わしも嬉《うれ》しい」土間の石に坐《すわ》っていた吹屋頭が立ち上がって笑顔をつくった。

国人は助けを求めるようにして釜屋頭の方に眼をやったが、釜屋頭は素知らぬ顔のままだ。

「それでこれはお前に確かめておきたいのだが、黒虫《くろむし》のことだ」吹屋頭は射すくめるように国人を見た。「釜屋頭は、黒虫はいらぬと言う。耳も聞こえず、口がきけない者は、吹屋でも足手まといになる。しかし釜屋頭によると、お前が傍《そば》にいてやれば、あいつも一人前の働きをするらしい。吹屋では一人前とまではいくまいが、お前がいることで、半人前くらいにはなるかもしれない。しかし、何といっても、お前がどう思うかが大切だと、わしは思っている」

脇《わき》にいた釜屋頭も黙って頷《うなず》いた。

「吹屋に黒虫が来ないときは、黒虫はどこに行くのですか」国人はどちらにともなく訊いた。

「たぶんまた切口に戻るだろう」答えたのは釜屋頭だった。

黒虫にとってこれは重大な分かれ道なのだ。しかもその分かれ道が、自分の一存《いちぞん》で決まる。

黒虫のことだから、たとえ水びたしになる本切りの掘場に戻されても、一生懸命にたがねと鎚《つち》をふるうに違いない。薄暗いなかでも、頭上に日が降りそそいでいると思い、水が足元を冷やす不気味な感触も、小魚が跳ねる小川だと頭で想像するのだ。

国人は自分のことも考える。黒虫がいたから、本切りでも釜屋でも何とか仕事ができた。他の人足たちは、相方があれでは大儀《たいぎ》だろうと同情してくれたが逆だった。これから吹屋で課役につくとして、黒虫が傍にいなければ、その苦労は眼に見えている。

「それとも、お前と一緒に吹屋に来たいか、切口に戻りたいか、黒虫にじかに訊《き》いたほうがいいか」途惑っている国人にしびれを切らして吹屋頭が問いつめる。

「黒虫と一緒に、ここで働かせてもらいます」そんな返事が口から出、これでいいのだと国人は自分に言い聞かせた。

「よし、黒虫にも今夕その旨《むね》を伝えよう。国人の願いを聞き入れて、お前も吹屋に来てもらう。その代わり、不都合があったらすぐもとの切口に帰す、とな」

吹屋頭は釜屋頭に目配せし、国人を送り出した。外もじりじりとした暑さだったが、熱気の充満する吹屋の中に比べると、首筋に涼しさを感じた。

夕餉《ゆうげ》の直前に吹屋頭の使いが来て、黒虫は釜口《かまぐち》を離れた。戻って来たのは、釜屋人足が賄所《まかないどころ》に集まっているときだった。かわらけに粟粥《あわがゆ》を盛り、上に茹《ゆ》でたのびると塩をのせてもらう。そのあと椀《わん》に汁をついでもらって土間に腰をおろす。車座になって食べるのが習慣で、国人の横は黒虫のために空けてあった。

黒虫は賄所に駆け込むなり、吹屋頭や釜屋頭から告げられた話を国人に説明する。

〈お前が、俺となら行くと言ってくれたそうだな。嬉しいよ。これからも一緒に働ける。暑いのは釜屋で慣れたから何とかなる〉

食べるのも忘れて語りかけるので、国人はまず飯を食ってくるように言った。

「吹屋にお前が行くことは釜屋頭から聞いた。あそこは年寄りばかりだから、若くていきのいいのを欲しがっていたのだ」横合いから猪手《いて》が言った。「軀《からだ》だけは気をつけろ。毒気《どつき》で頭をやられて呆《ほう》けてしまった者もいるし、からみが足にかかって火傷《やけど》したのもいる」

猪手の話の内容を察してか、黒虫がまたせわしく手を動かした。

〈国人、お前は釜口の前で熱に当たって倒れたことがあったろう。吹屋はもっと暑いから、水だけは飲めよ〉

〈分かりました〉国人は笑いながら二度三度頷いた。

「これは頭領からちらっと聞いたのだが、いずれ来年あたり、この奈良登りから都へ鋳込《いこ》み人足を送らねばならないそうだ。都でもその道に通じている人足が足りないのだろう。そうなると、年寄りでは道中がきついし、都での生活にもすぐにはなじめない。何といっても若いにこしたことはない」

そこでお前に白羽の矢が立ったのだというように、猪手はじっと国人を見つめた。にわかには信じられぬ話に、国人は黙り込む。粟粥を口に運びながら、死んだ広国《ひろくに》の言葉を思い出していた。切口の外、この奈良登りの外に出るためには何でもしろ、というのが兄の遺言だったような気がする。しかし都はあまりに遠すぎる。

都、都、都と口の中で唱えてみる。まさか自分がその地に二本の足で立つなど、考えも及ばなかった。

吹屋に移る前の日の夕暮時に、景信《けいしん》に会いに行った。断崖《だんがい》に刻まれた仏の顔がいくらか深くなっている。まず輪郭の外側を彫り込み、そのあと顔や首、胸と肩、坐った足の形を刻む段取りらしかった。

「都に行かされるとは結構なことじゃないか。もしそうなら、これは——」

景信は言いかけて口をつぐむ。国人が何かと問うても、景信はその時が来ればお前に話すと答え、作りかけの仏の像を見上げた。

釜屋と違い、吹屋の仕事は昼間だけで、夜はゆっくり休めた。ただ、新参者はまだ朝の暗いうちから起きて、吹床の火を起こしておかなければならない。吹床には何種類かあり、国人と黒虫がまずつかされたのは鉑吹床《はくぶきどこ》で、釜屋から運ばれて来た焼鉑《やきはく》を、珪岩《けいがん》の粉や炭と一緒にしてまっ赤に溶かし出す。そのからみに水をかけてできた薄い皺《かわ》は、小屋の奥の真吹床《まぶきどこ》に送られる。

真吹床も鉑吹床と似たようなものだが、珪岩と炭の混ぜ方、火の加減が難しいようだった。

人足たちがよくしゃべった釜屋と違い、吹屋では話をする者はいなかった。聞こえるのは掛け声と時折飛ぶ吹屋頭の大声以外、たたらの音と炭火の燃える音、水をかけられたからみが出す音くらいだった。

初めの十日くらい、国人と黒虫に段取りを教えてくれたのは、魚成《うおなり》という四十代半ばの人足だった。小男で右足をひきずっていたが、いかにも筋力だけはありそうな軀つきをしていた。

朝、吹屋にはいると、まず埋火《うずみび》にしていた炭を取り出し、新しい炭を積み上げ、脇にあるたたらを踏んで風を送る。火はすぐに新しい炭に燃え移って、吹床は赤々と輝き出すのだ。朝餉を終えた吹屋人足が勢揃《ぞろ》いしたところで、早番の人足は賄所に行き飯をかき込んで戻って来る。その頃にはもう吹屋の中は熱が充満し、人足たちは下帯一枚の裸になって立ち働いた。たたら踏みは四人が交代でかかり、からみ取りに二人がつく。ひとつの吹床にたずさわるのは従って六、七人からなる一組で、二人ですんだ釜屋と異なり、互いの呼吸が合わなければ仕事が進まなかった。

力がいるのはたたら踏みだった。たたらは、土間に四角い穴が開けられ、その上に毛皮のついた踏み板をさし渡してある。穴の中央に差し棒があって、二人が交互に板を踏むと、風が土間下に掘られた穴を通って吹床に出る仕組みだ。吹床とたたらの間は土塀で仕切られて、吹床の熱がたたらを踏む番子《ばんこ》に伝わらないようになっていた。

吹床の人足は、熱にじかにさらされて暑いのに比べ、番子は終始足踏みを続けているので息が上がり、汗が全身から噴き出してくる。

「相方の番子と足の調子を合わせないと、良い風は送れない」

魚成は小屋の梁《はり》から吊《つ》るした藤蔓《ふじづる》につかまり、微妙に軀の中心を変える。「足だけに力を入れていたのではすぐにくたびれる。腰全体をたたらの上で動かすといい」

魚成の見ている前で国人と黒虫はたたらを踏んでみる。すぐに息が苦しくなり、足が棒のようになる。そのうち土塀の向こうから怒声がかかる。風の勢いがなく、焼鉑が溶け出さないというのだ。仕方なく手慣れた番子に代わってもらった。

掘場でも鍛え、釜屋でも薪《たきぎ》集めで痛めつけた足腰だったが、たたら踏みには全く通用しない。国人と黒虫は土間にしゃがみ、息をつきながら、番子の調子の良い足踏みを眺めた。

「心配するな。ひと月もすれば、吹床のほうから叱《しか》られなくてもすむようになる。特に、お前たち二人は気が合っているようだから、いい番子になる」魚成は国人たちの肩を叩《たた》いた。

来る日も来る日もたたら踏みだった。踏み続けられる時間は、日を追う毎《ごと》に長くなり、交代の番子から文句を言われることもなくなった。それまでは、黒虫と二人でいくら長く踏み続けても、風の勢いが衰え、吹床の人足から「どうした、風が来ないぞ」と怒号が飛んだ。そのうち番子の唄《うた》もいつの間にか口をついて出るようになった。

長門《ながと》の国の榧葉山《かやばやま》
　風が吹くとき山が鳴く
　たたらを踏んで風送りゃ　おいさ
　　いとしいお方も燃えて泣く

春の花咲く花の山
　風が吹くとき花が散る
　たたらを踏んで風送りゃ　おいさ
　　いとしいお人も燃えて散る

夏の瀬々川《せせがわ》ひかる水
　風が吹くとき波ゆれる
　たたらを踏んで風送りゃ　おいさ
　　いとしあの娘も燃えゆれる

秋の美《み》の原《はら》白すすき
　風が吹くとき横なびき
たたらを踏んで風送りゃ　おいさ
　いとしい乙女も燃えなびく
冬の大切り山椿《やまつばき》
　風が吹くとき赤く敷く
たたらを踏んで風送りゃ　おいさ
　いとしあの娘も燃え敷かれ
長門の国の奈良登り
　風を吹かせて銅づくり
たたらを踏んで風送りゃ　おいさ
　いとしい女に子ができる

歌の文句の中にある美の原は、瀬々川の上流にある野原で、すすきが枯れると火をつけて焼畑にし、そばの種を蒔《ま》いて育てる場所だった。歌の調子はあくまでも陽気で、〈おいさ〉というところに来ると、土塀の向こうにいる吹床人足たちも一緒になって声をあげた。国人は何気なしに歌っていたが、黒虫にどういう内容なのか教えてくれと頼まれ、どぎまぎしながら説明してやる。黒虫は妙に呑《の》み込みが早かった。最後には腹が大きくなった真似《まね》をして大笑いする。

たたらを踏まない間には、吹床で使う炭を取りに行かねばならなかった。炭小屋はちょうど賄所と立場《たちば》小屋の間にあった。下帯ひとつに汗の噴き出た軀は、炭俵を背負うとすぐにまっ黒になる。国人はそれが恥ずかしく、なるべくさっさと、人から見られないうちに運び入れるようにしていた。それでも時折、賄所や立場小屋から出て来た女人足につかまった。

「お前さん、吹屋にはいって、いい軀つきになったね」

年増《としま》の女人足がわざわざ国人を呼び止め、賄所の中にも声をかける。どうやら国人が吹屋から出てくるのを待ち受けていたらしく、若い女たちも四、五人顔を出した。

「あら本当。いい腰つき」とまで言って笑う人足もいて、国人は全身が朱に染まった気がした。逃げるようにして吹屋に戻り、息をつく。今後、炭小屋に行くのは黒虫に任せようと心底思った。

姉の若売《わかめ》が赤子を抱いて国人を訪ねて来たのは、たたら踏みの課役にも大方慣れた頃だった。若売はさすがに裸の男ばかりがいる吹屋の中まではいって来ず、外で待っていた。

赤子は男の子で、常万呂《つねまろ》と名付けられていた。国人の眼には、顔つきだけでは男女の見分けもつきかねた。

「今度のところはきつくはないか」若売のもの言いにも母親らしい落ちつきが出ていた。

「きつい分、骨休めも多い」

答えている間も、吹屋の中からは例の拍子唄《ひょうしうた》が聞こえて来る。若売を遠ざけるわけにもいかず、国人は赤子の頬をつついてあやした。

「面白い唄ね。国人もあれを唄っているの」苦笑いしながら若売から訊かれ、国人は頷く。

「唄で拍子をとって、たたらを踏む。黙って踏んでいたら力がもたない。唄はまだいろいろあるけど、みんな似たようなものだ」

「大変ね」若売はとがめるどころか同情してくれる。「これから兄さんのお墓に参るのだけど、少しの間だけ抜けられるかしら」

若売をひとりで行かせたくはなかった。吹屋頭に尋ねると、顎《あご》をしゃくって許してくれた。下帯一枚のままで若売に付き添った。

立場小屋の前を行き過ぎようとしたとき、簾《すだれ》の中から女人足が顔を出した。赤子を抱いていると分かって、またぞろぞろと出て来て国人たちを取り囲んだ。口々に名前を聞き、髪の毛が多いとか、色が白いとか品定めをする。挙句の果てには、赤子を抱かせてくれとねだる女も出て、抱えては次々と手渡し、とうとう赤子が泣き出してその場を放免《ほうめん》された。

「国人はよほど好かれているのだね」しばらく歩いたあとで若売が言った。

「どうして」

「常万呂よりもお前の顔をじっと眺めていた女の子もいたよ」

「まさか」国人は急いで否定する。

「好かれるのは嫌われるより何倍もいい」若売は国人を諭すように笑った。

日差しはまだ強かったが、榧葉山から吹きおろしてくる風が心地良い。山腹にできた雲の影がゆっくり動いて行く。

「里ではもう稲刈りで忙しい。でも急にお前に会いたくなったし、赤子の姿を兄さんに見せたくなった。ここに来ると何だか落ちつく」

　前方に墓地が見えていた。

「父さんや母さんの墓にも参ったのかい」姉に訊《き》いた。

「常万呂が生まれてすぐ、主人と見せに行ったの」

　若売と福万呂《ふくまろ》が墓の前にぬかずく姿を想像して、国人は姉が幸せなのだと思った。

「里の墓よりここのほうがよほどきれい。草一本生えていない」姉が塚を見渡して感心した。

　草一本生えていないというのは大袈裟《おおげさ》だが、大きな草は、ここに来るたび国人が抜いていた。

「あのお坊さんはまだ供養《くよう》に来てくれるのだね」若売から確かめられて国人は頷く。

「瀬々川の橋から岩壁の中の仏様の顔が見えた」

「まだ全部は出来上がっていない。顔の輪郭だけだよ」

「あたしの目が勝手にそう見たのかもしれない。お前から仏様の話を聞いていたからね。出来上がるのはいつなの」

「知らない。三年ではきかないだろうな。五年、いや十年かかるかもしれない」

「楽しみだね」若売は広国の墓の前にしゃがみ、むずかる常万呂をあやした。

「さあこれで兄さんも安心してくれたわ」

立ち上がり、二人並んで歩き出す。「あの坊さんから、字はずっと教えてもらっているのね」

「字と一緒にお釈迦《しやか》さまのお教えを習っている」

「例えば、どんな」若売は目を輝かせた。

「子有り、財《ざい》有り、愚かなる者は唯汲々《ただきゆうきゆう》とする。我且《か》つ我に非《あら》ず、何ぞ子と財あらん。──愚者は自分に子供もあり財もあるといって威張りたがるが、自分が自分のものでなければ、子も財も無いに等しい、という意味。少し難しいけど」

国人は景信が木片に墨で書き、かんでふくめるように説明してくれたままを口にした。

「難しくはないわ。あたしもそう思う」若売はひとりで頷《うなず》く。

「字は吹屋でも時々書かせられる」

鉑吹床から真吹床を経て出来上がった棹銅《さおどう》は、荒縄で束ねられ、木札がつく。その木札に〈熟銅三百斤《きん》奈良登　天平十八年七月〉と筆で書く役目を時々国人が命じられたのだ。

「姉さんも鼻が高い」若売は素直に喜んだ。

秋になって、国人と黒虫は鉛吹床の課役にもつかされるようになった。たたらを踏む番子は、何も考えずに調子を合わせて足を踏めばすんだが、吹床はそうはいかない。珪岩のかけらと焼鉛、炭の混ぜ具合は微妙な要領が必要だ。それを教えてくれたのも魚成だった。

「毒気をまともに吸うと気を失う。そのままお陀仏《だぶつ》になった人足もいた」と言い、手ぬぐいで鼻と口をおおわせる。「もうひとつは、風と炭の加減だ。炎ばかり上がっては焼鉛が溶けない。炎も上がらず、まっ赤になるくらいがいい。そういうときは毒気の出方も少ない。最後に気をつけるのは水のかけ具合だ。一度に冷やそうとするとはじけて、鈹《かわ》が飛ぶ。焼けた鈹が顔にとんで、目がつぶれた者もいる。わしも、そのひとりだ」

魚成は右目を国人に見せた。黒目に白い三日月のような傷があるのに気づいていたが、それが吹床での事故だったとは知らなかった。

「右はほとんど見えない。左にも鈹が飛べばわしはめしいになる。そうでなくとも足が悪いので、もう使いものにならない。足は穿子《ほりこ》をしていたとき、崩れた岩の下敷きになった。わしは人一倍用心深いたちだが、このざまだ」

魚成は黄色い歯を見せて笑った。「それからもうひとつ、何かのはずみで大量の毒気が噴き出すことがある。そのときは気づいた者が大声を出すので、持場を離れて逃げろ。吹屋の外に出れば死ぬことはない」魚成はそこで国人のほうを見た。「耳の聞こえない黒虫には、お前が一番に知らせろ。いいな」

そんな事態にはならないように内心で願いながら、国人は頷いた。

一瞬の油断もできない吹床の苦役だったが、単調な番子の仕事よりは面白かった。まっ黒な炭が透き通るように赤くなったときの美しさは、何にもたとえようがない。釜屋《かまや》で薪を燃やしてできる火は音をたて煙も出し、いかにも賑《にぎ》やかだ。それに対して吹床の炭火が最も盛んになったとき、音は止《や》み、煙も何も出ない。静まり返りながら赤の極みに達する。

焼鉑《やきはく》が炭火と一緒になって溶けたあと、水をかけて火を消す。焼鉑は、からみと鈹が分かれて輝きを増す。そのでき具合を眺めるのも楽しみだった。釜屋では、ひと月燃やし続けてようやく焼鉑を見ることができたが、吹床は一日四回水をかけ、自分たちの労作の成果が確かめられた。

「銅が出るのは長門だけではない。武蔵《むさし》、河内《かわち》、山城《やましろ》、播磨《はりま》、因幡《いなば》、筑前《ちくぜん》、周防《すおう》と方々にある」

吹屋頭は国人の知らない土地の名を列挙した。「しかし溶けたときの流れ具合が一番良いのは、この奈良登りの熟銅だ。だから大仏を鋳込《いこ》むのには、わしたちが作った熟銅だけが使われる。いいな、わしたちの力と汗が大仏に生まれかわる。わしたちの魂が都で大仏に鋳込まれる」

太い足を踏ん張り、腕組みして号令する吹屋頭の大きな軀《からだ》を見ていると、国人には吹屋頭自身が大仏に思えてくる。吹屋頭はぎょろりとした眼で国人のほうを睨《にら》みつけて続ける。

「都に送られた銅は、向こうの鋳造師《ちゅうぞうし》が点検する。同じ熟銅でも、上品《じょうぼん》と中品《ちゅうぼん》、下品《げぼん》に分けられる。その結果はすぐに国司を通じ、頭領のもとに報告がもたらされる」

吹屋頭はそこで傍に置いていた紙を手にとった。「国人、ここにどんなことが書いてあるか、読んでみろ」

名指しされて、国人はおずおずと前に出る。吹屋頭から恭《うやうや》しく紙を受け取った。字が読めるかどうかの不安よりも、都からはるばる来た紙を、自分の指で触れているという感激のほうが強かった。

〈長門国司宛《あて》申し状

熟銅五十枚五百三十二斤《きん》の内
上品十五斤、中品三百二十三斤、
下品は残り百九十四斤也
自今以後、能《よ》く上品熟銅を進上《しんじょう》す可《べ》し〉

国人が読み下すと、吹屋頭はそれについては何も言わず、集まっている人足たちに、どういう意味なのかを尋ねた。

「上品が大変に少ないようです」答えたのは魚成だった。

「そうだ。大方は中品で、上品はほんのひと握り。しかも下品のほうが上品より多い。国司殿は気分を害されて、頭領を呼びつけ、注意された。下品が多過ぎてはこの奈良登り、いや長門国一国の名折れになると言われた」

吹屋頭はまた人足たちを見据える。「わしは長門国の名誉など、実はどうでもよい。わしが心配するのは、熟銅が下品ばかりでは大仏がひび割れたり、いびつな姿になってしまったりすることだ。割れて継ぎはぎだらけの大仏など、誰も拝まない」

気を入れ直してとりかかってくれ、と言うように吹屋頭は両の手のひらを打ち、人足たちを持場につかせた。

国人は魚成をつかまえて、上品と下品の違いがどこから生まれるのか訊いてみた。

「吹床をぐらせればぐらせるほど、銅には磨きがかかってくる。しかしそれでは炭も手間暇もかかり過ぎる。風を要領良く送って炭を程良く燃やし、焼鉑の中の毒気を抜き去ると上品ができる。しかし思いどおりにいかないのが吹屋の常だ。夏と冬では、火の起こし方も、水のぶっかけ具合も違ってくる。今、お前に言ったところで分かるはずもない。いずれ分かるときが来る。わしの齢《とし》になれば──、いやお前は賢いから、わしの齢の半分でいいかもしれない」魚成は国人の肩を叩《たた》いた。

冬が近づくと、吹屋の中は極楽のように暖かくなった。それでも朝一番に出かけて炭を起こす間は、手先がかじかむ。すべての吹床の炭が赤々と燃え出して、ようやく小屋の中の寒さが鳴りをひそめた。

十二月の半ば、吹屋頭の命令で鉑吹床から真吹床《まぶきどこ》に移された。もちろん黒虫も一緒で、魚成が何から何まで教えてくれる。

真吹床は鉑吹床と違って、土間に壺《つぼ》状の穴が掘られており、土塀の後ろのたたらから送られた風は床下を通って、穴の底に吹き出る。炭と鈹はそこでまた溶け合い、荒銅ができ、それを隣の真吹床でもう一度、炭と一緒に溶かし出し熟銅にする。

外に雪がちらついていても、吹屋の中では汗が出た。水を飲み、塩をなめなければ、腰から力が抜けたようになってしまう。水と塩のうまさは、吹屋に来てようやく分かった気がした。課役が一段落したとき、水桶《みずおけ》の水を竹杓《たけびしやく》で思う存分飲み、土師器《はじき》に盛られた粗塩をひとつまみ舌の先に置く。心地良い塩味がまず口の中に広がり、そのあと軀全体に沁《し》み込んでいく。

黒虫も国人に影のように付き添ってよく働いた。魚成の説明は、国人が身ぶり手ぶりで逐一《ちくいち》伝えたものの、すべて黒虫に理解してもらえたかは分からない。炭の燃え具合や真吹床の熱の具合は、炭と荒銅のはじける音でも判断するが、耳の聞こえない黒虫にそれはかなわない。その代わり、黒虫は吹床の中をじっと見つめて色の濃さを感じとり、毒気の臭《にお》いを嗅《か》いで、熱の加減をつかみとっているようだった。

「こら黒虫、何をしている」

あるとき吹屋にはいって来た吹屋頭が黒虫の肩をむんずと摑《つか》み、真吹床から引き離した。

黒虫は腰をかがめ、地面に這《は》いつくばるようにして、真吹床の鈹と炭の溶け具合を確かめ、臭いをかいでいたのだ。

「音が聞こえないので、眼と鼻で荒銅の出来加減を確かめていたのだと思います」国人が黒虫に代わって弁明する。

「馬鹿者《ばかもの》、そこまで熱心にならなくてもいい。毒気を吸ったらどうするのだ。国人から注意しておけ」吹屋頭が言った。

しかし、国人の説明も黒虫は気にする風ではなかった。好奇心も加わってか、いつも床《とこ》の具合を気にするのは黒虫だった。

暮も押しつまり、賄所《まかないどころ》で夕餉《ゆうげ》をとっていたとき、人足たちが外で騒ぎ出した。隣にいた猪手が見に行き、顔色を変えて戻って来る。

「朝戸《あさべ》が捕まった。今、人足小屋の前で役人から見せしめの刑をくらっている」

朝戸が切口から逃げたのは去年の師走《しわす》、初雪が降る二、三日前だったから、一年の間逃亡していたことになる。

「どこに隠れていたのですか」

「もぐりの鋳銭所《じゆぜんじよ》らしい。十何人かで徒党《ととう》を組んで銅銭を作っていたそうだ」

全員が慌《あわ》ただしく食べ終えて人足小屋の方に急いだ。もう日が暮れかかっていたが、小屋の前にはかがり火が焚《た》かれていた。地面に杭《くい》が打ち込まれ、後ろ手に縛られた朝戸がその横に転がり、人足たちは男も女も遠巻きにして眺めていた。

下帯ひとつの裸同然にされた朝戸の軀は皮膚が破れ、血が噴き出し、それがかがり火でよけい赤く照らし出されている。足は縛られていないにもかかわらず、朝戸には立つ力も、役人がふるう革の笞《むち》から逃げまどう気力も残っていないようだった。笞が思い切り振りおろされるたびに、朝戸は小さな呻《うめ》き声をあげた。両の瞼《まぶた》は赤黒く腫《は》れ上がり、閉じているのか開けているのか分からなかった。

黒烏帽子《くろえぼし》をかぶった役人は、頭領の方を見、誰か笞打ちをする者はいないか問うた。

「誰かいないか」頭領が人足たちを見回したが、前に進み出る者はいない。青息吐息《あおいきといき》で横たわる朝戸を遠目に眺めるだけだ。裂かれた皮膚も痛いには違いないが、それ以上に、裸同然の軀がこたえるのは寒さに違いなかった。

役人の手前、頭領は引き下がるわけにはいかないのだろう、横にいた釜屋頭に目配せをした。長身の釜屋頭は一瞬しぶったが、決心したように前に進み出て、役人から革の笞を受け取った。

黒虫が国人の腕を引っ張る。あの意地悪な釜屋頭がどういう仕打ちをするか見ものだ、という顔つきをしてみせた。

朝戸に近づいた釜屋頭は、足の先で朝戸の顎《あご》を持ち上げる。朝戸は顔を持ち上げ、恨めし気に釜屋頭を見つめた。

「お前が掘場で骨休めばかりしていたのは、わしも聞いている。他の者が懸命に働いている脇《わき》で、お前は寝転がっては口だけを動かしていた。これから死ぬまで、休んだ分、働かなければならない。ここに集まったお前の仲間の分まで、わしが仕置きする。その前に、ここにいるみんなに対して何か言いたいことはないか」釜屋頭は険しい眼で声を張り上げた。

朝戸がわなわなと口元を震わせる。悪かった、許して下さい、という声が国人にも聞きとれた。

「よし」釜屋頭は笞を振り上げ、思い切り振りおろす。ひいっと朝戸が泣き声を上げたとき、笞の先は朝戸の鼻づらを掠《かす》めて地面に叩きつけられた。

釜屋頭は泰然《たいぜん》と引き下がる。笞を返された役人は見せしめの効果は充分にあったと判断したのだろう、手下に命じて朝戸を引き立てて行った。

黒虫は期待はずれだったという顔をしたが、国人は釜屋頭を見直す思いだった。あれ以上笞を振るったところで何になろう。頭領の言葉に誰も前に出なかったのもそのためなのだ。

「朝戸はどうなるのですか」小屋に戻って国人は猪手に訊いた。

「いつか話したように、軀が持ちこたえれば、長門か周防の鋳銭所で死ぬまで働かされる。あいつの一族にもそういうのがいたらしいから、いい跡継ぎだろう。あそこには骨休めもない。朝起きて寝るまで、働き通しだ。そしてそのうち軀がもたないようになる」

「一緒に銅銭を作っていた連中も同罪ですか」

「そいつらも鋳銭所行きだろうが、首謀者はたぶん斬首《ざんしゅ》だ。わしも以前、そうやって処刑された首が役所の前に晒《さら》されていたのを見たことがある。首のない胴体も奇妙なものだが、人が首だけというのも哀れなものだ。しかし、首ひとつになるのと、朝戸のように死ぬまでこき使われるのと、どちらがいいかは分からない。ひと思いに首ひとつになったがましかもしれんな。朝戸が笞打たれるのを見ながら、そんな気がした」

　猪手はあくびをひとつして、藁布団《わらぶとん》を首までかきあげた。

　左側の黒虫も寝息をたてている。国人だけ目が冴《さ》えて寝つけない。鋳銭所で朝戸は足枷《あしかせ》をはめられ、休みなくこき使われるのだと猪手は言ったが、この奈良登りの人足とどこが違うのだろうか。働きづめといえば、絶壁に仏像を刻んでいる景信も同じことだ。いつ訪れても休んでいたためしはない。絶壁にへばりついていないときは薬草を採ったり、干したり、あるいは孔雀石《くじゃくせき》を砕いて緑青《ろくしょう》を作ったり、木簡に字を書きつけては削ったりと、いつも動いている。あれとて自分たち人足の生活、いや鋳銭所でこき使われている罪人たちの暮らしと似たようなものではないのか。

「国人、お前はいつか、森から森、山から山に自由に飛んで行ける白鷺《しらさぎ》が羨《うらや》ましいと言ったな」

あるとき景信が岩屋の前に立って国人を振り返った。目の前の谷間を、白鷺が二羽流れるように飛翔《ひしよう》していた。

「あの白鷺とて土の中のみみず、腐《く》ち葉の下のこおろぎ、森の猪《いのしし》と同じで、哀れなものだ。何も思わず死んでいく。わしたち人の意味は何か知っているか。釈尊の生まれた天竺《てんじく》では、考えるということだ。考えて、一日一日生かされているのをありがたいと思う。白鷺やこおろぎ、猪にはそれがない」

そうした景信の考え方からすれば、朝から晩まで酷使《こくし》されていても、生きていることにありがた味を覚えれば、無残な暮らしにならなくてすむのだ。国人はそれを自分にあてはめてみる。

山の端《は》から出る朝日に山あいが黄金色に輝き始める春の日、夏山の中の渓流のきらめき、椎葉山の紅葉、そして白一色に変わる奈良登り一帯。そのどれもが美しいと確かに思う。

辛いはずの掘場の苦役も、釜屋での労役も、今から考えて、苦しいだけではなかった。岩の目にたがねを当て、鎚《つち》で見事に璞《はく》石をかき落としたときの気持の良さは、空腹も湧《わ》き出る水の冷たさも忘れさせた。璞石をひと月燃やし続けたあと、ようやく出来上がる焼鉑を目《ま》のあたりにすると、それまでの苦労の何分の一かが報われた気になる。そして吹屋では、鉑吹と真吹を重ねて、赤味がかった熟銅の色を見ることができる。あの何の変哲もないただの石としか思えない璞石から、美しい熟銅が出来上がることに、言いようのない感動を覚える。

夜明けから日没まで働かされ、休みはひと月に一日か二日しか与えられないにしても、野山を駆け巡ったり、岩屋まで出向いて景信の話を聞き、帰りに花の山の墓地に参ることもできた。朝餉夕餉のときは賄所で、夜は人足小屋で、人足仲間たちと話に花が咲く。苦役が辛いだけ、それ以外の骨休めの時が、花の蜜《みつ》のように尊く感じられる。

「国人、元日にわしの家に来てみるか」

課役納めの日、人足たちのいる前で、吹屋頭が声を低めもせずに言った。国人は何のことか分からず、曖昧《あいまい》な返事をするしかなかった。

「他の人足たちには、元日だけは振る舞い酒が出る。その酒を特別にわしの家で出してやろう。遠慮しなくていい」

黙っている間に、それは決まったも同然になった。

「一年にひとりか二人、各小屋から人足が吹屋頭の家に招かれる。わしも何年か前によばれた。行って来い。うまい酒や食い物が出て、話の種にもなる。その間、黒虫の面倒はわしが見てやる」魚成が国人と黒虫の肩を両手で叩いた。

天平十九年の元日は、いつものように切口の水替《みずがえ》人足と釜屋《かまや》以外は、骨休めになった。切口の中に溢《あふ》れる水は一日たりとも汲《く》み出す手を休めてはならず、釜屋も薪《たきぎ》を燃やし続ける必要があり、休むのはあくまでも交代でするしかなかった。

三々五々起きて藁布団を小屋の隅に片づけ、ある者は賄所に酒と肴《さかな》を取りに行く。ほとんど一日かけて、飲めや歌えの宴《えん》を張るのだ。ただし、釜屋と水替の交代人足だけは酒を控えておくよう厳しく申し渡されていた。車座になって糟湯酒《かすざけ》が振る舞われ始めたとき、吹屋頭からの使いが来た。

国人だけが使いに従って出て行こうとするのを、黒虫が何事かと訝《いぶか》ったが、魚成が制した。

「だんな様がお待ちです」頭に白いものが混じる使いが後ろを振り向いた。

頭領や吹屋頭、役人たちの家は、二里ほど瀬々川《せせがわ》沿いを上ったところにあった。釜屋頭の家とは格が違う広さで、日頃から国人がその方向に足を向けることはない。

「こんな汚い恰好《かっこう》でもいいのですか」

正月といっても新しい衣があるわけではない。小ぎれいにしている使いの男の上衣と見比べて国人は気になった。自分は洗いざらしの黒衣の上に継ぎはぎした綿入れを着ているだけだ。

「少しも汚くはありません」使いは大様《おおよう》に首を振った。

竹を組んだ垣根があり、門をはいったところに柳が植えてある。奥に板葺《ぶ》きと茅葺《かや》きの家が五、六戸寄りかたまっているのが見えた。瀬々川の岸近くに、小屋が作りかけになっていた。

「産屋《うぶや》です」使いの男が国人に教えた。「間もなく吹屋頭の奥さまがはいられます」

その小屋の造作にしても、大きな掘立柱を使い、人足小屋よりよほど立派だ。竹垣に沿って植えられた桑の木がもう若葉をつけていた。高床にして作られた小屋は蚕《かいこ》のためのものだろう。その横にある低い竪穴《たてあな》小屋は桑の葉を貯《たくわ》える倉だ。蚕を飼い、絹糸を紡いで衣を作り、染め上げるのは、ここに住む女たちの仕事になっているのに違いなかった。

釣瓶《つるべ》井戸の木組みも頑丈にできており、その脇にある紅梅が鮮やかな花をつけていた。「あっ、お嬢さま、私めが汲みます」使いの男が板葺きの家から出て来た少女に駆け寄る。

国人は呆《ほう》けたように立ち尽くし、少女の姿を眺める。まだ十二か三の年頃だろう。眉《まゆ》と目のあたりが匂《にお》うように美しい。

少女は国人を一瞥《いちべつ》しただけで、使いの男と並んで歩く。男が振り返り、こっちだというような顔をした。国人は少女の足元に眼をやる。竹の皮で作った草履《ぞうり》に、桃色の緒がつき、小さく白い足がその上にのっている。着ている衣は単衣《ひとえ》ではなく、綿入れの絹衣で、萌黄《もえぎ》色に染められていた。

竹垣の中戸を開けて、使いの男が国人を通した。中庭には玉砂利が敷きつめられ、莚《むしろ》の上で二十人近い男たちが酒盛りをしていた。高床の家の中には、絹衣を身につけた頭領、吹屋頭や国司の役人たちが車座になっており、これも着飾った女たちが給仕をしてまわっている。時折笑い声がそこから響いた。

国人は莚の端の方に身をかがめたものの、周囲には誰ひとり見知りの者がおらず、どう振る舞ったものか迷う。来るべきではなかったと後悔の念が頭をもたげたとき、後ろから声をかけられた。

「国人ではないか。吹屋頭がお前も招《よ》ぶと言っていたが、よう来たな。もっと前の方に坐《すわ》れ」

先刻戸口からはいって来たばかりなのか、釜屋頭が笑いかけていた。その後ろに嶋《しま》女《め》が赤紫の絹衣を着て控え目に立っている。国人は無器用にお辞儀をした。

「ついて来い」

釜屋頭は国人を縁側近くで待たせると、嶋女を連れて家の中にはいった。頭領たちに挨拶《あいさつ》をすませたあと、国人のことを吹屋頭に告げたようだった。

「おう来たか」

酒で赤くなった顔をこちらに向けて、吹屋頭はよろよろと近寄った。給仕の女を手招いて、かわらけと酒を持って来させる。

「国人、この半年、年端《としは》もいかないのによく働いた。釜屋頭が見込みのある男だと言っていたが、間違いではなかった。今日は大いに食って飲め。遠慮はいらん」

給仕の女がついでくれた酒は糟湯酒ではなく、本物の濁り酒だった。口の中が焼けるように熱くなったが、たとえようのないうまさに国人は陶然《とうぜん》となった。吹屋頭は目配せをして、二杯目をつがせる。

「これは秦《はた》の家が先祖代々伝えている酒だ。よそでは手にはいらない。国司の役人や郡司、郷長《さとおさ》たちも、これを目当てに集まって来る」吹屋頭は国人の耳元で言い、立ち上がる。

「あとでわしも下に降りる。どんどん食ってくれ」

国人が莚の上に戻るのを嶋女が待ち受けていた。客の給仕に女たちは駆り出されているようだった。かわらけに今度は糟湯酒を注ぐ。

「あまり強いほうではありませんから」国人は遠慮したが、嶋女は意に介さない。

「あの濁り酒ほど糟湯酒は強くない。主人から今日はお前のお酌をするように言いつかっているの」改まったもの言いに変わっていた。

「煎《せん》じ薬は続けていますか」国人は訊く。

「続けている。煎じ湯をやめると悪くなるので、毎日一回、忘れずにする。蓬《よもぎ》もすい蔓《かずら》も臭木《くさぎ》も全部試したけど、臭木が一番効くようよ」嶋女は愛想良く答え、近くにいる男たちにも糟湯酒をついでまわった。

大きな皿に、それぞれ珍しい食い物が盛られ、客は小皿に取り分けて食べる。茹《ゆ》でたのびると芹《せり》、かぶの酢の物、鮎《あゆ》の煮つけ、大豆とわかめの煮物、鰯《いわし》の塩干し、からし菜の油炒めなど、賄所では年に二回か三回、それもほんのひと握りしか配られない物が、ふんだんに食べられた。空になった皿は給仕の女が下げ、また新たな皿を運んで来る。黒虫や猪手がこの場にいれば、どんなに喜ぶかしれなかった。

国人が特においしいと感じたのは鯛酢《たいす》だ。薄切りにした鯛を酢でしめてあり、かすかな甘みもあって、いくらでも腹の中におさまりそうだった。

「この鯛もわたしの郷里の大島で獲《と》れたもの。おいしいでしょう」嶋女がまた糟湯酒を勧める。

「あのときいただいた鯛醤《たいびしお》もおいしかったです」国人は黒虫と食べたのを思い出し、礼を言った。

家の中では踊りが始まっていた。礼装の男女四人が笛を吹き鳴らし、鼓《つづみ》を叩くなかで、着飾った女性があでやかに舞う。国人の坐っている場所からは舞いの一部しか見えなかったが、楽器の音色は充分に耳に届いた。どこか哀切な響きをもつ歌だ。

「吹屋頭の家は、百年ほど前に渡来して来た由緒《ゆいしょ》ある家柄だ。その名残りが歌にも踊りにも出ている」隣に坐った男がもの知り顔で教えてくれる。「わしら、地の者とは血も肉も成り立ちが違う」

国人はそれで納得がいく。釣瓶《つるべ》井戸の脇で出会った少女の肌が抜けるように白く、目鼻立ちが整っていたのも、渡来人の血が流れているからなのだ。大男で髭《ひげ》もじゃの吹屋頭を見ている限りは渡来人と想像はできないが、あれは吹床の火に焼けた皮膚なのに違いない。

「ほらこの餅《もち》を食ってみろ。これも渡来の家に代々伝わるものだ」男は国人に小さな餅を手渡した。縄のように長くした餅を切り、黄な粉をまぶし、砕いたくるみが中に混じっている。香ばしい味がした。

給仕の女が運んで来た椀《わん》にも餅と青菜がはいっていた。餅油《もちゆ》だと隣の男は言った。

家の中の踊りは陽気な動きに変わっていた。赤や黄色の扇を広げてくるくる回っているのが、国人のいる所からも見える。

たらふく飲んでは食べ、舞いを賞《め》でることができる。どこまでも澄んだ青い空と、庭の隅に咲く梅や椿《つばき》の花を見やって、国人はくちくなった腹を撫《な》でた。

莚の上でも別な踊りが始まる。年配の男が両手を頭の上にかかげておどけた動きをし、周囲の客たちは手を叩《たた》く。国人の初めて耳にする唄《うた》だ。

めでた　めでたや
　この年を　明けて迎える
嬉《うれ》しさよ　山に花咲き
　春がすみ

めでた　めでたや
　この年を　明けて迎える
嬉しさよ　庭に花咲き
　　春がすみ

めでた　めでたや
　この年を　明けて迎える
嬉しさよ　家に花咲き
　　春がすみ

何のことはない、一箇所だけ言葉を変えれば延々と続く唄で、踊り手は入れ代わり立ち代わり交代した。

「国人、飲んでいるか」吹屋頭と釜屋頭が連れ立って、酒臭い息を吹きかけた。

「はい。ずっと飲み続けです。もう頭がくらくらします」やっとの思いで答える。

「よし、客人たちに吹屋の唄を聞かせてやろう。わしと釜屋頭が踊る」

急に言われて驚いたのは釜屋頭だったが、頭をかきながら観念した。吹屋頭は国人を迎えに来た男を招び、竹竿《たけざお》を二本持って来させる。

「この大井も若い頃は吹屋にいたから、唄は覚えているはずだ」

吹屋頭は莚の中央を空けさせ、四人でそこに立った。客たちは面白がってやんやの喝采《かっさい》だ。家の中にいた頭領や役人たちも縁側に集まってこちらを見ている。

国人と大井はそれぞれ竹竿を持ち、たたらを踏む番子《ばんこ》の動作をなぞってみた。酒が効いて頭の中は春がすみのようになっていたが、竹竿を上下させ、足踏みを始めると唄が口をついて出た。

長門の国の榧葉山
　風が吹くとき山が鳴く
たたらを踏んで風送りゃ　おいさ
　いとしいお方も燃えて泣く

腹の底から高い声を出した。横に立った大井も負けじとばかりに声を張り上げる。調子は寸分違わず合い、かけ声の「おいさ」は、周囲の何人かが唱和《しょうわ》した。

しかしそれ以上に笑いを誘ったのは吹屋頭の踊りだった。吹屋頭が踊る姿など国人は見たことはなかったが、何年もの年季がはいっているように腰をかがめ、烏帽子《えぼし》を手にして滑稽《こっけい》な動きをする。人を射すくめるような鋭い眼さえ愛嬌《あいきょう》をたたえて見えた。釜屋頭も負けてはいなかった。烏帽子は肩の方に押しやり、吹屋頭の仕草を真似《まね》ながら、くねくねと長身を右へ左へと傾かせた。

春の花咲く花の山
　風が吹くとき花が散る
たたらを踏んで風送りゃ　おいさ
　いとしいお人も燃えて散る

もう恥ずかしさも消えていた。客の中には大井以外にも吹屋にいた人足がいて、坐ったまま声をあげてくれた。莚の後ろの方には給仕の女たちが集まり、縁側の後方にも美しい身なりの女たちが立ち、こちらを眺めていた。どの顔も笑い、次にどんな文句と踊りが出るか待ち構えている。

　夏の瀬々川ひかる水
　　風が吹くとき波ゆれる
　たたらを踏んで風送りゃ　おいさ
　　いとしあの娘《こ》も燃えゆれる

一節終わるごとに拍手が起こり、客たちはそのまま手を叩いて拍子をとり出す。吹屋頭の雄々しい動きや、釜屋頭のくねくねした動作にも熱がはいって、女たちは手を口に添えて何度も笑う。
四番五番と歌い続けるうちに、家の中の役人や着飾った女たちも手を叩き始めた。

　長門の国の奈良登り
　　風を吹かせて銅づくり
　たたらを踏んで風送りゃ　おいさ
　　いとしい女に子ができる

最後のくだりで、吹屋頭も釜屋頭も腹を突き出して、妊婦の腹の恰好《かっこう》をなぞってみせた。国人は歌の相方に目配せして、最後の節をもう一度繰り返す。やんやの喝采のなかで声を張り上げるうちに、即興《そっきょう》の文句が頭のなかで浮かんだ。六番を歌い上げたあと、そのままありったけの声で続けた。

　　正月長門の奈良登り
　　　風がなくても集い合う
　　　　たたら休んで酒飲めば　おいさ
　　　　　好きなあの娘とみつめ合う

　どっと笑いが起こったが、手を叩き続けたのは女たちのほうだった。拍手の渦のなかで、吹屋頭と釜屋《かまや》頭は息を切らせてしゃがみ込む。給仕の女たちから瓢簞《ひょうたん》に入れた酒をつがれ、二人はかわらけで飲み干すと国人と大井を手招きした。

「久方ぶりにいい気分になった。ほらこの二人にも、たんまりと飲ませてやれ」

　吹屋頭が国人にかわらけをさし出す。そこに嶋女が新しい酒をつぐ。

「もうこれ以上は飲めそうもありません」

「遠慮をするな。一年に一度のお祭だ。たらふく飲め」釜屋頭までがかわらけを手渡し、国人はやむなく酒を受けた。糟湯酒ではなく、本物の濁り酒だ。

「吹屋の唄のように、あなたも好きな人がいるのでしょう」嶋女が冷やかし気味に訊《き》いた。

「そんなものいません」

「むきにならなくてもいい」釜屋頭が笑う。「そのうちできる。できるとも」ひとりで頷《うなず》いた。

「国人、お前に見せたいものがある。ついて来い」

ひとしきり飲んだあとで吹屋頭が誘った。立とうとした国人は腰に力がはいらず、よろける。釜屋頭が支えてくれた。まっすぐ歩けと自分に言いきかせながら、国人は左右の足を踏み出す。

家の中は板敷きになっていて、目にしたこともない調度品が並んでいた。機嫌よく役人たちと話をしていた頭領が顔を上げ、国人に声をかけた。

「大いに楽しませてもらった。お前を切口から出してよかった。ほら飲め」

突き出されたかわらけにまた酒がつがれ、国人は恭《うやうや》しく押しいただく。もう軀《からだ》をまっすぐにしているのがやっとだ。飲み干して周囲に眼をやったとき、部屋の隅から先刻の少女がじっとこちらを見ているのに気がつく。髪の毛に梅の花を飾りつけていた。

高坏《たかつき》をかかげて国人の方に近づき、中の食べ物を勧める。指でつまみ、口の中に入れた。味には覚えがあった。歯ごたえがいいのは鮑《あわび》で、たっぷりの量のうにで和《あ》えられていた。これを口にするのは二度とないと思い、もうひとすくい味わった。

「おいしいでしょう」少女が国人に訊いた。「これはわたしが手伝って作りました」

「絹女《きぬめ》、そうだったか。うまかったぞ」吹屋頭は目を細めた。国人は酔った頭のなかで、吹屋頭の娘の名をしっかり記憶する。

「おいしいです」国人は指の先をしゃぶった。

「さあ国人、これはどう読む？」

吹屋頭が、壁に掛けてある軸物を顎《あご》でしゃくった。幅二尺、長さ三尺ほどの紙に太筆で力強く字が書かれていた。

「心の内を歌う詩の、詞《ことば》は蘭芳《らんぽう》のように美しく、人々は想《おも》いを凝らし、同じ心で詩をくちずさむ。佳《よ》き酒に歓《かん》を尽くして、先祖故旧《こきゅう》を楽しみ祭る。魂よ、お前だけは帰ろう。郷里の住居に戻ろう」

知らない字は勝手に補いながら、国人はゆっくり読み下す。言い終えたあと、酔った頭に全体の意味が一枚の絵のようにたち現れた。

「よく読んでくれたな。これは秦の家に昔から伝わる掛軸だ。正月だけはこれを飾るしきたりがある」吹屋頭は赤い顔を国人に向けた。「せめて正月にはみんなで集まり、故郷の百済《くだら》を思い出すように、古老がこの詩句を書きつけたのだろう」

さあここで飲んでいけ、と吹屋頭は言い、国人の前に酒と肴《さかな》を運ばせた。頭を絞るようにして掛軸を読んだのが悪かったのか、どっと酔いがまわっていた。しかし出される料理はどれもがもの珍しく、ほんの少しだけでも口に入れてみたかった。この機会を逃せばもう一生涯食べられないに違いない。鹿肉《しかにく》とごぼうの煮込み、鯛とのびるのなます、鯛の天日干し、かますの蒸焼きなど、国人が訊くたびに給仕の女が説明してくれた。なかでも珍味だったのは、絹女が小さな高坏に入れて持って来た雪のように白い食べ物だ。竹の匙《さじ》ですくうと口の中で溶け、ほんのりと甘い。何なのかと国人が絹女に尋ねる。

「牛の乳で作った蘇《そ》に蜂蜜《はちみつ》を入れたものです」

絹女は大人びた口調で答え、また濁り酒を勧めた。

厠《かわや》に中座し、席に戻ろうとしたとき、国人は吐き気を覚えた。吹屋頭の家で吐くなど無礼この上なく、何よりもせっかく食べた物を吐くのが惜しい。息を詰めてこらえる。もう何も口に入れまいと決心し、座に戻った瞬間、気が遠くなった。

女たちが騒ぎ、釜屋頭の肩にすがって縁側まで連れて行かれ、そこでやっと軀を横にすることができた。目を閉じて静かな息をしていると、吐き気はどうにか鎮《しず》まった。客たちの笑い声や給仕の女たちの話し声を聞いているうちに眠り込んでしまった。

「国人、帰るぞ」

耳元で釜屋頭の声がし、目を開ける。あたりは暗くなっていた。縁側に寝ていたと思っていたのが、いつの間にか火床炉《ほどろ》近くに移され、絹布団《ぶとん》を上にかけられている。そして何よりも、人のざわめきが消えている。国人は慌《あわ》てて上体を起こしたが、丸太で殴られたような痛みを頭の後ろに感じて、顔をしかめた。それでも歯をくいしばって起きる。

「すみません。こんな所に寝てしまって。申し訳ないことをしました」身を縮めて詫《わ》びた。

「気にしなくていい。吹屋頭は郡司の使者たちと頭領の家に行かれた。さあ、わしと一緒に戻ろう」

釜屋頭は国人に肩を貸した。頭が痛く、地面は大きく揺れ、軀全体がぐるぐる回る感じがしたが、懸命に足を踏ん張った。

家の中にいる女たちに礼を言い、外に出た。釜屋頭の反対側から嶋女が手をさしのべる。薄暗がりの道に目をこらし、一歩一歩を慎重に踏み出す。よろけそうになると、釜屋頭が腕を引き上げてくれた。

「お酒を飲ませてしまってごめんなさい」

聞き覚えのある声がして国人は振り返る。嶋女の後ろを絹女が歩いていた。人足小屋まで送って来るつもりだろうか。それでは自分が家に戻るとき、道が暗くて困るだろう。絹女は夜道が恐《こわ》くないのだろうか。

「いえ、身のほどをわきまえずに飲んだのがいけなかったのです。もう二度と飲めないし、食べられないと思ったものですから」正直に答えると、嶋女と絹女がくすっと笑った。

「絹女は今夜わたしたちの家に泊まって行くの。何回目かしらね」

「五回目」絹女の弾んだ声が答える。

絹女と嶋女が仲の良い理由は分からないが、これから先も、絹女は釜屋頭の家に来ることがあるのは確かだ。そうすればその姿を見られるかもしれない。酔った頭で考えた。

「国人さんは、薬草について何でも知っているのでしょう」絹女が訊《たず》ねていた。

「それほどたくさんは知りません。みんな景信さんに教わったものです」

「わたしの姉さんも、病気で苦しんでいます」

「どんな病気ですか」真顔になって国人は訊いた。絹女を前にすると酔いが遠のく気がした。

「国人さんには分からないでしょうけど、女の血の道の病気」絹女に助け舟を出したのは嶋女だった。

「今度、景信さんに確かめておきます」それだけ答える。

釜屋頭の家の前で、嶋女と絹女に別れを言い、人足小屋までは釜屋頭に送ってもらった。

猪手と黒虫が起きてくる。釜屋頭から国人をひき取ると、小屋の藁《わら》敷きの上に横にさせてくれた。踏ん張っていた気持が急速にゆるむ。これでもう心おきなく休めると思った。

6

岩屋へ登る道の脇《わき》に、今年もこぶしの木が白い花をつけている。付近の樹木が濃淡のある緑一色なのに、そこだけはまっ白だ。しかも花びらの向きは一定でなく、四方八方、変幻自在に乱れ咲いている。いかにも、訪れた春に喜び踊っている様子で、見ているだけで心が浮き立つ。

国人《くにと》はしばらくこぶしの花を見上げたあと、小走りに山道を登り始める。坂道なのに足はひとりでに動き、息切れもしない。若葉の匂《にお》いが軀《からだ》を包み込み、手足は軽々と動いた。

景信《けいしん》は、ちょうど岩の上から降りてくるところだった。日の出少し前に起きて、岩清水で顔を洗って口の中を漱《すす》ぎ、四里くらい山頂を駆け巡る。平らな岩に結跏趺座《けっかふざ》して、東の空の日の出を全身で迎えるのが、景信の朝の日課だ。それは夏も冬も変わらない。雨の日は雨に打たれるまま、雪の日は肩に雪が積もるに任せ、嵐の日も、その軀は岩の一部と化して動かない。

夕暮れ時もまた同じで、岩の上で西に向かい、日没の光を軀に受けながら、日の終わりを仏に感謝するのだ。日の出のときの景信の姿は見たことはないが、夕日に染められている結跏趺座の姿は目撃した。まるで岩の上に置かれた仏像そっくりの形をしていて、国人は思わず手を合わせたほどだ。

「年が改まっていくつになった?」景信が訊《き》いた。

「二十二です」

「いい正月だったろう」景信は国人の心中を見透かすような目つきをした。

「吹屋《ふきや》頭の家に招ばれて、前後不覚になりました。食べて飲んで、歌ったのです」国人は答えながら赤面する。

「お前にしては珍しい。しかし楽しめてよかった」

国人は酔った頭で、掛軸の書を読んだいきさつを口にする。奇妙にも、ひとつひとつの字が記憶の底に焼きついていた。

「それは楚辞《そじ》に由来した詩句だな」景信が呟《つぶや》く。解《げ》せない国人の顔を見てさらに続ける。「唐よりもずっと前にあった国で書かれた。千年も前の詩だ」

「千年も前」国人はあいた口がふさがらない。現在、海を渡った西方に、唐土《もろこし》という大国があるのは景信から教えられていたが、それよりも千年も前に栄えた国など、想像を絶していた。

「その中には確か、こういう詩句もあった。わしもうろ覚えだがな」景信は目を細め、輝き出した朝日の方に顔を向けた。

〈菱《ひし》と蓮《はす》の葉を裁《き》って衣服とし
　蓮の花を集めて飾りとしよう
　私を知る者、天下に無くとも良し
　己れの心の誠に芳《かんば》しければ〉

読経《どきょう》をする時の声とは違って、力を抜いた優しい言葉づかいだった。国人はその詩句をゆっくり復唱してみる。

「どこか景信さんの暮らし方と似ているところがあります」

「そうかな。思いが同じだったから頭に刻まれたのかもしれん」

景信は頭陀袋《ずだぶくろ》からひと握り、焼米《やきごめ》を取り出して国人に与えた。「それで、何を訊きたいのだ」

「吹屋頭の娘さんが、血の道の病いを患《わずら》っているそうで、何かいい薬はないかと相談されました」

「血の道？」景信は口元に微笑を浮かべた。「お前に相談したのは、その娘本人か」

「いえ、妹です。その妹はまだ十二か十三で、そんな病いにかかる年頃ではありません」国人は絹女の花の蕾《つぼみ》のような軀つきを思い浮かべながら答える。

「姉の齢《とし》はいくつだろうか」

「尋ねませんでした」

「まあ、そんなに年増《としま》でもなかろう。血の道の患いにもいろいろあるが、一番手っ取り早い薬草は川骨《こうほね》と益母草《やくもそう》だろう。川骨は水草で、この下の沼地に繁茂《はんも》している。益母草も道を降りた所に生えている。あとで教えるが、どちらも採るのは夏まで待ったほうがいい。その時期の来るまでは、腰湯にも使ったすい蔓《かずら》があるだろう。あの花を煮立てた汁に蜂蜜《はちみつ》を混ぜて、毎日飲む手もある。吹屋頭の家なら蜂蜜くらい手にはいるだろう」

「蜂蜜は、牛の乳を固まらせた上にかけたものを食べました。世の中にこんなうまいものがあるかと、口の中がとろけそうでした」

「蘇《そ》を食べさせてもらったか。あれは都でも貴人しか手に入れられない貴重なものだ。吹屋頭はよくよく力を持った男だと見える」

「先祖は百済《くだら》からの渡来人だそうです」

「なるほど。渡来人たちは目に見えないところで強いつながりを持っている」景信は焼米をまた口に放り込み、力強く嚙《か》んだ。「そのすい蔓の花が咲くまでふた月くらいはある。待つように言うのもいい。待たされる気持は、薬の効きめを良くする。身も心も薬効を待ち受けるからだ。ばたばたと急ぐ必要はない」

「分かりました」国人は素直に納得する。

「その正月の祝宴には、大勢の女たちがいたのだろう。目当ての女もできたようだな」

心の内を言い当てられて、国人はすぐには返事ができない。間を置いて曖昧《あいまい》に頷《うなず》いた。

「釈尊《しゃくそん》の教えに、こういうのがある。〈愛する者らと相逢《あ》うことなかれ。愛せざる者らとも、また相逢うことなかれ〉。悲しいことだが、間違いのない真実だ」

意味を解せるか、と問いかける景信の目つきだ。景信は国人からすっと眼を離して空を見やった。「なぜなら、〈愛する者を見ざるは苦なり。愛せざる者を見るも、また苦なり〉だからだ」

先程の千年前の詩句と同じように、このお釈迦《しゃか》さまの教えも、景信は身をもって守っているように思われた。しかし国人は反発も覚える。人と会って愛することも、愛さないこともなければ、生きている甲斐《かい》がないのではないか。この山に生える樹木や飛び交う鳥、走る獣、動かない岩と同じになってしまう。

「これは、わしたち世捨人に対しての釈尊の教えかもしれない。それでも、いつか思い当たるときが必ずやって来る。その悲しい時、苦しい時に、この教えを思い出すといい」景信の鋭い目がすっと優しさを帯びた。

再訪を約して帰りかける国人を、景信が静かに呼び止めた。

「吹屋の課役はつらいか」

「いいえ」国人は首を振る。

「それは良かった。気を緩めずにやれよ」景信は国人に対して、拝むように合掌した。

冬の間は程よい暖かさだった吹屋だが、山桜が咲き終わる時期には、額から流れ落ちる汗を絶えずぬぐうようになった。

国人と黒虫《くろむし》は真吹床《まぶきどこ》でふた月ばかり働いたあと、持場が再び鉑吹床《はくぶきどこ》に変わった。

その日、真吹床のたたらを踏む番子《ばんこ》が腹痛で寝込み、代役を国人が命じられた。久々の番子なので、すぐに腰が痛くなった。痛みをこらえて、例の拍子唄《ひょうしうた》を歌い、足を踏ん張る。汗が軀全体から噴き出した。

日が傾きかけ、あと半ときで終業《しゅうぎょう》という頃に、鉑吹床の方で大きな音がした。少なくとも国人が吹屋に来て以来、一度も耳にしたことのない大音響だった。たたら踏みをやめ、何事かと身構える。

「逃げろ」誰かが叫んだ。

たたら踏みの相方の後ろについて吹屋を飛び出す。他の人足たちも道具を手にしたまま外に出ていた。あたりに白い煙がたち込め、毒気《どっき》の臭《にお》いが鼻をついた。

「東側の簾《すだれ》を巻き上げろ。そして西側の簾もだ」駆けつけた吹屋頭が怒鳴る。

人足たちは二手に分かれて走り出す。東側が風上になっていて、踏み台を持って来てすべての簾を上げた。国人は風下にまわって竹竿の先で簾を上に突き上げた。白煙が流れ出して目にしみる。ひと息吸うごとに、咳込《せきこ》みたくなる。

そのときだ。国人は黒虫の姿が見えないことに気がつく。夢中で入口に戻った。

「国人、危ない。はいったら駄目だ」人足のひとりが止めるのもきかず、国人は身をかがめ吹屋の中をのぞき込む。

白煙がまだ鉑吹床から上がっていた。床に人が倒れているのが見えた。

「国人、だめだ。今行くとお前がやられる」国人の腕を吹屋頭が摑《つか》み、引き戻す。

「黒虫が中にいます」必死で叫んだ。

中にはいろうとする国人に仲間の人足が飛びかかり、吹屋の外に引きずり出す。国人は声を限りに黒虫の名を呼び続けた。

「誰かひとり、吹床の横に倒れています」人足のひとりが言うのを聞き、国人はまた黒虫の名を呼ぶ。

「もう少し待て」吹屋頭は入口の前に仁王立ちになった。

人足たちから腕と肩を摑まれ、国人は吹屋の中を睨《にら》みつける。白煙が少しずつ薄れていく。

「さあはいるぞ」最初に飛び込んだのは吹屋頭だった。

人足たちの手をふりほどいて、国人も中に飛び込む。鉑吹床の向こう側に黒虫の軀がうつ伏せになっているのが目にはいる。吹屋頭がその軀を担《かつ》ごうとしてよろめいた。強い臭いが鼻をつき、目も開けていられない。咳込みながら、吹屋頭と二人で黒虫の両肩をかかえ、ひきずるようにして吹屋の外に出た。黒虫の右手は引き垂れ棒を摑んだままだ。国人は黒虫の指を開き、棒を取り捨てる。

吹屋頭が黒虫の名を呼び、国人は軀を揺すった。しかし黒虫の目は開かず、軀も揺さぶられるがままだった。

「こいつ、吹床を搔《か》き混ぜて何とか煙を消そうとしたんだ」黒虫が最後まで放さなかった引き垂れ棒を見て、人足のひとりがうなだれた。

「毒気が噴いたときは逃げるのが一番だが、黒虫のやつ、自分のせいでこうなったと思ったのだろう。吹床ではなく、焼鉑《やきはく》が悪かったのだ。わしがしっかり調べておけばよかった」吹屋頭が首を振る。

「黒虫」国人はあお向けに寝ている黒虫の横で叫ぶ。黒虫がもう二度と瞼《まぶた》を開けないなど信じられない。もう一度、胸に手を置いて揺らしてみる。眠ったような顔はそのまま形を変えずに揺れた。

「悪いのはこの国人です」顔を上げて吹屋頭に訴える。「自分が逃げる前に黒虫を引っ張ればよかったのです」

「もういい。わしがずっと見張っているべきだった」

国人の肩に吹屋頭は手を置いた。

「黒虫が死んだのか」

背後で誰かが叫び、人垣をかき分け、黒虫の横にへたり込んだ。釜屋《かまや》頭だった。

「黒虫、黒虫、しっかりしろ。死んではいかん」黒虫の顔を両手ではさみ、激しく揺らした。

「国人、黒虫は死んだのか」血走った目が国人に向けられる。国人は黙って頷く。釜屋頭はすがるような眼で吹屋頭を見上げた。

「死んだ。毒気にやられた。悪い焼鉛を見分けられなかったわしの落度だ」吹屋頭は絞り出すように答える。

「可哀相《かわいそう》なことを」釜屋頭が頭を垂れ、肩を激しく震わせる。「わしに毎日、薬を運んでくれた。それなのに、焼鉛で死ぬとは、吹屋に行かせたわしが殺したようなものだ」

国人は歯を食いしばる。黒虫を吹屋に行くようにしむけたのは自分ではなかったか。

「公足《きみたり》、もうよい」吹屋頭が釜屋頭の名を呼ぶ。「自分を責めるな。お前のせいではない」

「人足小屋まで運ぼう」吹屋頭が命じる。

黒虫の軀は国人が背負った。小柄な黒虫の軀は石のように重く、頭が首筋に揺れかかる。何かささやかれている錯覚がした。

〈申し訳ないことをした。傍にいてやれば一緒に逃げられた〉国人は口ごもる。〈掘場の苦役も、釜屋での作業も、あんたがいたので、辛《つら》さがこたえなかった。あんたはいつもにこにこと笑い、暗い顔など一度もしたことがない。口がきけなくても、いつも励まされていた気がする〉国人は心の内でしゃべり続ける。そうすれば涙をこらえられそうだった。

その晩一夜、黒虫の遺体は人足小屋の隅に安置された。親も兄弟もおらず、親族で駆けつけたのは年老いた伯父ひとりだった。葬式にも参加せず、翌日の昼前に帰って行った。

埋葬の際に景信に読経してもらうために、国人は昼過ぎに岩屋に登った。

「また死者が出たか」国人の報を聞いて、景信は天を仰いだ。「それも、お前と親しい者ばかり続くな。花の山の墓所に人が集まり始めたら、わしも降りて行く」心配するなというように国人を促したが、すぐに呼び止めた。「誰にでも死はやってくる。

人みな、その一日に向かって日々近づいている。お前もわしもな」

景信の言葉は、釜屋の焼鉑のように胸の底に残った。自分も含めて吹屋の人足たちは、危ないところを逃れることができて、死からは一歩も二歩も遠ざかったと安堵《あんど》している。しかし実のところは、いつか訪れる死に、確かにまた一歩近づいているのだ。

黒虫の墓は、広国《ひろくに》の塚から二間ばかり離れて掘られた。遺体は柩《ひつぎ》には入れられず、莚《むしろ》に巻かれたままだった。縄をかけ、穴に入れようとしたとき、風のように景信が立ち現れた。頭領が礼を言うと、数珠《じゅず》を取り出し、お経を唱え始める。腹に力のこもった力強い読経《どきょう》だった。意味は解せないが、国人には今、景信が岩壁に彫りつけているお釈迦さまが、そのまま語りかけているように感じられた。

重々しい声が風を突き抜けて山肌にこだまする。読経を聞きながら、国人は黒虫のさまざまな表情を思い浮かべた。

――掘場は暗いが、頭の上に日が照っていると思えばいい。

――足元の冷たい水も、小川のせせらぎと同じだ。

――たがねと鎚《つち》は兄弟だ。打ちつけるたびに二人は力を合わせて、いい仕事をする。

――釜屋で璞《はく》石を燃やすとき、いつも穿子《ほりこ》の苦労を思う。あいつらの汗と涙をこうやって燃やして焼鉑を作るのだ。

——榧葉山《かやばやま》に生えている木が薪《たきぎ》になり、榧葉山の腹の中にあった璞石と一緒に、釜屋で燃える。男と女のようにひと月の間燃え続けて、焼鉑になる。焼鉑は赤ん坊だ。

——吹屋ではそこに風が加わる。風は親だ。風が赤ん坊を鈹《かわ》にし、荒銅にする。

それらはすべて黒虫が身ぶり手ぶりで国人に伝えたことだが、まるで黒虫自身が口をきいたように、言葉として耳の中に残っていた。

穴に土がかけられ盛り土が終わったところで、景信は読経をやめた。一礼して、足早に山道を登って行く。

吹屋まで戻って国人は課役に加わった。吹屋人足の全員が墓地まで行ったのではなく、作業は続けられていた。

黒虫がいなくなった吹屋の中は、もう元の吹屋ではなかった。突然黒虫の姿がなくなり、自分の眼が途方にくれているのが分かる。ふたりの眼が合ったとき、黒虫は手ぶり身ぶりで何かしら国人に伝えて来た。〈暑い〉だの〈疲れた〉だの、あるいは〈飯がもうすぐ〉とか〈いい鈹ができた〉とか、黙っていることなどなかった。不思議なことに、黒虫は国人のどんな視線でも感じとった。まるで国人の眼が見えない光でも送っているかのように、国人が黒虫を見た瞬間、黒虫は国人の方を見たのだ。

そういう黒虫が、決して他人の悪口を言わなかったことに国人は改めて気がつく。

本切りの掘場でも釜屋でも、そして吹屋の中でも、他の人足たちが事あるごとに他人の悪口を言っていたのとは、正反対だった。誰かがしくじっても、黒虫は熱気や寒さ、毒気のせいにして本人を責めなかった。あるいは、耳が不自由なので他人の悪口が一切耳にはいらなかったからかもしれない。そうだとすれば、耳が聞こえるのは逆に厄介なことではないか。

吹屋の人足たちも、黒虫がいなくなって寂しくなったと口を揃《そろ》えて言う。口から言葉を発することのなかった黒虫は、吹屋の中にいるとき全身でみんなに話しかけていたのだろう。

黒虫の死から十日ほど経《た》った頃、吹屋頭から呼ばれた。釜屋頭が来ていて、削った丸太をさし出した。

「これはわしが作った。黒虫の墓標にしようと思ってな。字はわしが書くよりも、お前が書いたほうが、黒虫も喜んでくれる」

「筆もあるし、墨はわしがすっておいた」吹屋頭が硯《すずり》を指さした。

「私でいいのでしょうか」久しく本物の筆を手にしていない国人は尻《しり》込みした。

「お前のほうがいいのだ」二人とも頷く。

国人は丸太を受け取り、生々しい削り口をじっと眺める。筆も硯も、景信が使っている品物より数等上質な感じがした。

〈黒虫 天平十九年二月廿《にじゅう》五日〉と書き、黒虫の年齢を思い出し、〈享年《きょうねん》 卅《さんじゅう》 二歳〉と略字でつけ加えた。生木は墨を吸い込み、黒々とした文字が木目の上に残った。

「立派な字だ。わしの手とは比べものにならない」釜屋頭が感心し、丸太を抱きかかえる。「今から墓所に行って来る」

役目を果たしたというように安堵の色をあらわして、釜屋頭は小屋を出て行った。

岩屋の景信を訪れる際、花の山の墓所の方に回り道をした。国人が書いた墓標は墨跡も鮮やかに、黒虫の塚の上に立てられていた。

「ほら、いつかお前が尋ねた血の道の薬だ。すい蔓の花を採っておいた」景信が藤蔓《ふじづる》で編んだ籠《かご》をさし出す。「白い花が銀花、黄色いのが金花で、合わせて金銀花《きんぎんか》と言う。これを乾かして煎《せん》じ、蜜《みつ》を加えて毎日飲むといい。それからあと二つ、川骨《こうほね》と益母草《やくもそう》も今のうちに教えておく。ついて来い」

景信は金銀花のはいった藤籠を国人に持たせて、すたすたと山道を降りて行く。いつものように、国人ですらついていくのに骨の折れる速さだ。

「いいか。血の道に効く薬は、覚えておくとこれからも役に立つ。これが益母草だ」

景信は立ち止まって、道端に立つ二尺くらいの高さの草を示した。まっすぐな茎に向かい合った細い葉が、交互についている。

「茎が丸くなくて四角だ。葉の先は蛙《かえる》の手の先のように、三股《また》に分かれている。夏になると、葉のつけ根に薄紫の小さな花が咲く。その頃になって、茎と葉を刈り取って日干しにする。煎じて飲む方法は金銀花と同じだ。益母草という名も、母の益になる草という意味に由来している。長く服用していれば子宝にも恵まれる」

景信の発するひと言ひと言を頭のなかに叩《たた》き込み、国人は益母草の茎の先をひきちぎって腰袋の中に入れた。

もうひとつの薬草、川骨は切口近くの沼に生えていた。切口に毎日通っていた頃、沼の縁を覆《おお》うその水草には気がついていたが、それが薬になるとはついぞ知らなかった。景信は足先が汚れるのも構わず、泥の中にはいって行く。両手で水草の根をすくい上げた。「川骨という名は、この根の芯《しん》が白いところから来ている」景信は緑がかった根を二つに折ってみせる。なるほど中味は雪のように白かった。

「この水草には黄色の小さな花が咲きますね。見たことがあります」

「その花が咲いたあとでないと川骨は薬効がない。この根を掘って、ひげ根を取り除いて一尺ほどの長さに切る。それから二つに縦割りにして日干しにする。それを煎じて一日二、三回飲むといい。煎じるときの水の量は、指一本分の川骨に竹杓《たけびしゃく》二、三杯くらいでいい。苦いので蜜があるなら混ぜるといい。しかし苦いままでも構わん。良薬は口に苦し、だ。花が咲けば、わしが実際に作ってやってもいいが、それまでわしが生きているとは限らない」

景信の言い草に国人はびっくりして顔を上げる。景信が笑っていた。

「例えばの話だ。生きているかもしれないし、生きていないかもしれない。わしにも分からん。生きてまた会えると思うと気がゆるむ。もう二度と会わないのだと思うと、わしの言うことのいちいちが、喉《のど》の渇《かわ》きを潤す清水のように、頭の中にはいっていく。それが一期一会《いちごいちえ》だ」

景信の言うことは本当だと国人は納得する。兄が大怪我をした朝も、黒虫が死ぬ直前の骨休めのときも、言葉を交わした。何気ない、いつものやりとりだったが、それが最後になった。

景信はもうひとつ、からすびしゃくも教えてくれた。時期を問わず、その根についた粒を干して煎じればいいらしかった。

景信と別れ、金銀花のはいった藤籠を手にして戻りながら、国人はこれまでに教えてもらった薬草を頭の中で整理してみる。まず釜屋頭の痔疾《じしつ》に著効があったのが、臭《くさ》木《ぎ》と蓬《よもぎ》、すい蔓だった。猪手《いて》の腫《は》れ物には雪の下の生葉が効いた。そして今度の血の道にいいのが、やはりすい蔓に益母草、川骨だ。目の薬として目木《めぎ》やなずなも教えてもらった。景信の口ぶりからは、それ以外にも何十という薬草があることがうかがわれる。できることならそのすべて、いやせめて十分の一でも教えてもらいたかった。

夕餉《ゆうげ》のあと藤籠を持って釜屋頭の家まで急いだ。嶋女《しまめ》か釜屋頭が出て来るのかと思ったが、家の中からは若い女の声がした。絹女《きぬめ》の姿を眼にして国人はたじろいだ。

「釜屋頭はおられませんか」

「嶋女おばさんと一緒に頭領の家に出かけました。わたしは留守番です。何でしょうか」

吹屋頭の家で初めて絹女と会ったときは幼い感じがしたが、二、三か月しか経っていないのに急に大人びた物言いになっていた。

「この前、姉さんの病気に効く薬はないかと尋ねておられましたが、これがそうです」

「血の道の」絹女はませた口調で言い、国人がさし出した籠の中味に眼をやった。

「すい蔓の花で、黄色いのと白いのが混じっているので金銀花と言います。これを煎じて、一日二回、ひと口ずつ飲みます。蜜を入れて甘くしてもいいです」国人は景信の言い草をそのままなぞった。

「ありがとう。姉さんが喜びます」

絹女が藤籠を受け取ってしまうと、用はなくなった。まさか藤籠を返してくれとも言えず、国人はこの他にも良い薬草があるので、いずれ夏になれば持参する旨《むね》を告げた。絹女が見送るのを背中で感じながら、つい急ぎ足になった。

人足小屋に戻って藁敷《わらじき》の上に横になっても、次から次に考えが浮かんでは消えた。絹女の姉ならば、やはり吹屋頭の娘に違いないのだから、金銀花は吹屋頭に直接手渡してもよかったのだ。そうしなかったのは、血の道の薬だから吹屋頭に言いにくかったのもひとつ。もうひとつは吹屋頭に薬草を渡しているところを見られ、他の人足から取り入っていると思われたくなかったのだ。

しかしその実、嶋女を介して絹女と直《じか》のつながりを期待したからではなかったか。絹女からの頼まれごとでもあったからだ。その絹女が思いがけず釜屋頭の家に来ていたので、我を失い動転してしまった。これで良かったのだろうかと心配になる。

それから四、五日後の夕方、もう少しで日課が終わろうという時刻に、吹屋頭が国人に近づいてきた。人が来ているので行って来いと言い、吹屋頭が吹床の作業を代わってくれた。

吹屋の外に待っていたのは絹女で、国人は裸同然の自分の恰好《かっこう》を恥じた。「これは姉さんからのお礼です」絹女が藤籠を両手に持ってさし出す。「中に蓬を入れた餅《もち》がはいっています。わたしと姉さんで作りました。食べて下さい。みんなにやるだけの量ではないので、国人さんひとりで食べて下さい」

何か答えなければいけないと思いながら、国人は「ありがとう」としか言えない。絹女も、下帯一枚をつけただけの男を前にして、どう振る舞っていいか分からないようだった。

「こんな所で働いているのですね」絹女の頬が赤くなっていた。「父からは女の来る所ではないと言われていました」

「中は女人禁制です。女がはいると事故が起こるそうです」

「見るだけならいいでしょう。さっき簾《すだれ》の間から中が見えました。父には言わないで下さい」

「大丈夫です。それでは」絹女を押し返すような言い方になった。きびすを返す絹女にもう一度礼を言う。振り返った絹女が小さく笑った。

吹床に戻って吹屋頭と入れ替わる。何も訊《き》かれなかった。

突き柄《え》棒を動かして床の火を燃やす。火照《ほて》った顔が、絹女を思い出すと、いっそう火照った。絹女の顔をあんなに近くで見たのは初めてだった。眉《まゆ》のうっすらとした生え際《ぎわ》や、睫毛《まつげ》の一本一本までも眼に入れていた。元日に吹屋頭の家で会ったときは、後ろ姿や足首だけが記憶に残り、酔いつぶれての帰りがけに顔をようやく正視した。釜屋《かまや》頭の家で偶然会った際は、赤い唇だけを見つめていたような気がする。

日の暮れがけ、山道を駆け上がって岩屋に蓬餅を持って行った。景信は庵《いおり》の前で火を起こし、夕餉をこしらえていた。

「お前は食べたのか」

「いえ、景信さんと一緒に食べようと思いました」

「お前ひとりで食べるように言われたのなら、そうしてもよかったのに」

当初は遠慮しながらも、景信は土鍋《どなべ》の汁が出来上がると餅を口に放り込んだ。

「これは渡来人の味だ。都で何度か食べた。血の道で悩んでいるのは、渡来人の家の娘だったな」景信は納得したように遠くを見、力強く顎《あご》を動かした。

「都には渡来人の子孫が多いのですか」

絹女に似た美しい女たちが着飾って、広い道を歩く光景を思い浮かべた。

「多い。至る所で渡来人の子弟に会う。五経《ごきょう》博士や暦《こよみ》博士から、貴人に仕える馬司《うまづかさ》、鋳物所《いものどころ》、御鞍所《みくらどころ》、縫殿所《ぬいどのどころ》、染所《そめどころ》や造仏所《ぞうぶつじょ》など、知識に富み、手に才伎《さいぎ》を持っているのは、たいてい渡来人の子孫だ。行基《ぎようき》上人も、元をただせば渡来人の氏族の出だ。この国の文物は、何もかもが渡来人によってもたらされ、磨き上げられたと言っていい。璞《はく》石から熟銅《じゆくどう》を作る方法も、渡来人がもたらした。この奈良登りの銅を使って、都で大仏を鋳《い》るのも、多くは渡来人の血を引く者たちだろう。渡来人がいなかったら、わしたちは榧葉山の鹿《しか》や猪《いのしし》のままだった」

自嘲《じちよう》するように景信は口を歪《ゆが》めた。都の大路を女たちが華やかに往来する話を期待していた国人は、あてがはずれた思いだった。

「お前も食べたらどうだ。もともとはお前が食べる物なのだから」

景信から勧められて国人も口にする。蓬のかすかな苦みと、何かは分からないがほのかな甘さが舌に残った。この餅をこねるのに絹女も手伝ったという。それを思うと、いつまでも味わっていたい気がする。

――愛する者らと相逢《あ》うな。愛せざる者らともまた相逢うな。

いつか景信が言った言葉を思い浮かべる。確かに、絹女と会ったときは胸が高鳴るが、こうやって会っていないときは、どこか胸塞《ふさ》がれる思いが残ってしまう。絹女がこしらえたに違いない餅を食べていても、その息詰まる糸のような痛みは尾を引く。

黒虫についても同じことが言えた。もし黒虫に逢っていなければ、黒虫が死んだあとも何ともないはずだ。ところが今でも黒虫がこの世にいないと思うと、ぽっかり胸に穴があき、冷たい風が渦巻く。面白いことがあったり、景信と会って話したりしたことなど、すぐに帰って黒虫に伝えてやろうと胸をふくらませたとたん、もうどこにもいないことに気づくのだ。絹女からもらったこの蓬餅も、黒虫に食べさせてやればどれほど喜んだことか。

確かに、景信から習ったお釈迦《しゃか》さまの教えは間違ってはいない。しかしそれでも納得がいかない。愛する者と会わないままで、この世に生きる価値があるだろうか。

「国人、どうして泣いている」景信が眼を谷に向けたままで訊いた。

「泣いてなんかいません」

「涙は流していないが、心では泣いている。黒虫のことを考えているのだろう。この餅を食わせてやりたかったと」

国人は唇を結んで黙り込む。

「黒虫の墓に、立派な墓標が立てられていた。お前の字に、黒虫もきっと喜んでいる」

「木は釜屋頭が削ってくれ、墨と筆は吹屋頭が貸してくれました」

餅を食い終えて景信は立ち上がる。岩の上に正座して西方を拝む行にはいるのだ。

国人も山道を下り出す。途中で振り返ると、岩場の上に黒々と景信の姿が見えた。

四月にはいって、吹屋での苦役の前後、小屋の周囲の草を刈る課役が続いた。刈って干した草は、田まで運び、田植えをすませたあとの田に並べる。雑草がはびこるのを防ぎ、腐ってしまえば肥やしにもなった。

朝の作業は外が明るくなるのと同時に始まり、朝餉の前に終わる。夕方の課役は夕餉のあと、日没まで続く。いつも腹が減り、水で腹を満たした。

景信から教えてもらった川骨は、よく見ると小さな溝にも生えていた。しかしまだ花はつけていない。時期が来れば、根を採取して干し、また絹女に渡してやるつもりでいた。今度は直接、吹屋頭の家まで出向いてもいい。瀬々川《せせがわ》のほとりにいれば会うかもしれず、会えないときは、思い切って中にはいり、下僕《かぼく》に名を告げて、絹女を呼び出してもらおう。人足なんかに用はないと追い返されたときは、持参した川骨を置いて来よう。

小屋の周囲の草刈りも大方終わった翌日、国人は吹屋頭から呼ばれて、頭領が詰めている小屋に一緒に行った。何の用事なのか、吹屋頭は途中ひと言もしゃべらなかった。頭領の口から、都行きを命じられたとき、頭の中は泥水のように曇ってしまった。

「都のほうでも人足が足りなくなってきたそうだ。人足といっても、ただの人足では勤まらない。切口や釜屋、吹床を知っている者をよこせと、都の造仏司から長門の国司に達示《たつし》があった」

国人は膝《ひざ》をついたまま、上眼づかいに頭領を見上げた。髭《ひげ》もじゃの顔の中で目が厳しい光を放っていた。

「頭領としても辛《つら》い決断をされた」吹屋頭が傍から言い添える。「選ばれたうちでお前が一番若い。それで特別に頭領はお前だけを呼びつけられた。他の人足たちは、わしや釜屋頭、山留から明日の朝、命令が言い渡される」

「どういう人たちが選ばれたのですか」国人は訊いた。気持はもう定まっていた。従うとすれば、そのくらいのことは訊いてもいい気がした。

「明日の朝、命令があるまで、誰にも言うな」

そう釘《くぎ》をさしたあとで、頭領は十数名の人足の名をよどみなく口にした。今は釜屋にいる猪手や、掘場で一緒だった刀良《とら》、死んだ兄の相方だった奥丸《おくまる》、景信にいろいろな道具を作ってやっていた道足《みちたり》、吹屋で国人と黒虫に仕事を教えてくれた魚成《うおなり》など、馴染《なじ》みの人足の名がその中にあった。

夜になっても、濁ったままの頭には何ひとつ考えが浮かばなかった。同じ小屋に猪手や魚成も寝ていたが、いつもと変わらず大きな鼾《いびき》をたてている。三、四人向こうに寝ているのに、猪手の鼾は直接国人の耳に達し、反対側に寝ている魚成の歯ぎしりがそれと重なった。眠れないまま厠《かわや》に立った。

外は星月夜で、自分の影を踏んで歩んだ。用を足し、小屋に戻りかけたとき、気分が浮きたたないのは、この椢葉山を離れれば絹女と会えなくなるからだと思い至る。

頭を巡らすと、椢葉山の方角に北辰《ほくしん》が望めた。広国が教えてくれた星で、すべての星はその周囲を回っている。もしかすれば、絹女は自分にとってあの星ではなかったか。それが今回の都行きで帳消しになる。自分は北辰のない夜空になってしまうのだ。

広国が残した言葉も国人は思い出す。切口から出られるのならどんなことでもしろ。そしてこの奈良登りから遠ざかるように手を尽くせ。――兄の考えに従うなら、都行きは願ってもない命令だ。

そう自分に言いきかせ、頭のなかを澄ませたつもりだったが、さまざまな考えが入り混じってはとぐろを巻き、明け方までまんじりともしなかった。

翌朝、人足たちは小屋の前に並ばせられ、頭領が都へ上る課役が下った旨の達示を伝えた。人足たちは驚き、顔を見合わせた。中には、選ばれたほうが、毎日毎日掘場の水ばかり汲《く》まされるより楽だとうそぶく者もいた。

名前を呼ばれた人足たちの反応はさまざまだった。猪手は初め口をぽかんと開けていたが、すぐに険しい顔つきになった。ひいっという驚きとも喜びともつかない声を出して前に出たのは、私婢《しひ》の子だと噂《うわさ》されている刀良で、にやにやした顔で他の人足を見やった。奥丸は泣きそうな顔でうなだれ、心細気に肩をすぼめた。俺がどういう訳で選ばれたのだと怪訝《けげん》な表情をした鍛冶《かじ》小屋の道足は、猪手と顔を見合わせた。そのあと魚成の名が挙がったとき、吹屋人足の間からどよめきが起こった。四十代半ばの齢《とし》で、吹屋でも最古参の人足だったからだろう。そして最後に国人の名が呼ばれた。どんな反応が人足にあったのか、国人は知らない。寂しさと悲しみに不安の混じった気持を隠すので必死だった。道足と猪手がじっとこちらを見たのだけは分かった。

出発は十日後で、最後の二日だけは課役から免れ、親族に会いに行くなり、何なりと用事をすませていいと、頭領は締めくくった。

いったい都で何年の課役になるのか。頭領が何も言わなかったことにみんなが気がついたのは、持場についてからだ。

「衛士《えじ》や兵衛《ひょうえ》が通常三年の任期だから、そう思っておいていい」

魚成からそれとなく訊かれた吹屋頭は、歯切れの悪い返事をして、それきり黙ってしまった。任期などないのかもしれないと、国人は密《ひそ》かに思った。この奈良登りの課役にしても、初めは三年と言われながらもう五年近くになる。十年十五年いる人足もざらだ。少なくとも、国人がここに来て以来、年季があけて郷里に帰った人足の話は聞いたことがない。

都での務めが三年で終わらないとすれば、最年長の魚成は、その地で生涯を終えなければならないのだろうか。国人は引き垂れ棒を動かしながら、隣の吹床にいる魚成を見やった。魚成も同じことを考えているのか、眉間《みけん》に皺《しわ》を寄せ、黙々と火をかき混ぜていた。

二日の休みのうちの一日は、姉の若売《わかめ》の家に挨拶《あいさつ》をしに行った。国人の都行きは、福万呂《ふくまろ》から若売に伝わっていた。

「都には、広国兄さんが行きたがっていたわ」

若売は常万呂《つねまろ》を抱き上げ、国人の腕に任せた。「あのお坊さんから都のことを聞いたのよ、きっと」

幼な子は国人の腕の中でも泣かない。兄には将来を半ば誓い合っていたはずの真都売《まとめ》がいたが、まさか二人で都へ上る希望をもっていたとは思えない。それほどまでに広国を魅《ひ》きつけたのは、都のどういうところだったのだろうか。

「倒れる前、兄さんは切口から外に出ろ、できれば奈良登りから出て行けと言った。

しかし都に行けば、いつ帰って来られるかも分からない」

「帰らなくてどうするの」若売が驚いたように国人を見据える。「お前はあたしのたったひとりの弟。お前が戻って来る頃には、常万呂も、このあたりを走り回るようになっている。都へ上るのはお前だけではないのだろう」

「全部で十五人」

「だったら心強いじゃないか。兄さんの魂も背負って行くつもりでいなさい。帰って来たら、都の話を聞かせておくれ」

気丈なことばかり言っていた若売も、国人がいとま乞《ご》いをする段になると、涙を浮かべた。福万呂も表まで出て来て常万呂を抱き、若売に見送って行くように言った。

「軀《からだ》には充分気をつけるのだよ。お前は背は高いけど、まだまだひ弱なところがあるからね」

掘場や釜屋、吹屋で働いた五年ほどの間に軀は強くなったつもりでいたが、姉の眼には昔どおりの頼りない弟としか映っていないようだった。

木橋のたもとで国人は若売に別れを告げた。竹藪《たけやぶ》の陰にはいる前に振り返ると、若売はまだそこに立っていて、小さく手を上げた。〈姉さん、元気で〉と胸の内で叫び、思い切り駆け出す。息が切れるまで走った。立ち止まって息をつき、また走る。

その足で岩屋まで山道を登った。日差しが強く、上衣は汗で濡《ぬ》れた。岩清水の出ている木陰で休み、顔と手足を洗い、たっぷりの水を飲んだ。吹屋での労役に水と塩は欠かせなかったが、それもきのうで終わりなのだと気づく。しかし都での課役がどういうものなのかは、誰も言わないし、頭領も吹屋頭も、魚成や猪手たちも知っているふうではない。これまでの労役よりも手が込んでいるのだろうか。いやそれは間違いなかろう。だからこそ、国司の役人や頭領たちが選んだ人足は、奈良登りで長年勤め上げた古株の連中ばかりで、自分が一番若いのではなかったか。

景信は絶壁に張りつき、岩を削っていた。釈迦の坐像《ざぞう》の輪郭はあらかた彫り終え、今は顔の細部に取りかかっている。完成するのにはまだ数年かかるはずだ。

国人の声を聞いて、景信は蔓《つる》をゆるめて足場を低め、最後は縄梯《なわばしご》を使って降りて来た。「お前が来る頃だと思っていた」

景信は庵の中で何かごそごそと探したあと、国人を岩場の上に連れて行った。景信が夜明けと日没のときに坐《すわ》っているその岩からは長門《ながと》の山も、周防《すおう》の山野も等しく眺望できた。

「都に上ることになったそうだな。いっときばかり前に道足が来て、知らせてくれた。たがねや鎚《つち》など、ありったけを持って来てくれた」

「道足は、喜んでいましたか」国人は思わず訊いた。

「妻も子も残して行くのだ。喜んでいるわけがない。ただ、都で仏をいつも拝めるのが唯一《ゆいいつ》の救いだと言っていた。お前たちは仏を造りに行くのだから、それは間違いない。これまでは、仏を造る材料ばかり扱ってきて、その姿ができるところは見ていないのだ」お前の気持はどうなのだと言うように、景信は国人を見据える。

　仏のことなど考えてもみなかった国人は瞬時に頷《うなず》くしかない。

「十五人のうち三人は妻子持ちらしいな。郷里に残している者もいれば、人足長屋に夫婦で住んでいる者もいる。そういう男たちに比べれば、お前には後ろ髪を引かれるものがない。楽なものだ」

　国人はいささかの反発を覚えながらも、小さく頷く。

「釈尊の御教えに、こういうのがあった。心さとき者は、家におぼれずに立ち去り行く。水鳥が池を捨て去る如《ごと》く、この家を捨て、あの家を捨てる——。実際は難しいが、これが人の本来のあり方だ」

〈愛する者らと相逢うな。愛せざる者らともまた相逢うな〉もそうだったが、〈水鳥が池を捨てるように家を捨てよ〉も、そう誰にでもできる行為ではない。とはいえ、その教えには、どこか抗《あらが》えない真実が宿っているような気もする。

「弟子たちがこぞって釈尊を頼って来たときも、同じことを繰り返された。私を家にしてはいかん。お前たちひとりひとりがお前たちの主だ。お前がお前の燈火《とうか》だ。自分の燈火で自分の足元を照らすがいい、と」

「お前がお前の燈火。その明かりで足元を照らせ――」国人は自分でも知らぬ間に、景信の言葉を繰り返す。

「自分の仏を持てということだ。外見だけの仏には頼るなと、釈尊は戒められた。国人、これがお前に贈るわしのはなむけの言葉だ」きらきら光る眼がじっと国人をみつめる。

水鳥が池を捨てるが如く、家を捨てよ。お前がお前の燈火だ。その燈火で足元を照らせ――。

宝物をさずかった気持で、国人は胸の内で繰り返す。これから先、見知らぬ土地で生きていくのに、その景信の言葉、いや釈迦の教えは、大きな助けになる予感がした。

「お前に頼みがある。都にいるわしの同輩に渡してくれないか」景信が手にしていた革袋をさし出した。「中には緑青《ろくしょう》がたっぷり一斤《きん》ばかりはいっている。こんな田舎では誰もその値打ちを知るまいが、都だと違う」

景信が瀧《たき》の下にある穴にもぐり孔雀石《くじゃくせき》を採り、細かく砕いて流水でこしているのは何度か見たが、精製した緑青を見るのは初めてだ。青味がかった緑の粉が固まって、妖《あや》しい光を放っていた。

「これがわしの昔の同輩の名だ」景信は、名前を墨書した木片を渡した。「わしよりは若かったので、まだ死んではいまい。名は基豊《もととよ》、以前は、右京九条一坊にある観世《かんぜ》音寺《おんじ》にいた。今は他の寺に移っているかもしれないが、観世音寺に行って訊《き》けば、移った寺は教えてもらえる。都には寺が小さいものも含めて、四十寺あると言われていた。しかし今はもっと増えているはずだ」

寺が四十も五十もある都とは、いったいどういう所なのか、国人の頭の中は混乱するばかりだった。「もし基豊に会うことができなければ、売ればいい。かなりの値がつき、お前の助けになる」

国人は革袋をおしいただき懐《ふところ》に入れる。

「都はこちらの方角だ」景信は田畑の広がる南の方に顔を向けた。「通常は、周防《すおう》の国を陸路南下して岩津《いわつ》まで至り、そこから大川を舟で下り、深津《ふかつ》に至る。舟を乗り換えて、瀬戸の内海を東へ走り、難波津《なにわづ》に着く。また大和川、佐保川と遡行《そこう》して都に行き着く。全行程はひと月とみていい。奈良登りの棹銅《さおどう》が都に運ばれるのはその道筋だ。それともうひとつ」

また軀の向きを変えて、山の重なる長門《ながと》の方向を手で示した。「こちらのほうはもっと難渋する道筋だが、長門から海路、出雲《いずも》をまわり若狭《わかさ》に至る方法もある。若狭の湊《みなと》からは陸路を南に下ると海ほどの大きな湖に出る。そこから湖を渡って山背川《やましろがわ》を下り、泉川を遡《さかのぼ》って木津《きづ》で陸揚げし、都へ至る。これもひと月以上かかる。わしが都から長門に行き着いた道筋はこれだった。途中、出雲の手前で舟が難破し、あとは陸路をたどった。ひと冬歩き続け、年が明けて長門に辿《たど》り着いた。山々の形がきれいで、山に分け入っていくうち、この榧葉山まで来た。この岩屋に登り、岩壁にも瀧の下の孔雀石にも、心魅かれるものがあった。そして何より、奈良登りという地名が気に入った。榧葉山で掘られた金青《きんせい》、すなわち銅が、奈良に上って行く。わしは奈良から下って来た身だ。いわば奈良下りの身が、奈良登りの地に行き着いたのは、単なる偶然ではない気がした。釈尊が言われた〈お前自身を燈火にせよ〉という教えに従い、この絶壁に、釈尊の像を彫り込もうと決めた。それがわしの燈火だと思った。実際に彫り出したのは七、八年あとからだが、何年かしてこの奈良登りで作られた銅を用いて、都での大仏造営をする旨《むね》の報がもたらされたのには驚いた。やはりこれは偶然ではない。縁起《えんぎ》というものだ」

景信は手元で数珠《じゅず》をまさぐる。「そして今、国人が大仏造営のために都に上って行くのも縁起だろう。どうか、道中、気をつけて行って来い。これまで何人もの若い者に会ってきたが、お前ほど聡明《そうめい》な者はいなかった。お前にも多々足りないところはある。しかし今それをあげつらっても何にもならない。お前はそのままでいい。このまま突き進み、お前の考えたとおりに生きていけば、必ずうまく行く。迷ったら今ここで二人で別れを告げたときのことを思い出すといい。必ず道は見つかる」

景信は険しい眼を国人に向けた。「出発は明後日《あさって》だな。それでは、これが最後だ。お前たちが出発していくのは、岩壁の足場から見送ろう。もしわしの同輩の基豊に会うことがあれば、元気にしていると告げてくれ。いいな」

「はい」

「それでは、もう行け」景信はせき立てるように手の甲を動かした。

国人は胸塞《ふさ》がる思いで岩場を降りた。緑青のはいった革袋を胸に抱いて、山道を一目散に下る。途中で振り返る。景信はまだ岩の上で合掌していた。

翌日、瀬々川に注ぎ込む小川で川骨《こうほね》を採った。日当たりの良い所で黄色い花が咲き始めているのは、四、五日前に見ていたのだ。素足で川にはいり、川底に這《は》う川骨を両手ですくい上げる。水はまだ冷たく、手も足もすぐ赤くなった。花の咲く前に景信がしたように、緑がかった根を折って縦に裂くと、中は綿のように白かった。背負子《しょいこ》に溢《あふ》れるほど詰め込み、吹屋頭の家に急いだ。絹女に会えなくてもよかった。奈良登りを発《た》つ前の最後の日を、何か絹女が喜ぶようなことをして費やしたかった。

門の竹垣の中に、正月に国人を迎えに来た下僕の姿が見え、国人は腰を低くして、絹女から頼まれた薬草を持参した旨を告げた。

男は国人を門の中に招き入れ、待つように言った。

井戸の傍に卯《う》の花が咲いている。絹女が家から出て来るのを心待ちにしていた国人は、年配の痩《や》せた女が出て来たとき落胆した。

「薬草の川骨を採って来ました。絹女さまに言えば分かりますが、このまま干して煎《せん》じるだけです」

「いつぞやの人足だね。有難う」女は国人を玄関口まで連れて行き、竹ざるの中に背負子の中味をあけさせた。

「それでは、病気が良くなることを願っています」

国人は頭を下げ、背負子に片腕を通すと、ゆっくり歩き出す。足が重かった。絹女の姿を探して、門のところで振り向いたが、下僕の姿しかなかった。

瀬々川の方に足を向け、橋を渡りかけたとき、人の気配を感じた。竹藪の陰に絹女が立っていた。

「いったいこんな所で何をしているのですか」絹女をどう呼んでいいか分からないまま、国人はどぎまぎしながら訊く。身につけた山吹色の衣が鮮やかだ。

「蜘蛛《くも》が巣を張るのを見ていたの」

絹女が細い眉《まゆ》を少しばかり吊《つ》り上げて答えた。頬から顎《あご》にかけての線が匂《にお》うようだった。丸い線でありながら、はっきりした線ではなく、周囲の笹《ささ》の葉の中にそのまま溶け込みそうだ。

「ほら、ここ」絹女の指さす方向に、径二尺ほどの巣があった。その中央にいる大蜘蛛は、頭を下に、黄色の縞《しま》のはいった尻《しり》を上にして動かない。まるで絹女など相手にしないといった、悠々とした構えだ。巣はできたてらしく、銀色に光っている。

「国人さんは、この巣が内から張られたか、外から張られたか知っていますか」絹女が大人びた口調で問うた。

「考えたことも見たこともありません」答える声がたかぶった。絹女は逆に憎らしいほど落ちついている。

蜘蛛の巣は子供の頃から何百何千と見、巣を張っているところも眼にしているはずだが、内から外に張っていくのか、外から内に張っていくのか知ろうとも思わなかった。

「外側から内に少しずつ織っていくのよ」絹女が涼し気な顔で告げた。

「そうですか」

「それでは、どちら回りで織っていくでしょう。右回りか左回りか」絹女が右手を上げてくるっと宙で回したとき、白い肘《ひじ》があらわになった。少女と大人が混じったような、ふくよかでいて細い肘だった。

「知りません」どちらが大人でどちらが子供か、立場が逆になっていた。

「こんな風に右回り」絹女はまた右腕をゆっくり回してみせた。「でもわたしも、ついさっきまで知らなかったの。これからもう誰にも教えてやらない。だから国人さんも、誰にも言っちゃ駄目よ。二人だけしか知らないことにしておくの」

「分かりました」国人は無理に笑って頷く。

「はい、これはお守り」絹女は懐《ふところ》から取り出した黄色い物を国人の胸元に突きつけた。蝶《ちょう》の形をした組紐《くみひも》だった。ちょうど手のひらにおさまるくらいの大きさだ。黄色い色は絹糸を黄土で染め上げたのだろう。

「国人さんが都に行くことは、父から聞きました。お勤めは三年で、それまでは会えなくて寂しいと、嶋女おばさんも言っていました。でも三年後には、わたしも少しは大きくなっています」

前以《もっ》て考えていたのか、絹女は大人びた口調で一気にしゃべった。言い終わったあと、胸で大きく息をする。

「有難うございます。大切にします」そう答えるのが精一杯だった。

「元気で帰ってきて下さい」絹女は言い残すと、くるりと振り向き、走り出す。今までは気がつかなかったが、草履の鼻緒も黄色だった。

しばらくたって土手の上で絹女が振り向く。国人は手を上げる。絹女も手を振り、また向きを変え、まっすぐ歩いて行く。その後ろ姿を国人はいつまでも見送った。

7

五月三日、都へ赴く十五人は、朝餉《あさげ》のあと人足小屋の前に集まった。菅笠《すげがさ》と藁蓑《わらみの》の他は荷物とて何もなく、腰袋にかわらけと、竹筒か瓢箪《ひょうたん》で作った水筒を入れているだけだ。

二百人近い人足たちが見送るなかで、妻子持ちの連中は、残していく家族と最後の別れを惜しんでいる。道足《みちたり》は、まだよちよち歩きの男の子と、七、八歳の女の子を交互に抱き上げて頬ずりをする。脇《わき》で妻が涙を流している。

吹屋《ふきや》頭や頭領は国司の使い四人と最後の打ち合わせをしていた。じっとこちらを見ている釜屋《かまや》頭に国人は頭を下げた。

賄所《まかないどころ》の女たちは人足から少し離れた所に陣取り、猪手《いて》や魚成《うおなり》と笑い合っている。しかし国人たちが連れ立って歩き出すと、女たちも笑い顔から泣き顔に変わった。

国人は、五年近くを過ごしたこの土地を記憶にとどめようとして、周囲を見渡す。

いくつも立ち並ぶ人足小屋、そこに集まって食べることだけが楽しみだった賄所、黒《くろ》虫《むし》と火をたき通しだった釜屋と薪《たきぎ》小屋、そして黒虫が非《ひ》業《ごう》の死を遂げた吹屋、汗の噴き出た軀《からだ》がそこに出入りするたびまっ黒になった炭小屋、年寄りや女人足たちが働く立場《たちば》小屋、そこではついに働くことはなかったが、たがねや鎚《つち》など鉄を扱う鍛冶《かじ》小屋。

樹木に隠れて今は見えない榧葉《かやば》山中の切口――。すべてが生き生きと目に映る。

瀬々《せせ》川《がわ》の手前に来たとき、道端に女子供の一団が待ち構えていた。その中に嶋女《しまめ》と絹女《きぬめ》の姿があった。二人とも泣き顔で手を振っていた。国人は頭を下げ、上衣に結わえつけた黄色の組紐を見せた。

「元気でいて下さい」大声で呼びかけると、嶋女はうんうんと頷《うなず》き、絹女のほうはとうとう泣き出した。嶋女が抱き寄せ、二人並んでお辞儀をする。絹女が顔をあげ、小さく手を振る。その腕の白さを国人は眼の底に焼きつけた。

橋を渡ったところで振り返る。二人の姿は藪《やぶ》の陰に隠れて見えなかったが、遠くに榧葉山の白い絶壁が眺められた。眼をこらすと、大仏の顔の輪郭と目鼻がうっすらと浮き出ている。その口のあたりに黒っぽく足場がぶら下がっている。

「何を見ているのだ」追いついた魚成も足を止める。

「景信《けいしん》さんが彫っているお釈迦《しゃか》さまです」

「そんなものが、ここから見えるのか」驚いたように、魚成が白い髭《ひげ》の混じった顔を榧葉山の方角に向けた。「わしの弱い眼では、山の形がぼおっとしているだけだ。仏は立っているのか、坐《すわ》っているのか」

「坐った像です」

「あの僧が岩を刻んでいるとは聞いていたが、もう見えるほどになっているとは知らなかった」

「まだ出来上がってはいません。景信さんはあと数年はかかると言っていました」

「もし生きて帰って来られたら、わしも山に登って、近くから拝ませてもらおう」

生きてここに戻るのはほとんどあり得ないという口ぶりに、国人は返す言葉を失った。

「きっと帰って来られますよ」国人は自分を励ますつもりで言った。

「お前は若いからそう思うだろうが、わしは送られる人足の中で一番年をとっている。わしが何でも心得ているからと、頭領はわしを選んだ。それに運悪くひとり者だ」

「断れなかったのですか」

「知ってのとおり、断るとまた切口にやらされる。あそこでの労役はもう嫌だ。都へ上るのを喜んでいるのは、刀良《とら》くらいなものだろう」

その刀良は道端のぎしぎしの茎をひきちぎって、汁を吸っている。すっぱい味が何ともいえぬと、隣の人足に勧めた。

「吹屋で作った棹銅《さおどう》がどんな具合にして大仏になるのか、見たい気がします」

「それはわしも同じだがな。しかし見たからといって、どうなるものでもない」

吹屋で国人と黒虫にいろいろ教えてくれた魚成にしては、投げやりな言い方だった。

昼近くには山道に至った。役人たちの足取りはしっかりしているが、人足たちはそもそも歩くのには慣れていない。先頭を歩いていた奥丸も、今は猪手や刀良と共に、数間遅れてついて来ていた。

「お前たちは、みんな足腰の強い者ばかりという触れ込みだったが、どうやら眉唾《まゆつば》ものらしいな」役人のひとりが言い、同僚の役人と笑い合った。「山を登り切ったところでひと休みする。もうひと踏んばりだ」

まっすぐで広い官道には轍《わだち》がついていた。牛の引く荷車が登ったあとだ。奈良登りで作り上げた棹銅は十日毎《ごと》に役人が集めに来て、奴《ぬ》の操《あやつ》る荷車で運び出されていた。そのために作られた道は広く、曲がりが少なかった。

峠の木陰を選んで休み、国人は瓢箪の水を飲んだ。黒虫が使っていた瓢箪だったが、捨てるには惜しく、形見として手元に置いていた。黒虫という名が瓢箪には刻み込まれたままだ。黒虫に頼まれて国人が彫ったものだが、消すつもりはない。黒虫と一緒に都まで上る気持でいた。

榧葉山やそれに連なる山々は北の方角にあるはずだが、山の形が変わり、見分けがつかない。

「出発だ。これからは下りだから急ぐ。遅れると日没までに郡司の館《やかた》には着けない」役人が立ち上がる。ちょうど頭の上にある日が沈んでしまうまで歩くとすれば、それでなくても減っている腹はどうなるのか心配になる。本切りでの登り降りや、吹屋でのたたら踏みも大変だったが、疲れれば骨休めができた。牛が歩くように休まず歩かされるのには、また違った苦しみがあった。

誰もが黙っていた。道端の草をひきちぎる者などおらず、ひたすら歩く。国人にとって慰めになったのは、田んぼや畑に見える人の姿だった。田に植えた稲が一尺くらいの高さになっており、農夫が腰をかがめて草を取っていた。榧葉山に引っ張られる前、あの仕事は村で毎年やらされた。終始腰をかがめての作業なので、田の端から端まで行きつく頃には、軀そのものが曲がった釘《くぎ》のようになり、まっすぐするのに骨がおれた。背を伸ばし、大きな息をする。また反対側の端まで行くのかと思うと気持が萎《な》えた。その繰り返しを何十回とやって、ようやく一枚の田の草取りが終わるのだ。

小暑が過ぎ、大暑も過ぎて、六月が終わりに近づくにつれて、田に張った水は湯のように熱くなり、背中には日差しが容赦なく降り注ぐ。稲そのものも、むっとする熱気を放ち、腰の痛さとともに、煮えたぎる暑さに閉口させられた。

田んぼの中には大人たちに混じって、かつての国人のような子供もいる。大人たちと同じように田の草を取っている。しかし道を行く二十人近い男たちの群が珍しいのか、何度もこちらを向いて眺めていた。

畑ではちょうど麻刈りの真最中だった。人の背丈以上に高くなった麻を、夫婦で根こぎしている。あの作業も何度か手伝わされたことがある。麻が五、六尺も伸びた頃、麻畑の中にはいって動き回り、風通しを良くした。子供心には、仕事か遊びか分からないくらいで、頭の上まで伸びた麻の中を隠れんぼするように行ったり来たりしたが、麻を倒すと大人たちから叱《しか》られた。

しかし麻は、刈りとったあとの仕事が延々と続く。束ねて同じ長さに揃《そろ》えたものを、釜桶《かまおけ》で煮、天日に干したあと、洗ってまた干すのだ。干し上がったら湿らせて、菰《こも》をかぶせ、むらし、水を張った麻舟に二、三日浸す。そうやってようやく皮が剝《は》げるようになる。紐《ひも》状にした皮は、稲藁《いなわら》を焼いた灰で白くして陰干《かげぼ》しする。それが夏の暑い盛りのなかでの作業だった。楽だったのは皮剝ぎだけで、あとは麻の束をあっちに運び、こっちに運ぶという退屈で骨ばかり折れる仕事だった。子供の眼にも、両親が黙々と働く姿は酷なものに映った。大人になれば自分も当然同じような仕事をしなければならないと思うと、情ない気がした。だから兄に続いて奈良登りの人足に取られたときは、どこかほっとした気分もあった。

しかしもう今では、田や畑での仕事はできそうもない。

「急げ。日が暮れないうちに着かないと、夕餉にもありつけないぞ」

空腹で歩みの遅れがちな人足たちを、役人が急《せ》かせた。一番遅れているのが奥丸で、当初の勢いはどこかに消え失《う》せ、よろよろしながらついて来ている。いったん下りかけた道は、再び上り坂になり、四人の役人のうちの二人が最後尾にまわり、怒号をとばした。そのうち奥丸の尻を若い役人が革の笞で叩き始める。逃亡を企てた朝戸が仕置きを受けたのと同じ笞だ。

「笞で打たれては、よけい遅れます」

間にはいって奥丸をかばったのは猪手だ。奥丸に自分の腰縄をつかませて、前後になって歩き出す。国人も見かねて、奥丸の後ろに回って腰を押した。

「いつも暗い所にいたので、日なたのもぐらみたいになってしまった」申し訳なさそうに奥丸が言う。

「日が暮れたら、もぐらには都合が良くなる。ひと踏んばりだ」猪手の冷やかしに役人までが笑った。

峠を越えて道が下り始めると、奥丸は元気をいくらか取り戻した。

藪の中で竹の皮を拾っている老婆《ろうば》がいた。曲がった腰に竹籠《たけかご》を結わえつけ、地面に落ちている竹皮を集め、まだ竹についている皮も剝いでいる。洗ってどこかに売り、何がしかの代金を手にするのだろう。国人たちの一行にはちらっと眼をやっただけで、背を向け、作業を続けた。着ている麻衣には何か所もつぎが当てられていた。

「あと十里あまりだ」傾きかけた日を振り返って役人が叫ぶ。前に伸びた自分たちの影がどこか不吉なものに思えた。

土橋を渡った。川下で、子供連れの男が竹で作った筌《うけ》を沈めている。記憶にある風景だった。父親について行ったり、兄と連れ立って、何度も筌を川の中に仕掛けた。蛙《かえる》の皮を剝いで筌の中に入れておき、翌朝引き上げると、どじょうや鰻《うなぎ》、なまずに蟹《かに》、亀《かめ》などがはいっていた。筌をつけた夜、眠るのも楽しみだったが、朝方まだ暗いうちに引き上げに行くとき、胸が高鳴った。特に草で隠した筌のあたりでくぐもった音がしているときなど、期待で胸が張り裂けそうだった。持つ手も震え、中の鰻やなまずが激しく動いて水しぶきが顔にかかる。そのまま駆けて家に戻り、両親に知らせるのだ。

もちろん鯉《こい》や鮒《ふな》もかかった。一度には食べないで、竹串に突き刺して、日干しにした。藁束にその竹串が十本も二十本も刺してあるのを眺めるだけで豊かな気持になった。干し魚があれば飢えることはないのだ。国人が特に好きだったのはなまずで、炉で軽く焼いて、背、腹、尾、頭とかじっていく。白い身にかすかな甘味があって、鯉や鮒より美味だった。

人足のひとりが声をかけ、何が獲《と》れるのか訊《き》いている。案の定、なまずという答えが返って来て、空腹がさらにこたえた。

夕日が山の端《は》に沈み、お互いの顔がようやく見分けられるくらいの暗さになった頃、郡司の館に着いた。茅葺《かやぶ》きの門をはいり、馬小屋の脇にある小屋に十五人は詰め込まれた。

中庭の井戸の傍で松明《たいまつ》が焚《た》かれ、水を汲《く》んで飲み、顔と手足を洗い、小屋に戻ると、奴《ぬ》婢《ひ》五、六人が夕餉を運んで来た。

「飯だけはたらふくある。遠慮なく食って、寝ろ」

役人が顔を出し、自分たちは館の方に戻った。しばらくして大きな声が聞こえ始める。宴を張っている様子だった。

稗《ひえ》の雑炊には、干し魚と大根が葉といっしょに刻んで入れられていた。奈良登りの賄所の食い物と比べると、具の量が多く味も良かった。添えられた漬け菜には苦味があって、今まで口にしたことのない菜だった。誰かが、この地方だけに生える菜だとしたり顔で言った。

奴婢たちは口をきかず、鍋《なべ》の中味が空になると、また次の鍋を運んで来た。

「こんなに食ったのは久しぶりだ。これからもずっとこうだと助かる」人足のひとりが満足気に腹をさする。

「馬《ば》鹿《か》だな、お前は。あしたからろくろく食い物がないので、今夜が食い納めという証《あかし》だろう」別の人足が悟ったような口調で答える。

腹がくちくなって、だれもが動こうとしない。土間の隅に莚《むしろ》が巻いて立てかけてあった。それを敷いて横になり、上にも莚をかける。枕《まくら》は、藁を束ねたものが十数個あった。国人は枕なしのほうがよく、そのまま天井を向いて目を閉じた。

二列に分かれ、頭を壁側にし、真中を通路にしていた。国人の左で横になっていた奥丸はなかなか寝つけないようで、途中で起き上がった。

「吐きそうだ」口に手を当てて莚から抜け出す。国人も起きて手を貸し、小屋の外に出た。馬小屋の近くまで行き、奥丸の背中をさすってやる。呻《うめ》いていた奥丸は、軀を曲げ、腹の中の物を吐き出した。三回ほどその発作を繰り返して、やっと楽になったようだった。「もったいないことをした」自分の吐物《とぶつ》を見て呟《つぶや》く。「今食べておかないと明日から軀がもたんと思って、無理に押し込んだ」

「疲れ過ぎて、軀が受けつけなかったのですよ。軀を休めるのが先です」国人は背中を撫《な》で続ける。

「ありがとう。もう大丈夫」奥丸は口を手の甲でぬぐった。

「顔を洗っておきましょうか」国人は奥丸を井戸まで連れて行き、釣瓶《つるべ》で水を汲んだ。気持良さそうに奥丸は手を洗い、顔をぬぐった。

「すまない。これで眠られる」

二人で小屋に戻り、そっと身を横たえる。

「大丈夫だったか」

右側にいた男が訊いた。切口で時々顔を合わせ、名前が吉継《よしつぐ》ということは知っていたが、切口を出て以来、あまり口をきく機会はなかった。

「少し楽になった」奥丸が神妙に答える。

「いいか。榧葉山にいつか戻って来ると思うから、気持が沈む。俺の行く先は都で、そこで一生暮らすのだと思い定めると、胆《きも》が据わる。みんなを見ていると、たいてい悲しい顔ばかりしている。都で暮らすのが、そんなに悲しいか。行こうと思っても行ける所ではない。都を知らないで、一生を終える者がほとんどなのに、俺たちはそこに行ける。少なくとも、切口の中で働いて一生を終えるよりは、何十倍か楽だ」吉継は声を低めてしゃべった。「都行きと知らされて、俺は飛び上がるほど嬉《うれ》しかった。来る日も来る日も、暗い切口の中で働かされると思えば、どんな課役でも楽なものだ。俺はもう長門《ながと》には戻らぬ。都に残るつもりだ」

吉継はそこで国人に背を向け、しばらくすると鼾《いびき》をたて始めた。

国人は取り残されたように寝つけなかった。奥丸の寝息と吉継の鼾を聞きながら、自分の呼吸もそこに合わせようとしたが、いつの間にか息を詰め、じっと考えている自分に気がつく。

吉継のように、きっぱりと古里を捨てられる者が羨《うらや》ましかった。帰らないと決めれば、弓から放たれた矢のように、行くだけでいいのだ。長門に戻って来るとすれば、また同じ道のりを辿《たど》らなければならない。二倍の長さになる。しかもこうやって引っ張られていく課役民は、往路《おうろ》は護衛《ごえい》や手当てがつくが、復路《ふくろ》は何もかも本人に任される。旅賃《りょちん》や食糧が尽きれば、それでおしまいなのだ。

国人は閉じた目の奥に榧葉山の岩場を思い浮かべた。岩の上に、景信の坐った姿があった。夕日を浴びつつ閉眼して、経を唱えている。すべてをまわりに任せた姿だ。自分がどう動こうとするのでもない。石や草、樹木のようにそこにあるだけだ。もう先のことを思い煩《わずら》うのはやめよう。じっとして、周囲の光と風を受けるだけだ――。そう思うとやっと肩と首の力が抜けた。

朝起こされたとき、まだ奈良登りの人足小屋に寝ている錯覚がした。吉継と奥丸の顔を見て、奈良登りを出たのだと自覚する。外はまだ薄暗く、眠気も残っていた。何よりも足が痛い。吹屋で軀《からだ》は盛んに動かしていたつもりだったが、四十里近く歩くのとは手足の使い方が所詮《しょせん》違うのだ。

井戸の水で顔を洗って眠気を払った。どこかで鶏の鳴き声がする。朝粥《あさがゆ》の匂《にお》いも漂ってきた。

「今朝は大分いい。腹が減った」奥丸が笑顔をつくった。

「ゆうべあれだけたらふく食ったのに、眠っただけでもう腹が減っている」刀良が髭《ひげ》を撫でる。

莚を片づけているところへ、昨夜と同じ奴婢たちが朝餉を運んで来た。稗粥《ひえがゆ》にうぐいのなますを混ぜ込んだだけだが、粥が薄いので、腹にはすぐおさまった。

「稗粥もこうやって料理するとうまくなるものだな」道足が匙《さじ》の先でなますをすくいあげ、赤い舌にのせる。「これから先、珍しい物が食えると思えば、苦労も少しは減る」

「この館は特別だ」猪手が諭した。「いくら珍しいといっても、うまくなければ話にならぬ。期待しないことだ。期待すると、それだけ落胆もひどい」

稗粥はひとつの釜《かま》がなくなっても、すぐ次のが運ばれて来る。しかし、稗そのものがそうたらふく腹の中に詰め込める代物《しろもの》ではなく、国人はかわらけ三杯目をなんとか口の中に入れて終わった。

中庭に出て、瓢簞《ひょうたん》に水を入れる。空の具合からして今日も晴れそうだった。

前日の四人の役人が姿を見せ、そのうちのひとりが声を張り上げた。

「今日中に舟に乗る。あとは都に着くまで、ほとんど舟旅だ。お前たちは陸の上ではひとかどの男たちかもしれんが、海の上では赤子も同然。舟子《ふなこ》たちの言うことには決して逆らわないように」

「都まで何日くらいかかりますか」前の方にいた人足が訊いた。

「早くてひと月足らず、長くてふた月」別の役人が大声で答えた。覚悟はしていた日数だが、いざその長旅が目の前に控えているのだと思うと、気が重くなる。きのう一日でさえ、骨の髄までくたびれたのだから、同じ苦労がひと月続くとすれば、はたして軀がもつのか。国人の脇《わき》にいた奥丸がふうっと溜息《ためいき》を漏らした。

「なあに舟の上だと、歩く必要もない。じっと横になっておればいい。楽なものさ」

吉継が虚勢《きよせい》をはった。

「そうであればいいが、お前たちが乗る舟はお前たちが漕《こ》がなければ、前には進まぬ」役人が冷ややかに言い、国人たちを睨《にら》みつけた。

郡司の館から大川の舟着場までは、十里くらいの道のりだった。見慣れている瀬々川とは川幅も水の深さも比べものにならない大きな川で、到底《とうてい》向こう岸までは泳ぎつけそうもない。対岸は一面葦《あし》の原になっていたが、こちら側は土手が築かれ、その上に長屋が築かれていた。川原《かわら》人足《にんそく》たちが、長屋から棹銅《さおどう》を舟まで運ぶ姿が見えた。紛れもなく、国人たちが奈良登りの吹屋で真吹《まぶ》きした棹銅だ。棹銅一束の重さはおよそ二貫で、人足たちはそれを四束毎《ごと》に縄で縛り、肩に担《かつ》ぎ上げて土手を下り、桟橋に着いている荷舟まで運ぶ。荷舟は三間くらいの長さはあり、人なら十人くらいは乗れそうな大きさだった。

国人たちは四艘《そう》の荷舟に分かれて乗り込む。それぞれに役人もひとりずつついた。本来なら棹銅は二艘の荷舟で運ばれるのだろうが、人足が乗る分、舟の数が増やされたに違いない。棹銅は舟尾に積まれ、国人たちは舟の半ばから舟首にかけて坐《すわ》った。舳先《へさき》に役人がどっかと腰をおろした。

「まさかこのまま都に行くのではなかろうな」人足のひとりが落ち着かなげに肩をすぼめる。

「この程度の小舟では海は渡れぬ。荷舟は河口の深津までだ。そこで大舟に乗り換える」舳先に陣取った役人が川風に逆らうようにして声を張り上げた。

舟頭《せんどう》たちは竹竿《たけざお》で桟橋を押し、次々と舟を解き放つ。土手の上に見送りの人影などない。自分たちは棹銅と同じ積荷なのだと、国人は思った。積荷に見送りは不要だ。

川の中ほどまで来て舟頭は竿を櫓《ろ》に持ちかえた。流れに乗せて舟をゆっくり操《あやつ》る。

国人たちの乗った舟が先頭で、他の三艘も一列になって続く。

川面《かわも》に漂っていた靄《もや》が晴れると、かすかに川風が吹き始める。瀬々川に小舟を浮かべて乗ったことはあるが、こういう大きな舟でゆったりと川を下るのは初めてだった。

「こんな舟旅なら、毎日昼寝ができる」奥丸が川風に顔をさらすように目を細めた。

「これもしばしの骨休めだ。役人が言ったように櫓漕ぎがあとに控えている」年長者らしく魚成が諭した。

束《つか》の間《ま》の舟旅だとしても、国人にはすべてが見たことのない風景だった。葦の背丈も瀬々川とは違って、六尺以上はある。葦の根元に水鳥の巣が見えた。

葦がまばらになった水辺に小屋が掛けられていた。水面からは四、五尺高くなった床の上に男がひとり坐り、縄を手にしてじっと川面に見入っている。どうするのか国人が眺めているうちに、男は立ち上がり、縄を引いた。川の中から上がってきたのは四角い網で、小魚がその中で光った。

「四手網《よつであみ》だな」魚成が言い、櫓を漕ぐ舟頭も頷《うなず》く。

小屋の男はかかった獲物《えもの》をびくに入れ、また網を沈める。気の長い魚取りで、国人にはとても真似《まね》ができそうもなかった。国人が子供の頃から馴染《なじ》んでいた魚取りは、竹で作った笊《ざる》で水草の間をすくい上げるやり方で、たいていは小魚しかとれないが、うまくいくと鮒《ふな》や鯉《こい》もはいることがあった。

国人が乗った舟に続く三艘でも、人足たちは舟べりにしがみつき、左右に流れていく風景に見とれていた。

もう一本の川が大川に注ぎ込む場所に砂洲《さす》ができていた。鴨《かも》に似た鳥が砂洲の手前に群れている。何羽かが飛び立つと、残りの鳥も一斉に舞い上がった。鳴き声と羽音が舟まで届く。鳥の数は百か二百はあり、群れながら川の上を何回か旋回し、川上に向かう。やがて小さな点の集まりになった。

舟頭が櫓をわずかに動かすだけで、舟は流れに乗り、かなりの速さで下った。波はほとんどないに等しい。

舳先に陣取っていた役人が舟頭に声をかけた。いつもは銅ばかり運んで面白味もなかろうが、今日は人を乗せている。お前の喉《のど》を披露《ひろう》するにはいい機会ではないかと、命令口調で言う。

「聞きたいものだ」人足のひとりが催促《さいそく》しても、舟頭はためらっていた。やがて舟頭が低い声で歌い出した。

川の流れに竿さして
　あとは鼻唄《はなうた》　ひと寝入り
荷舟は下って矢の如《ごと》し
　　やさほしや
たまには櫓漕ぎの腕前を
　見せねば岸に突き当たる
岸の水鳥　笑い立つ

拍手はしたものの、吹屋で国人たちが歌う唄と違って、どこか間延びし、拍子をとるのも難しい。歌声に合わせて、ゆっくり軀を揺するくらいが関の山だ。それでも舟頭は拍手に気をよくして、二番も披露する。

川の流れに竿さして
　あとは野となれ　山となれ
荷舟は走って馬に勝つ
　　やさほしや

ひょんなところで櫓漕ぎの腕を
　見せねば砂洲に乗り上げる
　砂洲のしじみが笑い出す

悠長《ゆうちょう》な唄のなかで、掛け声を唱和《しょうわ》しやすいのは、〈やさほしや〉の部分だけだ。三番になったら、機を逃すまいと国人たちは待ち受けた。

川の流れに竿さして
　あと先忘れて人思い
　荷舟は一路川下へ
　　やさほしや
今こそ櫓漕ぎの腕前を
　見せねば舟頭の名がすたる
岸であの娘《こ》が袖《そで》を振る

途中をはしょったのか、唄の中味ががらりと変わっていたが、それだけ掛け声には力がはいった。終わるとやんやの喝采《かっさい》で、舟頭も日焼けした顔をほころばせた。舳先《へさき》に坐った役人も、思わぬ余興《よきょう》に上機嫌だった。

歌声は後ろの舟にも伝わったのか、二番手三番手の舟頭も声を張り上げ始める。耳を澄ますと歌の中味は所々違っていて、どうやら舟頭それぞれが、同じ節回しで好きな文句を口にしているようだった。

川を遡《さかのぼ》るときもこの唄を口にするのかと、人足のひとりが舟頭に尋ねる。

上りには別の唄がある。下りと上りでは力の入れようが全く違って、下りが楽な分、上りは難渋《なんじゅう》する。舟頭はそう答えた。流れのゆるやかな所では竹竿を使い、早瀬では小まめに櫓を漕いで流れを乗り切るのだという。

「上りのときの唄も聞きたい」魚成が声を張り上げたが、舟頭は首を振る。

「それはまた帰りの舟で、わしが歌ってみせます」

舟頭は屈託のない返事をする。国人は上眼づかいで、舳先の役人の顔を見やった。役人は舟頭の返答が聞こえなかったふうを装《よそお》って、顔をそむけたままだ。

「帰りか。何年後になるのだろうか」魚成がぽつりと言う。

人足たちは急に黙りこくり、岸辺を眺めやる。もし帰って来られないとすれば、この舟は罪人を島流しにする舟と同じになってしまう。確かに、棹銅の積み荷と一緒に坐っている自分たちは、罪人に見えないこともない。

川幅が広くなり、小舟が五、六艘出ていた。釣舟や、投網《とあみ》をする舟で、国人たちにとっては珍しい風景だった。

「海だ」人足のひとりが叫ぶ。川下の先は大きく眺望が開け、白くむくむくとした雲が水面の上に立ちはだかっていた。島流しという思いが胸の内で強まる。国人だけでなく、他の人足たちも舟の縁を摑《つか》み、海の方角を睨んでいる。

舟頭は舟を岸に向けた。桟橋《さんばし》が三本、川岸から突き出し、大小の舟がつながれている。土手の上には板葺《ぶ》きや葦葺きの家が十数軒連なり、人の影も見えた。

「積み荷を大舟に移し換えて、暗くなる前に港を出る。天気の良いうちに、できるだけ遠くまで舟を走らせなければならない」役人がどこか他人事《ひとごと》のような口調で告げた。

桟橋に舟が着くと、その反対側につながれている屋根つきの舟に、棹銅を運ばされた。小屋二軒分くらいはある大舟で、両側に五本ずつ櫓がつけられている。葦で葺いた屋根は舟尾と中央にあり、積み荷の棹銅は舟首と、舟尾の隙間《すきま》に運び入れた。

「帆も張れるようになっている」魚成が舟の中央にある柱を指さした。柱は二間くらいの高さで立ち、その下に莚《むしろ》が畳まれていた。

「帆があるなら、わしたちは漕ぎ役にならなくてもいいな」恨めし気に櫓を眺めていた吉継が言った。

「いい風が都に着くまで吹けばな」魚成が冷ややかに答える。「吹かなければ、帆はおろしたままで、わしたちが櫓漕ぎ役だ」

棹銅をすべて運び終えると、国人たちは土手の上にある小屋に集められた。奈良登りから引率《いんそつ》して来た役人とは別に、二人の役人が前に立った。ひとりは頭の毛がだいぶ白くなっていて長い顎鬚《あごひげ》をはやしている。痩《や》せて顔も長いので、どこか山羊《やぎ》に似ていた。もうひとりは丸顔の若い役人で、低い背丈を大きく見せようとして精一杯胸をそり返している。

「お前たち、長旅ご苦労だった」

山羊顔の役人が人足たちを見回す。「わしがお前たち人足を都に届ける部領使《ことりづかい》だ。名は石綱《いしづな》、これから先はわしが舟長《ふなおさ》になる。こちらが副舟長となる乙麻呂《おとまろ》。お前たちが二日がかりで来た長旅も、これから先の旅に比べれば十分の一にも満たない。しかも、陸や川とは違い、相手にしなければならないのは海だ。嵐にあい、高波をくらって舟もろとも沈んだことも一度や二度ではない。お前たちは、山にあってはひとかどの男たちかもしれないが、海については何も知らない。わしの言うことをよく聞き、無事に都に着いてほしい」

舟長は鬚を撫《な》でながら申し渡し、言い足すことはないかという目つきで若い役人のほうを見た。乙麻呂と呼ばれた役人は一歩前に出る。

「舟を操る舟子の言うこともよく聞くように。お前たちに櫓の漕ぎ方を教えるのも舟子たちだ」

小屋の隅にしゃがんでいる男たちは、腰衣《こしぬの》をつけただけの身なりで、顔も手足も黒々と日焼けしていた。

「お前たちの漕ぎ方が下手であれば、ひと月の舟旅がふた月にもなる。いいな」

乙麻呂が胸を張り、声を張り上げた。自分を見くびると承知しないぞという眼で、国人たちを睨んだ。

「幸い、今日明日と、波が高くなる心配はない。日の高いうちに小浜《こはま》まで着きたい」

石綱のひと声で、舟子も国人たちも桟橋の方に向かった。

長門から付き添った役人四人と舟頭四人は、その日は深津泊まりにするのか、土手の下で待っていた。

「無事を祈る」と役人が言い、「帰り舟では、また下手な唄を聞かせることもありましょう」と、国人たちを乗せて来た舟頭が笑った。

舟長と副舟長が舟尾に陣取り、舟子たちは二手に分かれて漕ぎ場に着く。綱が解かれて、ひとりが太竿《ふとざお》で桟橋の根の石垣を押すと、舟はゆっくり離れた。

「乗り心地は、やっぱり大舟のほうがいいな」舟底の上に猪手が胡坐《あぐら》をかく。「小舟では、わしたちまで積み荷にされたようだったが、これは誰が見ても人が乗る舟だ」

屋根に覆《おお》われた舟底には舟板が敷かれ、身を寄せ合えば、二十人ほどがゆったり坐れる広さがあった。雨が降り込むのを防ぐための莚《むしろ》が、屋根の下に巻き上げられている。

「ほら、そこの二人。こっちに来い」

腕が太く、顔も胸も、背中まで毛むくじゃらの舟子頭に呼ばれたのは、奥丸と吉継だった。「波の静かなうちに櫓漕ぎを覚えてもらう」

二人は左右に分けられ、櫓を持たされた。舟子がひとりずつついて、漕ぎ方を教える。両手で櫓の柄を持ち、先を海の中に入れ、ぐっと漕ぐ。妙なところで水しぶきを上げ、前に並ぶ舟子から怒鳴られた。息が上がったところで、また別の二人と交代させられた。

「俺はたがねと鎚《つち》を握って、手の皮は厚くなっていると思っていたが、このとおりだ」吉継が両手のひらを開いてみせる。赤く皮が破けて汁がにじみ出していた。

「お前はどうだ」吉継から言われて奥丸も手を広げたが、皮のむけ具合は吉継よりもひどく、半分泣き顔になっている。

「手に塩水がかかって、櫓を握るにも力が入らない」

舟子頭は次々と人足を呼んだ。どの人足も手の皮がむけるのには閉口していた。呼ばれて左側の漕《こ》ぎ場に坐《すわ》ったとき、国人はなるべく手を傷《いた》めないように柄を握ろうとした。しかしそれが無理だと分かったのは、五、六度櫓を海の中に入れてからだ。水をかくには、手の力だけではどうにもならず、足を使い軀《からだ》全体の重みを移さなければならなかった。そのためには、柄を力の限り握りしめるしかないのだ。案の定、手の皮が破れ、海水がかかって痛み出した。

「ほら、そこの若いの、調子がちがうぞ」背後から舟子頭の声がとんだ。

しかし調子を合わせようとすると、櫓を戻す際に先端が波の先だけを掠《かす》めて、水しぶきを上げる。

「若いの、お前がずぶ濡《ぬ》れになるのは構わんが、他の漕ぎ手までも濡らすことはなかろう」また舟子頭の怒声《どせい》が浴びせかけられた。

そのうち、曲げ伸ばしする手と足はもちろん、腰までもしびれ出す。手足が固まってきて、自分が力を入れているのかいないのか、はっきりしない。

国人は吹屋でたたらを踏んだ苦労を思い出す。しかし番子《ばんこ》は、ぶら下がった綱を摑んで軀を支え、足だけを動かせばよかった。櫓《ろ》漕ぎはそうはいかない。腰を浮かして調子をとらねばならなかった。

淡々と漕ぎ続けられる舟子が恨めしかった。背丈は低いが、首も胴も、腕も足も太い。おまけに真吹きされた銅のように、軀全体が赤黒い。

腕が棒のようになり漕げなくなったとき、ようやく舟子頭が交代を告げた。櫓を放し、立とうとしたが足腰が萎《な》えて、そのまま舟底に倒れ込む。四つん這《ば》いで舟板まで辿《たど》り着き、軀を休めた。

舟子頭は時々舟尾に行き、舵柄《かじえ》を動かして舟の向きを変えた。いつの間にか、舟出した岸辺は見えなくなっている。河口を横切ったのか、左の方に陸地が迫って来ていた。椀《わん》を伏せた形の山が遠くにかすんでいた。

「これが追い風なら、帆を上げればすむのに」

刀良が舌打ちする。日が傾くにつれて風が出ていた。波も高くなり、舟が揺れ始める。「休むわけにはいかん。人足たちも一人ずつ両側につけ」

舟尾から命令したのは舟長だった。仕方なく人足たちも腰を上げた。骨休めの終わった順に、また漕ぎ場に戻った。

舟板の隅にうずくまっていた奥丸がむっくりと軀を起こし、顔をしかめたかと思うと、口を舟べりに突き出す。吐物が舟べりにかかる。国人が背中をさすると、奥丸はさらに吐き続ける。

「もう大丈夫だ」苦しい息の下から言ったものの、奥丸はまた吐きそうになり、舟べりから身を乗り出す。しかしもう吐く物は残っておらず、虚《むな》しくせき込むだけだ。

「舟酔いだ。苦しくなったら遠慮しないで吐け。但《ただ》し舟を汚すな」舟子頭が怒鳴った。

何とか吐き気がおさまったらしく、奥丸は帆柱に背をもたせかけ肩で息をしていた。

「漕ぎ手で吐きたい者がおれば、交代してもらえ」

舟子頭の声で、猪手が国人の方を見た。血の気のない顔だ。国人に櫓を譲るやいなや、猪手も舟べりに頭を突き出し、奥丸と同じように吐き出した。それが呼び水になって、人足たちが次々と舟べりに寄った。なかには間に合わずに舟底に吐く者もいる。

国人も嘔気《おうき》を感じたが、櫓を手放すわけにはいかず、歯をくいしばった。胸の内で掛け声を唱える。「いち、に、さん、よいしょ。いち、に、さん、よいしょ」で、足腰を使い、腕をたぐる。手の皮がただれ、そこにふりかかるしぶきも、いくらか気にならなくなる。目の前の舟子の動きに合わせ、ひたすら漕ぎ続ける。途中で交代すると新たな嘔気に襲われそうで、一心不乱に櫓を動かした。

吐き終えた連中は、ひと息入れたあとまた漕ぎ場に戻された。舟板を汚した者は、桶《おけ》で海水を汲《く》み、清めさせられる。その間ずっと舟長と副舟長は舟尾で涼しい顔をしていたが、やがて若いほうが青い顔で吐き出した。

舟長から背中をさすられ、舟子のひとりが持って来た桶に顔を突っ込み、ひとしきり吐く。終わると横になり、また吐く。何回か繰り返したあとは、軀を丸めて隅に横たわった。舟出のときの威勢のよさはすっかり影をひそめていた。

「若いの。お前の名は」舟子頭が国人に訊《き》いた。「そうか。ひょろ長い軀にしては見込みがある。ちょっと来い」

舟子頭は国人を他の人足と交替させ、舟尾の方に連れて行く。副舟長がえびのようになって寝ている横を通り、舵床《かじどこ》の近くに立った。

「お前が舵取りも覚えてくれると、わしたちも楽になる。やってみろ」

舟子頭は舵柄を固定していた綱を解き、握らせた。右、左と舵を動かし、舟の向きが変わるのを確かめさせる。

「要領は分かったな。目ざすのは、あの岬だ。見えるか」

舟子頭の手の方向に、陸地から大きく突き出した岬があった。「岬の先で、海女《あま》たちが鮑《あわび》を採っている」

そう言われても国人には見えない。光る海がどこまでも広がっているだけだ。海で暮らす連中は、眼が遠くまできくのに違いなかった。

舟子頭は横になっている副舟長には眼もくれず、荷崩れした棹銅《さおどう》を直したあと、漕ぎ場に戻り、舟子のひとりと代わった。いっとき以上漕ぎ続けたその舟子は、大きく背伸びをし、舳先《へさき》に立って風向きを確かめる。くたびれた様子など全くない。舟子頭に何か声をかけ、許しを得ると、帆柱の根元の莚をするすると巻き上げた。綱で帆の向きを定めたあと、国人のいる所に戻って来た。

「半ときもすれば湊《みなと》に着く」舟子は国人には聞き慣れない口調で言った。「どうだ、海も面白いだろう」

「面白いも何も、今日が初めてです」

「最初にしては、櫓漕ぎも舵取りもなかなかのものだ。これまで何をしていた。あ、俺の名は広津《ひろつ》だ」国人も名を告げ、奈良登りでの課役の様子を話してやる。

「そうか、この棹銅はお前たちが作っていたのか。難波津まで運ぶたび、これがどうやって作られるのだろうと、不思議に思っていた。お前の話で大体のことは分かった」

「難波津というと」

「都に一番近い湊だ。この舟はそこまでしか行かない。棹銅は全部、難波津で川舟に積み替えて、都まで遡《さかのぼ》る。お前たちもきっとそうだ。しかし、この棹銅をお前たちが作ったとはな」国人たちを軽んじていたような広津の眼つきが変わっていた。「銅作りと櫓漕ぎでは、天と地ほども要領が違うからな。俺たちが穴の中にもぐらされても何もできん。舵は俺が取る。お前は骨休めしておけ」広津は顎をしゃくった。

舟板には魚成や刀良たちが、げんなりした顔で横になっていた。まだ吐き気がのぼってくるようだったが、腹の中の物はすべて吐き尽くされていて、何も出てこない。肩で息をしているだけだ。

奥丸は猪手の後ろで櫓を漕いでいる。しかし櫓の先は海中にはいらず、海面を軽くこするだけだ。うつろな目で櫓の調子だけを合わせている。

「代わります」国人が肩を叩《たた》くと、奥丸はこっくり頷《うなず》き、転げるようにして舟底を這い、横になった。

舟尾の舟床に転がっていた副舟長も軀を起こして、舟べりにへばりついている。湊が近づいたので気を取り直したのだろう。

「どうだお前、いっとき前からそこに横になっているが、そろそろ漕いでもらおうか」

舟子頭が吉継に命じている。さすがに誰が要領よく立ち回っているかは、見抜いているようだった。吉継は舟子のひとりと交代して、国人の前方の漕ぎ場に坐った。

風向きが変わり、役に立たなくなった帆を舟子頭がおろす。もう湊はすぐ近くに迫っていた。遠くに小舟が五、六艘《そう》見えた。日はもう西の海すれすれに沈んでいる。

「あと少しだ。辛抱して漕げ」副舟長が舳先に立ち声を上げる。ずっと舟床の隅にうずくまっていたのが嘘《うそ》のような元気さだ。

入江にはいって波が低くなり、舟は滑るように進みはじめる。片方の岸が砂浜なのに対して、一方はまっすぐにそびえたった断崖《だんがい》で、地面の筋が斜めに幾層にも重なっている。

浜には小舟が十数艘、引き上げられていた。男女の姿も眼にはいる。火をたき、大《おお》釜《がま》で何かを煮ている。後方に連なる小屋から煙がたち昇っていた。

岸辺から男が舟に向かって何か叫んでいる。答えたのは舟子頭だ。大声だったが、何を言っているのか国人の耳には解せなかった。しかし岸辺の男はすぐに理解した様子で、走り出す。伝令のような者だろう。

舟子頭の指示で、舟は桟橋ではなく、杭《くい》を打ち込まれた岸辺の方につながれた。岸に待機していた男が綱を受け取り、大石にゆわえつける。岸と舟に丸太が二本、さしかけられた。

まず舟長が丸太の上を器用に歩いて陸に上がる。続くのは副舟長だが、足がすくんで動けない。見かねた舟子頭が有無を言わさず副舟長の軀をかかえ上げ、すっと丸太を渡り、岸におろした。まるで子供を抱くようなやり方に、副舟長は口をとがらした。人足たちは副舟長のぶざまな格好を見ただけに、丸太を踏みしめ堂々と渡り終える。奥丸だけが、ふらふらする軀をもてあましていた。舟子頭が今度は手をさし伸べた。

国人も無事に丸太を渡ったものの、まだ足が舟の上にあるような気がした。まっすぐ進めないのだ。

魚を焼く匂《にお》いがどこからともなく漂ってくる。空腹はもう限度をこしていた。

「さあ、これから夕餉《ゆうげ》だ」舟長が告げても、人足たちは黙ったままだ。舟子たちが勝ち誇ったように「おう」と答えるのを恨めし気に見た。

高台に大きな板葺《ぶ》きの館《やかた》がある他は、葦《あし》葺きや藁《わら》葺き、茅《かや》葺きの低い家ばかり眼につく。屋根の上を綱でしばっているのは、海風から屋根を守るためだろう。

国人たちが連れていかれたのは高台の下にある掘立小屋だった。床の半分に莚《むしろ》が敷かれていた。井戸は小屋の裏手に掘られ、そこで顔を洗い、水筒に水を詰め直した。水は少しばかり塩気があった。どの人足も手の皮が破れ、水で濡れるたびに顔をしかめる。

「この手であしたも櫓を漕げと言われたら、俺は泣くよ」吉継がまっ赤になった手のひらを眺める。

「しかし、わしたちが漕がなくて誰が漕ぐ。舟子たちだけでは舟は進むまい」魚成が諭した。「せいぜいお前は泣きながら漕ぐことだな」

年老いた婢《ひ》たち五、六人が大鍋《なべ》を小屋の中に運び入れていた。井戸水で顔を洗っているうちに空腹が蘇《よみがえ》っていた。鍋につられるようにして小屋に引き返す。置かれた鍋から湯気が立ち昇り、うまそうな匂いが鼻を刺した。

「さあ、手持ちのかわらけを出しなさい」まっ黒に日焼けした老婆《ろうば》が、潮焼けした男のような声を出す。

二つの鍋の中は米粥《こめがゆ》と、荒布《あらめ》の醤汁《ひしおじる》だった。しかし人足たちが声を上げて喜んだのは、もうひとつの大皿に盛られた鰯《いわし》の煮つけだ。干した鰯なら国人も食べたことはあったが、生の魚を煮たのは初めてだ。

「ひとり四匹までですからね」年増《としま》の婢《ひ》が注意する。

「給仕する三人の女がよりによって年寄りばかりだとは」と、猪手は文句を言いながらも、舌なめずりをしながら小皿を出した。

かわらけを持つ手も痛みでよく動かない。それでもこぼさないように両手で持った。舟子たちは別の小屋の入口近くに、車座になって食べていた。国人たちのように煮魚を珍しがっている様子はない。

粥の上に乗せた鰯を手で摑《つか》み、頭からかぶりつく。舟子たちの食べ方を、国人も真《ま》似《ね》た。川魚よりも脂《あぶら》がのっていて良い味がする。味がいいのは、醬の作りが奈良登りの賄所《まかないどころ》とは違うからだろう。荒布汁も国人は二杯目をさし出した。

「奥丸、食べないと明日も軀がもたんぞ」

刀良が奥丸を気づかっている。鰯は一匹しか食べておらず、青白い顔で荒布汁をひと口飲んでは溜息《ためいき》をつく。

「飯と魚が口にはいらないなら、汁だけでも飲んでおけ」道足が促す。「ともかく今夜はゆっくり軀を休めることだ。疲れがとれれば、食も出てくる」

奥丸が食べ残した粥と鰯は、他の人足たちが競《きそ》い合って食べた。

舟子たちは、食べ終わると席を立った。舟の番をしながら、舟床で寝るのだと言う。揺れる舟の上に横になるなど、国人は考えるだけでも再び吐き気に襲われそうだった。

大鍋と大皿はすっかり空になり、婢たちも小屋を出た。小屋の隅に、油の灯明《とうみょう》がひとつ灯《とも》された。外の厠《かわや》で用を足し、莚の上に横になる。仰向けになっても、まだどこか躯全体が揺れている感じがする。舟の上ではなく、陸の上だと自分に言いきかせているうちに、眠りに落ちた。

8

朝になると手のひらが腫《は》れ上がっていた。指を伸ばすだけで音がしそうで痛い。顔を洗うのはやめ、外の井戸で水だけをしこたま飲んだ。

「蚤《のみ》には参った。痒《かゆ》くて眠れなかった」刀良《とら》が背中や腹をこする。

国人《くにと》も痒いのは分かっていたが、眠気のほうが強かったのだ。手足のそこここが赤くなっていた。

「舟子の連中が舟の中で寝たのは、小屋が蚤だらけなのを知っていたからだ。なあに、ここの蚤を舟まで運んでやる」誰かが言った。

奥丸《おくまる》も蚤には食われたようで、げんなりした顔をしていた。それでも海草入りの朝《あさ》粥《がゆ》と貝汁には手をつけた。

前日の晴天とは違って、どんよりした空模様だった。岸辺に立って舟長《ふなおさ》と舟子頭が何か相談をしている。その横で、元気を取り戻した副舟長がしたり顔で雲行きを眺め、

「これしきの天気、気にすることはない。風は追い風だ」とけしかけた。

舟子頭は副舟長を無言で睨《にら》みつけたが、決心したのは舟長だった。舟子頭に綱を解くように命じた。

天気がくずれないうちに、次の湊《みなと》まで行き着きたいらしかった。舟子頭は両側に五人ずつ漕《こ》ぎ手を配した。国人も左舷《さげん》に坐《すわ》る。両手とも皮が破れ、櫓《ろ》を握りしめるだけで痛かったが、漕いでいるうちに感じなくなった。

入江を出て帆を上げた。幸い追い風で、舟は滑るように進んだ。

吐き気を催す人足は少なくなっていた。吉継《よしつぐ》も盛んに口をおさえていたが、吐いてはいない。舟子頭が引き立てるようにして漕ぎ場に連れて行き、交代させた。

舟子頭はそれとなく人足全体の様子に気を配っていた。空模様を見るだけでなく、人の気持を推し量るのにもたけているようだ。

進むにつれて、漕ぐ要領がのみ込めてきた。櫓が水面を掠《かす》めて水しぶきだけを上げる回数も少なくなる。

漕ぎ終わると、舟子頭は国人を舵床《かじどこ》に呼んだ。帆を扱うのは主に舟子の広津《ひろつ》で、風向きによって帆の向きをずらし、舵床まで戻って来る。

「あの烏帽子《えぼし》のような形をした島には近づかないがいい。潮の流れが速く、渦に巻き込まれる。このくらいの舟でもあっという間に逆立ちして海の底だ」広津がしゃべる言葉は国人の耳にはすんなりとはいらなかったが、察しはついた。

「そうしたらどうなりますか」

「どうにもならぬ。泳ぎの達者な者でも、足に重しがついたように沈んでいく」こともなげに広津は答えた。「お前は泳げるのか」

「泳げません」つい答えていた。瀬々川《せせがわ》の岸から岸までやっと辿《たど》りつける程度では、海では全く通用しないと感じたからだ。

「海では、多少泳げても役には立たん。泳ぎが達者だと却《かえ》って災難にあう。恐れ知らずになるからだ。それよりは泳げないほうがいい。泳げないとなると、舟だけが頼りだから、いろんなことに眼がいく。帆柱のひび割れ、重木《おもぎ》のゆるみ、さし板の腐れ、脇《わき》敷きや底敷きのずれ、荷崩れなど、どんな細かい障《さわ》りも見逃さなくなる。雲行きの見方も慎重になる。今日のように、風は良いが長続きしそうでないときは、舟を出さない。舟長は、日頃から泳ぎ自慢のようだ」最後のところは国人の耳元で言った。

「棹銅《さおどう》を運ぶときに特に気をつけないといけないのが荷崩れだ。舟が多少傾いたとき荷崩れをおこすと、舟はそのままひっくり返る。三年前にもそうやって舟が沈み、二人しか助からなかった。あとの十人は死んだ。人の命も惜しいが、銅ももったいない。

ちょっと待て」

広津は鼻に指をあてて、手洟《てばな》をかみ、顔を後方に向けた。「いかん。すぐに雨が降り出す。岬の陰に舟を入れたほうがいい」

舳先《へさき》に立っていた舟子頭も同じ考えらしく、広津と何やら言葉を交わしたあと、舟長に進言しに行った。

舵は舟子頭が取り直し、左方に見える陸地を目ざした。舟を追うようにして、黒雲が西の空から迫って来て、風の向きが変わった。

帆をおろし、漕ぎ手も交代する。岬をぐるりと回って、その裏の入江にはいったとき、横なぐりの雨が降り出した。舟の上で雨にあうのは初めてだった。波にびっしりと雨脚が立ち、舟底にもまたたく間に水がたまる。手分けして雨水をかき出す。

国人は本切りの掘場を思い起こした。水に悩まされるのは同じだが、大粒の雨が海面や屋根に当たる音が、掘場よりは不気味だった。

波が大きなうねりに変わる。入江に人家はなく、小さな浜と松林があるだけだ。

びしょ濡《ぬ》れになった軀《からだ》を寄せ合い、周囲を見回す。舟の上を行ったり来たりして漕ぎ手をせきたてていた副舟長も、今は恨めし気な顔で海面を見つめている。

「この分だと、明日いっぱいは雨が続く」近くにいた舟子が言う。慌《あわ》てた様子は少しもない。「あんたらにとってはいい骨休めになる。破れた手を痛めなくてすむ。難波《なにわ》津《づ》に着く頃には手の皮も厚くなろう」

国人は試しにその舟子の手を見せてもらう。指も太いが、手のひらが足の裏のように硬くなっていた。

「尻《しり》の皮もむけて、まるで猿だ」猪手《いて》が苦笑いする。

「心配しなくていい。いずれ尻の皮も厚くなって、茣蓙《ござ》を当てたようになる」広津が黄色い歯を見せて笑った。

四方に莚《むしろ》をおろして雨をよけたものの、隙間《すきま》からは雨しぶきが降り込んだ。舟の揺れは大きくなり、舟酔いする人足も出た。莚の外に出て吐き、青い顔で戻って来る。

「前と後ろで、たまった水をかき出せ」舟子頭が命じた。

じっとしているよりはましだと思い、国人は刀良と一緒に外に出る。濡れながら、後方の舟底から手桶《ておけ》で水をかき出す。舟長と副舟長がいる舟床は、莚をおろして静かだったが、突然副舟長が飛び出して来た。舟べりまで行き着かないうちに、棹銅の上に嘔吐《おうと》した。

「大丈夫ですか」国人は背を撫でてやる。

「俺にさわるな。蚤《のみ》が移ったらどうする」副舟長は国人を睨みつけ、また吐く。「ここをきれいにしておけ」国人に言い残すと、莚をかき上げて中に転がり込んだ。積荷にかかった吐物《とぶつ》を洗い流し、床にたまった汚水を汲《く》み出す。頭髪にしみ込んだ雨が顔に垂れた。軀全体がびしょ濡れになっていた。

舳先の方でも刀良が水をかき出していた。手伝うつもりで前に移動する。積み上げていた棹銅が三個、床に転がり落ちている。結わえつけていた綱がゆるんでいた。大きな波が来て舟が傾けば、荷崩れの心配がないでもない。

国人は舟底の莚を開いて広津を呼んだ。

「どうした」顔を出した広津に、国人は舳先を指さす。

「結わえ直さなくていいのですか」

広津は積荷を見て驚いたようだった。すぐさま綱をゆるめ、刀良と国人に荷を支えさせ、締め直した。もう一本、綱を出して補強した。

「このまま見逃していたら、夜の間にひっくり返っていたかもしれない。昼間は何とか気づきやすいが、真暗な海では、何がどうなっているのか、さっぱり分からぬものだ。あっという間に舟がひっくり返り、気がつくと海の中だ。夏だから凍え死ぬことはないがな」

「自分は泳げないのです」刀良が怯《ひる》む。

「それじゃ冬でなくともお陀仏《だぶつ》だ」広津は首をすくめた。「さあ、次の連中と交代しろ」

国人と刀良に命じた。「骨休めするときは濡れた上衣は絞っておいたほうがいいぞ。それから、無駄には動くな。口もきかないほうがいい」

水汲みは他の人足と代わり、国人は広津から言われたとおりにした。陸の上と違って、どこに逃げられるものでもなく、ひたすら雨が上がるのを待つだけなのだ。

〈石になったつもりでおれ〉

そんな風に、黒虫《くろむし》が傍にいれば忠告してくれそうな気がする。

舟子頭以下の舟子たちも、じっと坐るか、舟板に横になって目を閉じている。うろうろと落ちつかず、文句を言い合っているのは人足たちだ。

「ここにこのまいると思うと気が狂いそうだ。陸地はそこだから、何とか泳いで行って、陸の上で寝たい。陸なら揺れることもない」吉継が莚の間から外を眺め、舌打ちする。

「俺も、揺れない所に横になりたい」人足のひとりが応じる。

「岸に上がって、木の下ででも寝るというのか」胡坐《あぐら》をかいていた舟子頭が静かに口をひらいた。「それとも岩陰でも探すか。すぐに見つかればいいがな。うろついているうちに、くたばってしまうのがおちだ。行きたい者は行け。明日の朝までに戻って来ればいいだけの話だ」

吉継は仲間を募るように人足たちを見回したが、誰も答えない。

「夜通し交代で、水は汲み出す。それ以外のときは休んでおれ」舟子頭は広津に目配せした。

広津ともうひとりの舟子が舟底から出、木桶《きおけ》と藤籠《ふじかご》を持って来る。

「これが舟の上での食い物だ。ゆっくり噛《か》んで食べろ」広津がひとりずつ配る。

木桶にはいっているのは焼米で、藤籠の中は干魚だった。

焼米を食べると小さい頃を思い出す。小屋の隅に焼米を入れた土器があり、腹が減ったときは、盗み食いをしたものだ。焼米作りも、よく手伝わされた。水に一晩浸した籾《もみ》を蒸し、日に乾かしたあと火で煎《い》る。最後は臼《うす》でつくのだ。

「わしには少々硬すぎるが」魚成《うおなり》が不満そうに言う。それでもひとつかみ焼米を口の中に放り込んだ。

干魚は、三、四寸の魚を干したものだが、途中で一度醤《ひしお》につけているのか、塩味がした。頭からかぶりつき、噛み続けるうちにまんざらでもない気持になる。雨水で冷えた軀に温《ぬく》みが戻ってくる。

腹が半ば満たされると、舟板に身を横たえた。あたりが暗くなるにつれて舟の揺れが激しくなり、波のくだける音が耳を衝いた。

「大地の有難味がようく分かった」隣にいる道足《みちたり》がぽつりと呟《つぶや》く。「穿子《ほりこ》や番子《ばんこ》、水《みず》替《がえ》に負夫《おいふ》、最後には鍛冶《かじ》もやったが、どんなにきつくても、足元はしっかりしていた。この二本の足で立てたし、横になれば、揺れも転がりもしなかった。目をつむると、景信《けいしん》さんがどっかりと坐っていた岩場が浮かぶ」

国人は驚く。自分も景信のことを思っていたからだ。

「あの景信さんがこの舟に乗っていたら、どうしているだろうか。たぶん舟板にじっと坐っているだろうな。一晩でも二晩でもだ。そのうち雨風のほうが根負けして、海も凪《な》ぐ。ここそこ舟床に隠れて出て来ない舟長たちとは大違いだ」

国人は黙って頷《うなず》く。波の音に混じって、山が鳴くような音も届く。榧葉山《かやばやま》が雨風のときに立てる音に似ていた。山の急斜面にはいくつもの穴があいていて、吹きつける風が入り込んで、恐ろしげな音を出すのだ。

「海岸の岩場に洞窟《どうくつ》がある」舟子のひとりが耳をたてる。「その中で風が舞う音だ」

波音と風の鳴る音は一晩中続いた。夜中に道足と共に起こされて、また水を汲み出した。暗闇《くらやみ》でほとんど何も見えず、手さぐりで舟底にたまる水をすくう。せっかく暖まっていた軀がまたずぶ濡れになった。

「奈良登りで作った棹銅が、こんなに難儀《なんぎ》して都まで運ばれているとは知らなかった」道足が舳先の方に来て、坐り込む。「わしたちが璞《はく》石を掘り、溶かして吹き、棹銅に仕上げるのもひと苦労だったが、運ぶのもやっぱり苦労だ」

「いったい何艘《そう》分の棹銅が都に上ったのでしょう」道足の顔はおぼろげにしか見えない。国人は闇に向かって訊《き》いた。

「三百か五百か、千か。見当もつかんな。いずれにしても、奈良登りで作った棹銅は大半が都へ上った。運んだ舟ごとに、わしたちがなめている難渋があったはずだ。しかも、まだ舟に乗って何日も経《た》っていない。ひと月の舟旅のほんの手始めで、このざまだ」

道足はしばらく黙った。じっとしている間にも舟は波に揺れ、舟底に雨水が貯《た》まっていくのが分かった。

「こんな苦労など、わしの子供たちにはさせたくない。わしの女に伝えるすべがあるなら、子供たちは長門《ながと》の国から決して出すなと言ってやりたい」

まるでもう我が子に会う時は来ないというような口ぶりに、国人はどう答えていいか分からない。しゃがみ込み、水をかき出し続けた。

汲み出しを交代して舟板に戻ったあとは、また上衣を絞り、軀を拭《ふ》き直し、横になった。湿った上衣が気にならなくなったとき、寝入っていた。

目を覚ましたのは、周囲が騒がしくなってからだ。舟の揺れが少なくなり、雨音が止《や》んでいた。あたりはまだ薄暗い。

「焼米を食ったら、すぐに舟を出す」舟子頭が莚を巻き上げさせる。岩の形がかろうじて見分けられる。しかし真暗だった空に明るさが戻りかけていた。

舟子が配る焼米と干魚をまた口に入れた。干魚の味が前の晩と微妙に違う。形は似ているが、どうやら種類の違う魚のようだった。飽きがこないように、何種類もの干魚を用意しているのだろうか。

「干魚が気に入ったか。そのうち干貝も出るさ。楽しみにしているがいい」国人が訊くと広津が答えた。

「いえ、舟の上より陸に上がって食べるほうが気に入っています」国人は答えた。

十人が漕《こ》ぎ場につき、舟を出す。

入江の外は追い風になっていた。帆が上がると、漕ぐ手にも調子が出た。手の皮は破れていたが、もう痛みはひどくない。雨に濡れなくてすむのが、何より楽だった。

国人は広津のいかつい背を見ながら櫓《ろ》を漕いだ。

「ようし、これで遅れを取り戻せる」副舟長《ふなおさ》が舟尾で胡坐をかき、目を細める。その横で舟長が巻物に何か書きつけていた。一日一日の行程を記した覚え書のようなものだろう。国人はどんな記述なのか一度のぞいてみたかった。

漕ぎ手は半とき毎《ごと》に入れ替わった。奥丸の漕ぎ方も、前よりはましになり、舟子から怒鳴られずにすんでいる。舟子なみに力強く漕ぐのは猪手で、歯を食いしばっている顔には、舟子ごときに負けてはおられないという意志が読みとれる。魚成も小男に似合わない太い肩と腕を持ち、若い者には負けられないという表情で、黙々と櫓を握る。なるべく力を入れず、楽をしているのが吉継《よしつぐ》で、腰は使わず、腕だけで櫓を動かしていた。刀良と道足も、舟酔いを克服して気が楽になったのか、調子よく漕ぐ。

風に顔をさらして骨休めをしている国人の傍に、広津が近寄っていた。

「周防《すおう》の国を過ぎて安芸《あき》の国にはいった。帯島《おびしま》が右の方に見える。このあたりで二年前に舟が沈没した。この舟よりは小さい舟で、十一人が乗っていたが、助かったのは二人だ。あとの九人は力尽きて沈んだ。冬の海は、そう長くは泳いでいられない。もちろん、積荷の棹銅も海の底に沈んだ」

「高波に呑《の》まれたのですか」

「生き残った舟子の話では、波もさして高くなかった。追い風で、帆も張っていた。全員総出で調子良く漕いでいたとき、舟が真二つに割れたそうだ。もともと古い舟だったが、津を出るとき、よく調べなかったのが災いした」広津は近づく帯島の方に眼をやる。「舟が一番弱い所は、刳《く》りぬき材の継ぎ目だ。間に槙《まき》の皮をほぐして詰め、かすがいでつなぎ、漆《うるし》も詰めて水が漏れないようにしてはいる。内側には木栓《もくせん》も入れているが、それでも年月が経つと、傷《いた》んでくる。特に、雨風で舟が揺すられた後が危ない」

広津はこともなげに言ったが、国人は却って心配になる。この舟も一晩以上、岩陰で波を受け続けていたではないか。

「この舟は、さっき舟子頭とわしで調べてまわった。当座は大丈夫だ」

広津が国人を見てにんまりした。

右手を帯島が遮り、左手に陸地から突き出た岬が迫っていて、潮の流れが速くなっていた。櫓漕ぎをやめても、流れと風だけで、舟は進みそうだ。島影と岬の位置を見定めて、舟子頭が櫓を上げさせる。舟子のひとりが舳先に呼ばれた。

「あいつの兄がここで沈んだ。その弔いをやる」広津が国人の耳に口を近づけた。

舟子頭が片手を上げ、広津がそれを合図にして櫓の動きを止める。舟は帆で走るだけになった。

舟長が巻物を広げて、祝詞《のりと》のようなものを唱える。どういう意味かは、国人もところどころしか分からない。読み終わると、舟長はその舟子に細長い銅板を手渡した。そこにも何か字が彫り込まれているようだった。

舟子は舳先から身を乗り出して、静かに銅板を沈める。こみ上げる悲しみをこらえきれずに、こぶしで涙をぬぐった。

「あいつ、まだ遠出の舟には乗ったことがなかったので、員数《いんずう》には入れていなかったのだが、兄が死んだ海を見たいというので連れて来た。これで少しは気がすんだろう」広津が言う。

舟はそのまましばらく、風の力だけで進んだ。

「お前たちが汗水たらして作った棹銅《さおどう》を、海に沈めてしまうのは、すまないとは思うが、二年に一度くらいは、災難が起こる。ゆうべの雨風にしても、もう少し強ければひっくり返っていたかもしれぬ。少しぐらい都に上るのが遅くなっても、結局は大事をとって湊で風待ちしたり、天気が良くなるのを待ったほうがいい。しかしいくら舟子頭が諫《いさ》めても、舟長が出発だと言えば、舟を出すしかない。これで、あの舟長も少しは懲りたろう。心配なのは、あの若造の副舟長が、突拍子もないことを舟長に吹き込《こ》まないかだ」広津は最後のところで声を低めた。

兄を海で失った舟子は、舳先に坐《すわ》ったまま海面を見つめている。年は国人よりはひとつふたつ若いのかもしれなかった。日焼けして、実際よりは年上に見えるが、ちょっとした仕草に幼さが残っていた。

国人は広国《ひろくに》を思い出す。掘場で命を落としはしたが、その亡骸《なきがら》は墓の下に埋めることができた。ところが海で命を落とせば、遺体は上がらない。墓を作ったところで、その下に死者はいないのだ。

国人には、兄を失った舟子の無念さが分かる。兄が沈んだ海まで行ってみたくなったのも、自分の意志だけでなく、両親や同胞の願いもあったのに違いない。

再び漕ぎ出したとき、国人は奥丸と入れ代わった。奥丸はひと頃よりは元気を取り戻していたが、冗談を言い合うでもなく、骨休めの間も、ぼんやりと海を眺めているだけだった。

国人の目の前に坐ったのが、兄を失った舟子だった。軀《からだ》は他の舟子よりもひと回り小さかったが、懸命に櫓をたぐっていた。

昼近くになって風向きが変わり、帆をおろし、櫓だけで走った。日差《ひざ》しが強く、汗を吸い込んだ上衣から湯気が立ちのぼる。骨休めの間に水を飲み、塩をなめた。日が傾き始める頃には、もう空腹も堪え難くなった。この一日、焼米と干魚、干貝の他、何も食べていないのだ。

島や陸の影はいつも見えており、どの湊《みなと》にはいるのか、国人たちはそれだけを心待ちにした。舟子頭が前方の平べったい島を指さし、停泊を告げたとき、人足たちは喜びの声を上げた。周囲に釣舟が増えていた。

島は砂浜で取り巻かれ、一か所だけ岩場の入江があった。入江の奥に小舟が二十艘近くつながれている。帆をおろして、舟は櫓だけで突き進む。役人らしい男が二人、桟橋の上に出迎え、舟のつなぎ場所を知らせた。

漁具を手入れしている男女が、国人たちを物珍しげに眺めた。まっ黒に日焼けした舟子たちと違い、国人たちは赤く日焼けし、髪も乱れるがままだったのだ。

小さな島にしては板葺《いたぶき》の大きな家もあった。舟長と副舟長はその家の中にはいり、国人たちは板葺屋根の横にある小屋に集められた。

「本当にご苦労だった」舟子頭が言う。「夕餉《ゆうげ》までには間がある。ここで骨休めするなり、湊の中を歩くなり、勝手にしてよい。わしたちは隣の小屋にいる」

人足たちの半分は、藁《わら》敷きの上に横になったが、国人は道足や猪手について外に出た。

つながれた舟の上で、広津たち舟子四人が積荷を調べたり、莚帆《むしろぼ》のつくろい、舟底の掃除をしていた。周防《すおう》の港を出たときと比べて、舳先《へさき》に塗られた赤味がいくらか薄くなっている。この分だと、都に着く頃には赤味もなくなっているに違いない。雨風の一夜をやり過ごして、国人はどうにか残りの舟旅を全うできそうな気がした。

貝で作った漁具を扱っていた老婆《ろうば》が、国人たちに声をかけてきた。どうやら、どこから来たのか訊いているらしく、猪手が「長門からだ」と答えた。老婆はそうかという顔をしたが、果たして呑み込めたかどうかは怪しかった。

老婆が手にしているのは、大きな貝の殻をいくつも綱でくくりつけた漁具だ。何をしているのか、道足が尋ねる。

「これかね。さざえと鮑《あわび》の殻だ。これを海の底に沈めてやると、蛸《たこ》がはいり込む。それを引き上げると、ぞろぞろと上がって来る」

老婆は答え、手元の竹籠を指さした。「良かったら、食べていかんかね」

中をのぞくと、二、三寸くらいの蛸がくねくねと手足を動かしている。干蛸《ほしだこ》は食べたことはあるが、生きた蛸を見るのは国人たちは初めてだ。猪手が指先を竹籠の中に入れたが、すぐに引っ込めた。

老婆は笑って、自ら一匹を取り出し、木片の上に置き、鉈《なた》で蛸をぶち切る。まだ動いている蛸の足をひとかけら口に入れ、うまそうに食べてみせた。国人たちもそれにならう。かすかに塩味がした。口の中でへばりつき、なかなか離れない足もある。

「このあたりは、今頃、どこに行っても蛸だらけだよ」老婆は得意気に言った。

「これはなかなかいい鉈だ」

鉈を手にしていた道足が言う。鍛冶屋だけに、刃物の良し悪《あ》しは分かるのだろう。

「そうかの。この島に嫁いで来るとき、持って来た。もう長いこと使っている」

気を良くしたのか、老婆はもう一匹蛸を取り出して、またぶつ切りにした。空腹にはいくらでもおさまる気がした。

「もうそろそろ、かれいを突きに出かけていた舟が戻って来る頃だ。かれいは生で食べるわけにはいかんが、煮るとうまい。あんたらはどこに泊まるのかの」

猪手が小屋を指さし、晴れれば明日の朝はもう舟を出すのだとつけ加えた。

「それなら、明日、舟出の前に持って行こうかの。舟の上で食べてもいい」

はいって来る舟とは逆に、出て行く舟もあった。国人はどこに行くのか訊いた。

「あれは島の向こう側の浜に出ていく舟だ。暗くなって松明《たいまつ》をたき、出てきた蟹《かに》を銛《もり》で突く」

「夜の漁か」道足が納得する。「面白そうだな」

「ここに住んでいる限り、食べ物には苦労せん。風と雨さえしのいでおればな」老婆は自信たっぷりに言った。

近くの小屋の中では、白髪を後ろで束ねた男が銛を研いでいた。三つ股《また》になっていたり、先が鎌《かま》のように曲がっていたり、大きな釣針のような銛もある。

男から問われて、津泊まりしている人足だと道足が答える。漁具を珍しがっていることに男は気づいたようだった。さざえを突いたり、蛸をひっかけたり、かれいを突くのだと、それぞれ手に取って説明してくれる。島には鍛冶屋はなく、すべて対岸の村から調達してくるらしかった。道足は銛の先を指で触れ、しきりに感心する。

「こういう物も、奈良登りの鍛冶小屋で作ろうと思えば作れる。しかしあのあたりでは使い道がない」

「あんたは鍛冶屋か」男が訊く。

「そうだ。たがねや鎚《つち》、鎖《くさり》、湯汲《ゆく》み、押し込み柄に突き柄などを作っている」

吹屋《ふきや》や釜屋《かまや》で使う金具にはまだ多様な道具があったが、男に分かるはずもなく、道足は手短に答えた。

「どこへ行く？」男は銛を研《と》ぐ眼を上げずに訊《き》いた。

「都に上っている」

「そりゃ遠いのう」男は驚いたように顔を向けた。「海の上では何が起こるか分からん。雨風に人。雨風は雲行き具合で避けることもできるが、人はこっちの裏をかく。雨風のないときにやって来る」

「人とは何だ」猪手が訊き返した。

「海賊だ。全員が朱色の布を鉢巻にしている」

「山に賊がいるのと一緒だな」

「出て来たら、舟と命だけは助けてもらうことだ。積荷は二の次」男は国人たちを睨《にら》み、また銛の先を研ぎ出す。

浜の方まで行ってみようと思ったが、日が陰り始めたので引き返す。砂浜の手前にある松林で、女たちが松葉搔《か》きをしていた。

「山の中の暮らしからみると、ここは極楽かもしれんな。あの婆《ばあ》さんが言ったとおりだ」

猪手が感慨深げに松林を見やる。松葉を集める人の影がゆっくり動く。その向こうの入江には、戻る舟と出て行く舟が行き交っていた。

「慣れれば、そこが極楽になる。わしにとっては奈良登りが極楽だった」妻子を持って暮らしていた道足ならではの言い分だ。

「国人はどうだ」道足が訊く。

「舟よりは、穴の中に潜るほうがいいです」そう答えていた。

「国人はどこでも暮らしていける」猪手がぽんと肩を叩《たた》く。「お前を見ていると、そう思う」

三人揃《そろ》って小屋に戻ると、人足たちはもう車座になって、夕餉が配られるのを待っていた。

婢《ひ》が器に入れて運んできたのは、先刻老婆が生で食べさせてくれた蛸だった。もちろん煮て赤くなり、醬で味つけをされていた。もうひとつの器にはいっているのは若《わか》布《め》汁《じる》で、粟《あわ》と米の混じった粥《かゆ》が添えられていた。それぞれが持っているかわらけを出し、つぎ入れてもらう。

「これも、腹一杯食べていいのか」人足のひとりが訊いた。誰もが知りたいことだ。

「まだたくさんあります。なくなったら持って来ます」

婢の返事に人足たちは歓声をあげた。

川魚の煮つけを食べ慣れた国人たちにとって、蛸の味が珍しかった。蛸以上に美味だったのは若布汁で、国人は三杯も腹の中におさめた。

人足たちが喜んだのは、敷かれた莚に蚤《のみ》がいないことだった。日なたに干していたのか、乾いた藁の匂いがして、その上に横になるだけで、眠気が襲ってきた。月明かりを頼りに外に出る人足もいたが、国人は横たえた軀をもう一度動かす気にはならない。じっとしているだけでいい。寝床が揺れないだけでも有難かった。

翌朝は霧が立ち込め、舟出が決まったのは昼近くなってからだ。小屋を出て桟橋に向かいかけたとき、腰の曲がった老婆から呼び止められた。前日、生の蛸をぶつ切りにしてくれた老婆だった。竹皮の包みをさし出す。国人はもう忘れていたが、約束したかれいの煮つけだと言う。行きずりの者に対する老婆の厚情が有難かった。

老婆は岸に立ち、腰を伸ばすようにして舟が出るのを見送ってくれた。国人は右手で櫓《ろ》を漕《こ》ぎ、左手を振った。老婆は、国人の眼で岸が見えなくなるまで、同じ場所にいた。

追い風で、広津が上げた帆は風を大きくはらんで、櫓漕ぎも楽になった。

国人の前にいた舟子がよくとおる声で歌い出す。すぐに他の舟子もそれに合わせ、広津や舟子頭も加わり拍子をとり始めた。

国人には初めのうち何と言っているのか聞きとれなかったが、同じ文句が繰り返されるようになって、ところどころあとをつけることもできるようになった。

風は西風　帆をかかげ
東へ向かう　舟一艘《そう》
わしのひと漕ぎ　波二つ
ぬしは三夜の三日月さまよ
波間にちらと見たばかり
それそれそれそれ
舟子の力の見せどころ

風は西風　帆をはらみ
ぬしをめざして　舟一艘
わしのひと漕ぎ　胸ひとつ
わしの心が竹ならば
割って見せたやこの胸を

それそれそれ
舟子の力の見せどころ

風は西風　帆を立てて
ぬしと乗り合う舟一艘
わしのひと漕ぎ　夢ひとつ
恋に焦《こ》がれて鳴く蟬《せみ》よりも
鳴かぬ蛍《ほたる》が身を焦がす
それそれそれそれ
舟子の力の見せどころ

唄《うた》の調子はどこまでも力強く、向かい風や雨風のときには決して口をついて出そうもなかった。

舟はその唄のとおり、島々と陸の間を矢のように通り抜ける。海は青く、鏡のように平らだ。空には低いところに白い雲が湧《わ》き上がっているだけで、海の色にも劣らず青かった。降りそそぐ日の光がじりじりと肌を射した。舟尾にいる舟長《ふなおさ》と副舟長は、日を嫌って舟床に閉じこもったままだった。

漕ぎ終えた国人は莚帆の影で胡坐《あぐら》をかき、島々の形を眺めていた。長門の山がさまざまな姿をしていたように、島はひとつひとつ形を異にしていた。なだらかな砂浜をもつ島もあれば、切り立った崖《がけ》に取りまかれている島もある。ある島は岩場ばかりで、別の島は山頂近くまで棚田《たなだ》がせり上がっている。

国人たちの舟は、大小の刳舟《くりぶね》にも行き合った。ひとり乗りの釣舟《つりぶね》だったり、三、四人が乗って、網を海から引き上げたりしていた。

日が少し傾きかけ、周囲に舟が見えなくなったときだった。小島の脇《わき》を通りかけたとき、二艘の刳舟が島影から姿を現した。舟にはそれぞれ五人しか乗っておらず、漕ぐのはそのうち二人だ。しかし舟は潮の流れに乗っているのか、あっという間に国人たちの行く手に迫って来た。

「待ち伏せをくらったな」舳先に立ってその舟の動きを睨んでいた舟子頭が、舟尾に行き舟長と何か相談を始めた。

「こういうときを、あいつらは狙《ねら》ってやって来る」国人の横にいた広津が舌打ちした。

「何ですか、あの舟は」国人が訊く。

「今に分かる。騒がぬことだ。騒げば、胸板を射抜かれる。あいつらの弓の腕は、潮《しお》見《み》や櫓漕ぎ以上に達者だ」

広津が言うように、刳舟の三人は矢立《やたて》を背に負い、弓を手にしていた。ひとりは立ったままでこちらを睨み、あとの二人は座っている。船体が細いためか、またたく間に国人たちの舟の前まで来て、二艘で行く手をはばんだ。

〈海賊だ〉国人は思い当たる。島の男が言ったとおり、刳舟の男たち全員が朱の鉢巻をしていた。

舟子頭の号令で漕ぐのをやめ、帆をおろす。

三人が矢を弓につがえたままで、こちらを狙い、舳先に立ったひとりが声を張り上げた。どこからどこに向かい、積荷が何かを問いただしているようだった。

「周防の国を出て、難波に向かっている国司の舟だ。積荷は棹銅《さおどう》」舟子頭が仁王立ちで答えた。

相手はこれまでも何度か国司の舟を襲ったことがあるらしく、積荷をすぐに理解したようだった。

「五束ずつ、合計十束よこせば、このまま通す。嫌なら、皆殺しだ」

相手の言い分は国人にも分かった。舟はこちらが大きく、乗っている人数も多かったが、弓矢が相手では勝ち目はない。たとえ舟ごと体当たりしても、どちらかの舟から矢が雨あられと飛んで来て、漕ぎ手の胸板を貫くはずだ。

「少し待て。舟長が乗っておられる」舟子頭は答えて、再び舟尾の舟床に向かう。舟長も副舟長も簾《すだれ》をおろして身を隠している。

戻って来た舟子頭は広津に命じて、棹銅を結わえた綱をほどかせた。

「棹銅十束、確かに進呈する」舳《へ》先《さき》で答えると、海賊の一艘がこちらに向かった。もう一艘はいつでも弓を放てる体勢をとって、舟の前方に待機した。

「全員、両手を背にやり、陸の方を向け」海賊の頭が命じ、国人たちはそれに従った。賊舟《ぞくぶね》が横づけされ、男たちが三人ばかり乗り込んで来たようだった。舟子頭と広津だけが棹銅を運ぶのを手助けし、国人たちが顔を向け直したとき、海賊は二艘とも、離れた所に下がっていた。

「ようし、帆を上げろ。櫓を漕げ」舟子頭が号令を下す。

「これで帰りも安心だ」横にいた白髪《はくはつ》の舟子が、海賊が遠ざかっていくのを睨んで言った。「頭が木札《きふだ》を貰《もら》った。帰りがけに再び海賊に遭ったとき、それを見せれば何も盗《と》らない」

賊舟が見えなくなって、国人は広津から舵《かじ》取りを任された。追い風で、舵は真直《まっす》ぐにしておけば、どこにも ぶつかる心配はない。

「海賊たちは、あの棹銅を何に使うのですか」国人は傍に立った広津に尋ねる。

「銅銭だ。長門の銅は湯流れが良くて、私鋳《しちゅう》しやすいらしい。棹銅一束で二千文から三千文の銅銭ができる」

「そうすると、棹銅十束で二十貫文」

「お前は利発だな。わしにはどのくらいの銭かは、見当もつかぬ」広津は首を振る。

「舟長にしても、このくらいの目減りは初手から覚悟のうえだろう。わしたちとしては、荷が軽くなった分、舟足も速くなる」最後のところで広津は声を低めた。

9

備中の国の与田浦《よだうら》という湊《みなと》に舟を入れて、もう三晩をそこで過ごしていた。二、三度雨は上がったように見えた。西の空の雲が切れて青空がのぞく。それでも舟子頭は舟を出さなかった。

「また雨雲が出る」

その言葉どおり、いっときもすると青空はかき消えて黒雲と入れ代わる。そのあとは土砂降りの雨だった。

松林の裏にある小屋の中で、人足の誰もが無聊《ぶりょう》をかこっていた。「陸には倦《あ》きた。揺れる舟に乗ってみたい」と、初めの頃の舟酔いは棚に上げて、刀良《とら》がうそぶく。

「よくぞ言った。お前が転げまわり、こんなに苦しいなら海に身投げしたほうがましだ、と泣き言を言っていたのは、何日前だったか。手の皮が破れて、呻《うめ》いていたのも覚えている」猪手《いて》が冷やかす。

「そういうあんたも、ひいひい言っていた」刀良がやり返す。

「だからわしは、陸の上がいい。ここでは櫓漕《ろこ》ぎもせずに飯が食えて、どれだけでも眠れる。極楽とはこういうのだろう」猪手は言ったが、国人《くにと》には強がりに聞こえた。

確かに何もすることはない。人足の誰にとっても、三日三晩、何もしないでいいなど、初めてだろう。奈良登りでは病気にでもならないかぎり働きづめだった。奈良登りの苦役につかされる前も、日の出とともに起きて働き、日の入りまで大地に這《は》いつくばっていたのだ。

奈良登りの使役は雨風のときでも続いた。切口の中は雨も降らず風も吹かず、吹屋《ふきや》には屋根があり、釜屋《かまや》でも、雨風に軀《からだ》をさらしながら、釜口の火は絶やさずにいた。田畑でもそれは同じだった。大雨が降ると、村人は総出で、川や土手の見張りに出た。

村人のなかには、濁流を下る流木に綱つきの鉈《なた》を投げ、岸に引き寄せる者もいた。

「都までの道筋の半分くらいは来ただろうか」戸口で雨模様を見て来た刀良が戻って訊《き》く。

「おめでたいな、お前は。長門を出て、まだ両手の指くらいしか夜を明かしていないだろう」

答えたのは吉継《よしつぐ》だ。蓑《みの》を背に負い、雨の中を出て行くつもりらしい。「都まではひと月はかかると言われたのを忘れたか。雨宿りで日を暮らしているから、まだ三分の一どころか、四分の一くらいだろう」

「そうすると、また一度や二度は海賊が出るな」刀良が肩をすぼめる。

「出るたび、棹銅《さおどう》をさし出していれば、都に上る頃には、積荷はなくなっている」藁《わら》の上に横になっていた道足《みちたり》が言う。「舟長《ふなおさ》はそれでもいいのだろう。本当の積荷は、わしたちなのだからな。十五人をひとりも欠けずに都に届ければ、大役御免《たいやくごめん》だ」

「大切な積荷だから、朝夕欠かさず、食い物が出る」猪手が言い添える。

「うちの舟子頭は、海賊と通じているのかもしれないな」横になっていた魚成《うおなり》が上体を起こし、壁に背をもたせかけた。

「俺もどうも変だと思った」吉継が応じる。「ひと悶着《もんちゃく》あってもよさそうなのに、あっさりけりがついた。舟子頭がわざわざ波の低い時を選んで、あの島の近くを通ったのだろうな」

「そうでなくとも、何度も行き来しているうちに、顔馴染《なじ》みになったのかもしれん」猪手が指で鼻毛を引きちぎった。

「それじゃ」

　吉継は二人の人足を連れて雨の中を出て行った。

「しかし、相手が弓では歯がたたん。こっちは素手だ。結局はあれが一番賢い取り引きだった」道足が吉継たちを見送りながらしたり顔をする。

「舟子の話では、棹銅《さおどう》で私鋳《しちゅう》をするそうだな」猪手が国人の方を見た。

「そうらしいです。私鋳所が島のどこかにあるのでしょう」国人は答える。

「棹銅一束で何枚の銅銭ができるのか」

「二千文です」

「籾《もみ》一升がおよそ三文だ。すると千文で籾はどのくらいになるか」あとは任せたというように猪手は顎《あご》をしゃくった。

「およそ三石です」

「そうするとあの棹銅十束で六十石か」猪手が唸《うな》った。

「米になれば目減りして半分にはなるがな」魚成が言う。「それにしても大した量だ」

「それだけのものを、わしたちが舟で運んでいるということになるな」道足が腕組みする。「もしかしたら、わしたち十五人を束ねても、棹銅の積荷だけの値打ちはないのかもしれない」

「当たり前だ。俺たちは所詮《しょせん》二束三文」誰かが投げやりに答える。

「しかし考えてもみろ。棹銅一束作るのに、どれだけの苦労があったか」魚成が国人たちの顔を見回す。「もとはと言えば、ただの石だ。それをあれだけのものにした。わしたちがいなければ、棹銅はできなかった。値打ちがあるのはわしたちだ。そうは思わないか。いやそう思ったがいい」誰も同意しないので、魚成は黙った。

「おい道足、お前のところに時々あの坊主《ぼうず》が来ていたが、都の大仏がどのくらいの大きさになるか聞かなかったか」猪手がまた鼻毛を抜いた。

「景信《けいしん》さんか。都の大仏の話はしなかった。あのお方が彫られているのは石仏で、銅造りではないからな。国人は何か聞いたか。お前は三日にあげずに景信さんと会っていたろう」

「景信さんは、都を出られてもう二十年以上になります。行基《ぎょうき》という偉い僧に何千人という弟子がついていたのですが、たいていは私入道《しにゅうどう》だったので、お触れが出て弟子は都落ちしたのです」

「私入道とは何だ」猪手が訊く。

「お上の許しなく出家することです」

「逃亡の代わりに出家するようなものだな」猪手が納得する。「それで弟子とその頭領はどうなった」

「何年かしてまた許しのお触れが出て、弟子たちは都へ戻り、川の改修や橋をかけたり、沼地を田畑にする使役についたのです」

「まるで人足だな」

「景信さんは戻らなかったのです。榧葉山《かやばやま》が気に入ったからだと言っていました。都の大仏がどのくらいの大きさかは、景信さんも知りません」

「しかし、あの方が彫られている仏さんくらいの大きさはあるだろうな」道足が言う。

「あれは五丈以上ある」

「都の大仏もそのくらいか。五丈といえば大変なものだ」猪手は小屋の天井を見上げる。

「そんな大きなものが、全部銅でできるのか」刀良が訊く。

「上べだけが銅だ。中味まで銅で造ったら、銅がいくらあっても足らん」道足が答える。

「上べだけをどうやって銅で造るのだ」刀良がまた訊く。

「そんなことわしが知るか」道足が突き放すように言い、国人を見やる。

「土で作った仏の表面だけを、一寸か二寸削り取って、そこに銅を流し込みます。中子法《なかごほう》といって、削る前に外枠《そとわく》で型取りはします。流し込むのはその隙間《すきま》です」

国人は景信から習ったとおりに答えはしたものの、自分でも実際どうするのかは分かっていない。しかし、さらに詳しく訊こうとする者もなく、猪手だけがまた口を開いた。

「その流し込む銅は何貫目くらいになるのか」

誰もが口をつぐむ。国人にも見当がつかない。

「わしたちがここ三、四年で掘り出した棹銅を、全部そこに当てるわけだ。どのくらいの棹銅を作ったか」魚成が睨《にら》みつけたものの、答えられる者などいない。

「四日に一度は牛車が棹銅を乗せて周防の方に運んで行った。あの牛車には棹銅が百束は乗っていた。そうすると一年で何束になるか」刀良が国人の方を向く。

「四日で百束ですから、ひと月で七百束、一年におよそ九千束ほどです」国人が答える。「これを一万束として、三年で三万束です。一束が二貫目あるので、三年で六万貫ばかり運び出した勘定になります」国人がところどころ考えながら答えると、人足たちが感服したように溜息《ためいき》をつく。

「ひと口に六万貫といっても、わしにはどのくらいなものかさっぱり分からぬ」道足が首を振る。

「その六万貫ではまだ足りないのだろう。その証拠に、奈良登りではまだ苦役が続いているし、棹銅を積んだ牛車が行き来し、こうやって舟が都に向かっている」

もう考えるのはやめにしたというように、魚成が両手を挙げて欠伸《あくび》をした。

六万貫──。国人は自分が口にした数を頭のなかで繰り返す。どのくらいの量か全く見当がつかず、景信のお経を聞いているのに似ていた。

雨はやまない。屋根や壁を打つ音がせわしなく耳をつく。さらに三人の人足が、退屈を我慢しきれずに外に飛び出して行った。

藁の上に横になって国人は目を閉じる。雨にうっすらと煙る榧葉山が思い起こされた。

雨が降り注ぐ花の山の墓所、そして雨脚に川面《かわも》が白くけば立つ瀬々《せせ》川《がわ》も、瞼《まぶた》に浮かぶ。

川のほとりには小さな川舟が横づけにされている。天気が良ければ、女たちが川の中に繰り出して、水面いっぱいに広がっている菱《ひし》を竹竿《たけざお》でかき寄せる。川岸では少女たちが花を摘みながら、時々舟の方に声をかける。

そんな光景を国人は遠くから眺めたことがあった。女たちは頭領や吹屋頭の家人や親類筋の者で、とうてい国人たちが近寄れる相手ではなかったのだ。

だから、吹屋頭の家に招かれて絹女《きぬめ》と口をきいたり、嶋女《しまめ》と二人で薬草を採ったりしたのは、滅多にない出来事だったのだ。その貴重さが、今になってよく分かる。

吹屋頭の家の庭で絹女を初めて見かけたときは、まだ幼い少女だと思ったのだが、そのあと嶋女と一緒に歩いていたときや、釜屋《かまや》頭の家に薬草を届けに行ったときに会った絹女は少し大人びて見えた。そして橋のたもとで国人を待ち伏せしていた絹女の口のきき方は、いっぱしの大人だった。絹女の身に何か起こったのか、それともこちら側の見る眼が半年足らずの間に変わってしまったのか。

考え始めると、絹女が着ていた黄緑の衣や白い足首が目の前にくっきりと現れて、なかなか消えない。大蜘蛛《ぐも》の巣を見上げていた絹女の横顔は、胸を衝《つ》かれるほどに美しかった。

絹女の傍に寄ったときのほのかな匂《にお》いも覚えている。あれは山肌に這う苔桃《こけもも》の匂いに似ていた。それほど強い香ではないが、風に運ばれてきた匂いを胸いっぱい吸いたくなる。

不思議なのは、絹女がどういう声をしていたのか、あまり覚えていないことだ。たぶん長々と話をしていないからだろう。しかし、ほんのふとした拍子に絹女の口から漏れた声は、耳の底に残っている。驚いたり、喜んだり、感心したときの短い声で、言葉になっていないのが、国人には口惜しい。いつの間にか、上衣に結いつけた組紐《くみひも》を握りしめていた。

「国人、何を考えている」横に寝そべっている道足から声をかけられて、国人は顔が赤くなるのを覚えた。

「いえ、特に。うとうとしていました」とり繕って答える。

「わしは奈良登りのことを考えていた。目をつぶると、待っていたとばかりに家のことなど思い出されていかん。それでなるべく目を開けるようにしているんだがな」

「道足さんには子供がいますから」

「そうだな。女より、子供のほうを思い出す。これから暑くなる。瀬々川にはまって溺《おぼ》れはしないか。外で蛇にかまれはしないか、夕立に遭って軀をこわしはしないか、心配が先に立つ」

奈良登りを出るとき、見送りの人垣にいた道足の妻子を国人も見ている。小柄で色黒な女が、よちよち歩きの男の子と、七、八歳くらいの女の子の手を引いて、しばらく行列のあとを追って来ていた。道足は行列の後ろのほうで、何度も振り返っては手を上げたのだ。

「きっと元気にしていますよ。子供はすぐに大きくなりますから」国人は気持をこめて慰める。

「その大きくなるのを見てやれんというのが情けない。都に上って、帰ったとき、どのくらい大きくなっているか――」道足は大きな息をつき、顔をつるりと撫《な》でた。

「帰れるといいがな」

壁に背をもたせかけていた猪手がぼそりと言う。

「帰りたい。どんなにしてでも」道足は自分に言いきかせるように呟《つぶや》く。

「みんな帰りのことばかり考えているが、まだ都にも着いていない。無事に着くかどうかを心配したほうがいいのじゃないか」

躯を丸くして寝ていた奥丸《おくまる》が珍しく口をきく。もともと話すほうではない奥丸は、舟酔いをして以来、ますます無口になっていた。「都に着いたとしても、大仏造りの苦役が待っている。さっきの話では、六万貫の棹銅を溶かしても、まだ足りないらしいじゃないか。俺たちが三年がかりで作ったものを一度に溶かすのが、どんなに大変か、あんたらは考えないのか」それだけ言うと、奥丸はくるりと向きを変え、また背を丸めた。

「そういうのを取り越し苦労、済んだことをあれこれ思い起こすのを持ち越し苦労と言う。後ろも前も、思い悩まんことだ。今だけを考えておればいい」小屋の隅にいた刀良が言い、ごろりと横になった。

国人はまた目を閉じる。刀良が言うように、先のことも以前のことも考えないでいられるのなら世話はない。相変わらず国人の脳裡《のうり》に浮かぶのは、榧葉山や花の山、瀬々川であり、岩の上に坐《すわ》る景信であり、絹女なのだ。国人にとっては、それは胸を締めつけられる思い出でもあり、また一方で心慰められる光景でもあった。景信の揺るぎない結跏趺坐《けっかふざ》の姿と、いつも軽やかに動く絹女の身のこなしは、これから赴く都でも消えることはない気がする。

「国人、起きろ。飯だ」

いつの間にかまどろんでいたらしく、猪手に揺り動かされて目が覚める。小屋の中でごろごろしていただけなのに、空腹にはなっていた。しかし出されたものは相変わらずの貝汁に、ひじきのはいった黒い粥《かゆ》だ。もうひと皿に盛られた雑魚《ざこ》の煮付けも、二日前に食べたのと同じだった。

「初めは珍しくてうまいと思ったが、こうも同じ物が続くと有難味がなくなる」道足がぼやいた。

雨の中を飛び出して行った吉継たちが戻って来ていた。どこかで雨宿りをしていたのか、さして濡《ぬ》れている様子はない。がつがつとうまそうに雑魚の頭をかみくだく。

「いったいどこに行っていた」刀良が訊く。

「いい所だ。暗くなったらまた出かける。お前もついてくるか」

「どこにだ」

「こういう湊には女が多いとは思わんか」意味あり気に吉継が唇の端を吊《つ》り上げる。

「そういえばそうだな」

「亭主を海で亡《な》くしたのか、後家が多い。ま、そういうことだ」吉継は言いさして、粥をかき込む。「うまく行けば、これよりもうまいものにありつける」

「出ていくのはいいが、ひと悶着起こらないようにしろよ」猪手が釘《くぎ》をさす。

「面倒事が起こっても、いずれこちらは消える身だ」吉継は軽くいなした。

吉継は三人の人足を連れて再び夜中に出て行った。

帰って来たのは明け方のまだ薄暗いうちだった。まだ小雨が降り続き、猪手が戸口から外を見て舌打ちしたところへ、蓑《みの》をかぶった四人が駆け込んで来たのだ。

「どこをほっつき歩いていたんだ」

訊《き》かれても四人は言を左右にして答えず、藁の上に横になった。疲れが出たのか、すぐに鼾《いびき》をかき始める。朝餉《あさげ》が運ばれて来ても、目を覚ます気配はなかったが、国人たちが食べ出した頃、吉継が寝返りを打ち、薄目を開けた。

「どうだ吉継、お前たちの分まで食っておいていいか」道足が訊くと、吉継は「腹は減ってはいない。夜中にしこたま食った」と手を振り、また背を向けた。

雨は小糠雨《こぬかあめ》に変わっていた。軒下にしゃがんで海の方を眺める。岸につながれた小舟が上下に揺れている。国人たちの舟はその向こうで、帆柱をゆっくり左右に揺らしていた。浜の方には人が出ていた。海草を拾うのか、貝を採るのか、腰をかがめては、手籠《てかご》の中に何か入れている。

何間か離れた小屋の中では、男たちが網の手入れをしていた。太い糸をつけた木針を口にくわえたり、手で操ったりと、忙しげだ。

舟着場に立っていた男がこちらに歩いて来る。蓑を頭からかぶっているので分からなかったが、舟子頭だった。向こうも国人に気がつき、ゆっくり坂を登って来た。

「どうだ、みんないい骨休めができたろう」

「骨休めもすぎて、退屈しています」

「この雨は夕方には止《や》む。そうしたら出風《でかぜ》になり、そのあとは帆風《ほかぜ》だ」舟子頭はもう一度海を振り返った。

「夕方、舟を出すのですか」

「もう少し空模様を見てから決める」

「夜でも大丈夫なのですね」国人は確かめる。

「ああ、十三夜で明るい。月明かりで、行く手は分かる。夜がいいのは、海賊が出ないことだ」

「あれには肝をつぶしました」

「海賊にも縄張りがあって、手形を貰《もら》ったからと言って、縄張りの外では通用しない。ああした連中には遭わないに越したことはない」舟子頭は休んでおくように言い、舟《ふな》長《おさ》たちが泊まっている館《やかた》の方に去って行った。

　小屋の中では吉継が起き出して、そのまわりに人足たちが集まり、話を聞いている。どうやら夜の間の武勇談らしかった。

「松林のはずれに三軒長屋があるが、その三軒とも後家の家なのだ」

鼻を蠢《うごめ》かせて言うそのひと言で、人足たちは耳を傾ける。国人もその話が気になった。

「後家が三人で、お前たちは四人だったのだろう」猪手が意地悪く訊く。

「後家と言っても、三人とも若いわけではない」吉継について行った人足が思わせぶりに答える。「若いのは二人で、ひとりは二十代半ば、もうひとりは三十そこそこだ」

「残りのひとりは」刀良がたまりかねたように訊く。

「まあ四十がらみか。歯がなくて、口の中は真暗だ」吉継が答えた。「しかし、料理の腕は確かで、いろいろと出してくれた。ここで食うものとは質が違う。干し鮑《あわび》は食ったことがあるが、生きた鮑を食わせてもらったのは初めてだ」

「食い物の話はどうでもいい」猪手が半畳《はんじょう》を入れる。「若い女が二人、お前たちが四人いて、どうなったかを訊いている」せっかちな口調に、周囲の人足たちがどっと笑った。

「だから言ったろう。残りの二人はその年増《としま》女のところでうまいものを食っていたというわけだ」

「あとの二人は」また猪手がひきつったような声を出す。

「あとの二人はそれぞれ長屋に招き入れられた」

「それでどうだった」猪手が吉継に詰め寄る。

「どちらのほうを言えばいいのだ」

「どちらって、お前、両方とも知っているのか」

「だから言ったとおり、二人が休んで、二人が出かけて行き、また二人が休んで、代わりに二人が出て行く。それを二回繰り返した」

「何てことを」猪手が口惜《くや》しがり、他の人足も地団駄を踏む。

「三十女は、海女《あま》でもしているのだろう。肉が張って、乳が大きかった。強いのなんのって、こちらが降参するまで放してはくれなかった」吉継は同行した人足と顔を見合わせ、頷《うなず》き合う。

「ちくしょう」猪手が舌打ちした。

「若いほうは、色白で、ねばりつくような肌をしていた。腰細だが、愛らしい声ですり寄って来るのだ。白い手で触れられて、耳元で囁《ささや》きかけられると、萎《な》えていたものも力を取り戻す。ついつい夜の更《ふ》けるのも忘れた」吉継は同じくいい思いをした人足に、先を言わせた。

「雨が降っていたからよかったものの、そうでなかったら、女たちの声はこの小屋までも届いたに違いない」

「すると、その女二人は、お前たち四人全部を相手にしたわけか」冷静に問いただしたのは道足だ。

「そういうことになる」代わりに猪手が言った。

「素人《しろうと》女ではないな。お前たち手ぶらで行ったのではなかろう」

「手ぶらで行くより他はない」いささかうろたえて吉継が答える。「俺たち自身が土産のようなものだ」

「よし、今夜はわしが行く。お前たちよりはわしのほうを気に入ってくれるはずだ。わしと一緒に来たい者はいないか」猪手が血走った目で見回すと、五、六人が手を上げた。

「大人数で抜け出してはまずい。せいぜい四人だな。俺が案内するから、籤《くじ》で四人にしておけ。残りは明日の夜だ」

分かったというように猪手が顎《あご》を引いた。

「籤にもれた者は、せいぜい雨が降り続くよう願うことだ」吉継が大きな欠伸をした。

「あまり罰《ばち》当たりなことをするなよ。罰当たりが舟に乗ると、海神《かいじん》さんが怒るそうじゃないか」それまで黙って聞いていた魚成がたしなめる。

「何も悪いことをしているわけではない。双方共にいい思いをしようというのだからな。言ってみれば夜の市だ。お互いの持物を市で取り替えっこする」

「それが罰当たりの考えだ」魚成が鼻先で笑う。

「年寄りはゆっくり寝ていてもらうとして、どうだ、他に籤に加わりたい若い者はいないか」猪手が声を張り上げる。「国人、お前はどうか」

「いいえ、いいです」

「遠慮しなくてもいいぞ。何も難しいことではない。櫓《ろ》漕《こ》ぎや舵《かじ》取りよりはやさしい。お前ならすぐにその道の達者になる」

「いえ、いいです」顔が赤くなるのを感じながら答えると、人足たちがどっと笑った。

「そうか。いずれまた誘ってやろう。道中は長い」

猪手は藁《わら》を抜き、歯でちぎって籤を作り始める。七本を手の中に入れ、希望者にひとりひとり引かせた。刀良も籤引きの仲間に加わっていた。藁すぼの長い者順に、今夜の組四人が決まり、刀良もその中にはいった。

外の雨音が止んでいた。刀良が見に行き、がっかりした顔で戻って来る。猪手も外に出て、すぐにはいって来た。

「雨は止んだが、なあに舟が出ることはなかろう。今夜に備えて、夕飯前のひと寝入りだ」そう言って、これみよがしに横になる。

しかし、猪手の期待は半ときもしないうちに裏切られた。奴婢《ぬひ》が夕餉を運んで来たからだ。

「飯が早いじゃないか。どうしたのだ」人足たちが騒ぎたてる。奴婢は舟長の命令で夕餉を早く作ったのだと答え、いつもの若布《わかめ》汁とひじき粥をついでまわる。

「たぶん今日のうちに発《た》つのだろうよ」魚成が静かな顔で、汁をすする。国人は舟子頭の言葉を思い出し、魚成の言うとおりだと思ったが黙っていた。

腹の虫がおさまらないのは猪手たち、今夜出かける算段をしていた人足だ。夜に舟出などするはずがない、と互いに慰め合う。

「夕虹《ゆうにじ》だ」

飯を食い終えた人足が外に出て、駆け戻って来た。国人も器を置いて小屋の外に飛び出す。

虹は東の海の上に出ていた。上の方だけがくっきりとして、下方はぼやけているが、紛れもない虹だ。宵が入江全体に迫っているのに、虹の出た空の一角だけが、奇妙な明るさを保っていた。

「飯が終わり次第、出発だ」いつの間にか広津《ひろつ》が横に立っていた。「夕虹が出たとなれば、もう当分雨には縁がない」

国人の肩を叩《たた》き、小屋の中を覗《のぞ》き込んで舟出を伝えた。人足たちが大声を出すのが聞こえる。落胆と喚声の入り混じった声だ。

「何てこった」

猪手が藁すぼで歯の間をつつきながら出てくる。その脇《わき》で刀良が諦《あきら》め顔で出立の用意を整えている。

器を片づけてぞろぞろと湊《みなと》の方におりて行く。もう虹は消え失《う》せ、海も陸も薄闇《うすやみ》の下で白っぽく光っているだけだ。舟長と副舟長は既に舟床の中に休んでいた。

「お前たちのなかで、怪しい者を見かけた者はいないか」岸辺に立って舟子頭が問う。

「ゆうべ、わしたちが舟から離れた隙《すき》に、盗人がはいって棹銅を少しばかり抜き取って行った。舟を留守にしたわしらの手落ちではあるがな」

「さあ、わしらはみんな人足小屋にいたからな」魚成が代弁する。

国人は人足たちの後ろにいる吉継を見やった。四人が小屋を抜け出したことは、魚成も秘しておきたいらしかった。

「そうか、仕方がない。いちおう舟長から郷長《さとおさ》のほうには届けてもらった」

長らく雨で足止めをくらっていただけに、国人は舟の上に懐《なつ》かしさを感じる。そのうえ、夜をついての漕ぎ出しは初めてだ。腕が鳴る気がした。

舟子頭の言ったとおり、広津が帆を上げると、陸の方から吹く風が舟を押しやった。入江を出て間もなく岸は見えなくなり、追い風に乗って舟は真一文字に進んだ。

夜通し交代で漕ぎ続けるためか、左右三人ずつが漕ぎ場に坐った。漕ぎ終えた国人は、広津に手招きされて舵場に立った。月明かりが、まるで舟を導くように前方を照らし出している。

舟長が舟床の簾《すだれ》を上げて、月を見上げ、手元の巻紙に何か書きつけ、副舟長に示している。

「こういうのを月映《つきば》えと言うのだ」舟長の石綱《いしづな》が、傍にはべった副舟長に教えているのが聞こえる。「何か歌を作ってみろ」

紙と筆をさし出されても副舟長は首を振るだけだ。代わりに石綱がさらさらと書き連ねて、副舟長に見せる。副舟長はそれを朗々と読み上げ、舟長の技倆《ぎりよう》を誉《ほ》めた。

月映えの下を進む舟は、あたかも夜空に向かって漕ぎ上がっていくようだ、と歌っているように国人の耳には響いた。

「実を言うとな、舟子頭は、夜の海のほうが好きなのだ。夏の盛りに、炎天を嫌ってずっと夜だけ漕いで帰ったことがある。それはそれで良かったが、湊で昼間寝るのは難しく、舟子たちは寝不足になった」広津が言う。

「海の上は夜でも見えるものですね」

「月が出ていれば明るいし、月明かりがないときは星明かりがある」

「あれが柄杓星《ひしやくぼし》ではないですか」

国人は景信から教わった七つの星の並びを、東の天頂近くに見つけた。

「舵星《かじぼし》だな」

「えっ」聞き慣れない呼び名に国人は訊き返す。土地によって名称が違うのかもしれなかった。

「お前が握っている舵の形をしているじゃないか。その下に赤く光っているのが麦星《むぎぼし》、そのまた右の方の白い星が真珠星《しんじゆぼし》だ」

国人は広津が星に詳しいのに驚く。

「こうやって、星を眺めながら進むのもいいですね」

「星の話なら、舟子頭に聞くといい」広津は舵柄を握って、ぐるりと空を見渡した。

遠くの景色は闇の中に溶けて見えず、舟の周囲だけがかすかに浮かび上がっていた。波頭が銀白に光り、櫓はその光の中に思い切って突っ込めばよかった。軀《からだ》の重みをかけて、ひと漕ぎして櫓を海面から出すとき、波のしずくが飛び散る。まるで星屑《ほしくず》を手で掬《すく》って、散らすようなものだ。舟の航跡までが銀色で、ずっと後ろの方で暗い海面に呑《の》み込まれる。

国人の前で櫓を使う刀良も、一心に漕いでいる。どの漕ぎ手も、最初の頃と比べてうまくなり、今では舟子の腕と大して違わない。

舟尾の舟床にいた舟長たちはもう簾をおろしていた。月見にも飽きて、寝入っているのに違いない。

舟子頭は舳先《へさき》と舟尾を行ったり来たりしながら、進路を正している。周囲の島は眼にはいらないので、星の位置で確かめているのだろう。風向き次第で莚帆《むしろぼ》の向きも微妙に変えた。

その舟子頭が国人に話しかけたのは、月が中天に昇った頃だった。

「夜は星が目印だ。星の位置から時も分かる。覚えたいか」

「覚えたいです」そう答えた国人を舟子頭は舳先に連れて行く。

「お前が知っているのは」

「舵星です」広津が教えてくれたとおりを口にする。

「その右下が心星とも妙見《みようけん》とも言う星で、天の礎石のように動かない」

「はい」広国が教えてくれた北辰《ほくしん》のことだと国人は頷く。

「そのさらに右下、島影すれすれに五つの星が見えるだろう。あれが錨《いかり》星だ。舵星と錨星は妙見をはさんで向かい合っている」舟子頭は手を東の方に回し、首を上に向けた。「その上が織姫で天の川を挟んで下の方に牽牛《けんぎゅう》がある。お前たちは織姫と牽牛の話は知らないな」

「知りません」

「年に一度、七月七日に二人が出会う。ただし雨が降ると、天の川の水かさが増して、舟は出ない」

「本当ですか」

「さあどうだか。わしの見る限り、雨が降らなくても、あの二つの星は近づくことはなかった」舟子頭はにんまりと笑って南の方を向く。「ちょうどいい時刻だ。天から釣り針を垂らしたように星が並んでいるだろう。漁《りょう》星だ。その上の方で赤いのが赤星。その先に二つ黄色いのと白いのがある」

「麦星と真珠星ですね。広津さんから習いました」

「その真珠星の下に四つ星があるだろう。寝るのにちょうどいい枕《まくら》星。そして最後に、真上を見上げてみろ。輪になった星があるな。車星だ」

「もう覚えきれません」国人は痛くなった首筋を撫《な》でる。

「今夜はこのくらいにしておこう。この先ずっと晴天が続く。漕ぐのは夜がいい。難《なに》波《わ》津《づ》に着くまでには日もあるし、覚えるには好都合だ。しかし舟子でも、あまり星のことは知りたがらないのに、お前は珍しい」

さあ、ひと眠りしておけ、と舟子頭は国人の尻《しり》を叩いた。

舟子頭が言ったように、このあと、晴れの日が続いた。舟子頭は昼に舟を湊《みなと》にとどめ、暮れ方に漕ぎ出すやり方をとった。

「昼寝て夜働くなど、狐《きつね》や狸《たぬき》と同じになってしまったぞ」昼間、湊の小屋で横になっているとき、猪手が不満の声をあげる。「わしの尻に長い尾が生え始めていないか、見てくれ」

下衣《したごろも》をわざわざおろして、毛むくじゃらの尻を出して見せる。

「俺など、もぐらだ。昼間はまぶしくて目を開けておられない。都につく頃には、夜中しか出歩けないようにならないか心配だ」刀良が口をとがらす。

「それなら心配ない。都では盗賊の手下になれば重宝される。せいぜい夜目を磨いておくことだな」道足が冷やかして、どっと笑いがおこった。

「吉継、こんな狐や狸、もぐらでも、例の話は何とかならぬか」猪手が詰め寄った。

「同じ所に何日かいるのならともかく、朝方湊にはいって、夕暮れに舟出となると、どうにもしようがない」

「舟子たちを見ていると、わしたちと違って、昼間大人しくしているようには見えないが」

「あいつらは、そこここに馴染《なじ》みがあるらしい。今度、そのおこぼれにあずかることになっている」吉継が得意気に鼻の頭を撫でた。

「そのときはわしにも声をかけてくれ。この前は空約束に終わったから、罪滅ぼしだ」

猪手の希望が叶《かな》ったのは、それから二、三日してからで、夜が明けて湊に着き、朝《あさ》餉《げ》をかき込んだあと、猪手と吉継は他の人足二人と連れ立ち、そそくさと出て行った。戻って来たのは夕餉時で、四人とも浮かぬ顔をしていた。

「おい、どうだった。これでもう思い残すこともなかろう」道足が訊《き》く。

「いやひどかった」猪手はお前が話せという顔で、同行した人足を促す。

「俺のは男のような女で、思い出したくもない。お前はどうだ」もうひとりの人足に声をかけた。

「俺か。俺のは田舎に残してきた母親を思い起こさせた」人足は泣き笑いの顔になる。

「というと、年の頃は」魚成が気の毒そうに訊く。

「もう少しで五十に手が届くという頃か。罪深いことをしたのではないかと、悔やまれてならない」

「それじゃ、いい思いをしたのは吉継だけか」

「いや、俺も似たようなものさ」吉継はげんなりした顔をする。

「要するに舟子たちは、余りものをこちらにまわしてくれたのだ」猪手が口惜《くや》しがって唇を突き出す。名前のとおり、猪《いのしし》に似た顔つきになった。

「舟子たちに文句は言えんだろう。お前たちの願いを聞き届けてくれたのには違いないだろうからな」道足が分別くさい顔で慰める。

夜間の櫓漕ぎが十日あまり続いたあとに、また雨続きになり、備前の国、泊《とまり》という湊に停留させられた。

うまい酒でも飲ませてやろう、ついて来いと広津から誘われたのはそのときだ。

「国人、お前は舵取りも帆掛けもよく手伝ってくれた。今夜は少しばかり礼がしたい」

小屋まで来て、他の人足には眼もくれずに国人だけを連れ出した。

今川の湊には何度も来ているらしく、くねくねした細い路地をいくつも曲がって、奇妙な造りになっていて、井戸のある中庭を囲んで三軒の小屋が建っている。夜中だというのに、三軒とも明かりがつき、男女の笑い声が外まで聞こえてきた。舟着場近くの小屋がどこも暗く、静まり返っているのとは大違いだった。

広津は手前の小屋の半開きになった戸を押した。蓑《みの》を脱いで雨を払う。国人も同じようにして蓑を壁に掛けた。

板張りの上にはいくつもの人の輪ができていた。そのひとつの輪の中に、顔見知りの舟子が三人いて、国人を手招きした。

「とうとう来てくれたか、まあ坐《すわ》れ。今夜くらいはわしたちと飲み明かしてよかろう。なあに、明日もどうせ雨だ」

座をあけてくれ、そこに国人と広津が並んで坐る。舟子がさし出すかわらけを受け取ると、輪の中に控えた女のひとりが、土瓶《どびん》を傾けて酒をついだ。糟湯酒《かすゆざけ》ではないれっきとした濁り酒だった。ひと息で飲み干して、器を返そうとすると、舟子は受け取らず、女がまた器を満たす。やっと返すことができたのは三杯を飲み尽くしてからだ。腹の中がかっと熱くなり、国人は吹屋頭の元旦《がんたん》の宴で前後不覚になったことをありあ言う。

りと思い出した。

「ここの蛸《たこ》のぶつ切りはうまいぞ」広津も飲み、大皿に盛られた蛸を指でつかみ口にもっていく。

なるほど、程良い塩加減で、濁り酒にはもってこいの味だ。もうひとつの大皿には鯛《たい》の切り身が乗り、女が小皿につぎ分けて国人の前に置いた。

「国人と言ったな。遠慮しないで飲んで食べろ。払いは舟長《ふなおさ》だ。副舟長は威張ることしか知らないひよっ子だが、舟長は案外話が分かる」髭《ひげ》もじゃの舟子がまっ赤な顔で言う。

舟子たちにとっては行きつけの場所らしく、給仕女の肩を親しげに抱いている者もいる。隣で車座になっている土地の男たちも、国人が聞きなれない言葉で漁の話をしていた。

「国人、お前には舟長がびっくりしていたぞ」もう酔い始めたのか、広津の目がとろんとしていた。「巻物に舟長が書きつけたものを、お前にさし出したら、すんなり読んだらしいな。何と書いてあった」

「月白く、宵の海路に、漁火《いさりび》の、波の間に間に赤く漂う、という歌です」

それは国人が舵《かじ》取りを任されていたときで、舟尾に立った舟長は、暮れる海を眺めて思案顔になった。筆を取り出して巻物にさらさらと書きつけたので、国人は思わず覗《のぞ》き込んだのだ。舟長はまだ墨の色も鮮やかな巻物を国人の前に突き出し、読めるものなら読んでみろという顔をした。

「なるほど。いかにも舟長らしい歌だ。わしたちが汗水たらして櫓漕《ろこ》ぎしている間も、じっと海を眺めていればいいのだからな」広津がかわらけを国人にさし出す。

「あんた、字が読めるのなら、あれは何と書いてあるの」

国人に酒をついでいた女が、壁板に大きく墨書された文字を指さした。「三年ばかり前に、ここに来たお客が、お勘定の代わりだと言って書きつけて行ったの。そのとき何の意味かを聞いた女の子も、もういなくなって、今では分からず仕舞い」

相当大きな筆を使ったのだろう。勢いのある立派な字だった。

「〈酒者《さけは》天之《てんの》美《び》禄《ろく》〉です」

「どういう意味だ」広津も訊く。

「たぶん、酒は天からさずかった見事な贈り物、ということだと思います」

「そうなの、ふうん」女が感心した。

「なるほど、なるほど、いい文句だ」広津がだんご鼻を撫でる。「小玉《こだま》、このことは誰にも言うなよ。今度わしが来たときに、今のようにわしに訊いてくれ。そしたら、わしがすらすらと読んで意味を言うからな」

「わかりました」小玉と呼ばれた女はにっこりする。

「あんた、偉いのね。広津さんの知り合いとは思えない」小玉がすり寄って来て、酒をつぐ。

「こいつは舟子とは違う」

「あたしも気に入ったわ」小玉がやぶにらみの眼で国人を見上げる。齢《とし》は二十そこそこだろうか、色の黒いばかりの女だと国人は思っていたが、よく見ると愛くるしい顔をしている。

「小玉が気に入ってくれたなら上々だ。最後まで任せたぞ」広津が意味ありげに小玉に目配せした。

周囲では誰かが大声で歌い始め、手拍子を打ち、笑い声が混じる。そのうち、客たちはひとり消えふたり消え、いつの間にか広津の姿も見えなくなっていた。

「帰らないと」

国人は立ち上がったが足を取られて尻をついた。入り組んだ路地はもう覚えていなかった。が、ともかく海の方に向かえば、仲間の人足たちがいる小屋にたどり着くはずだ。

「今夜は休んで、夜が明けてから帰ればいい」

横にはべっていた小玉が国人の小脇《こわき》を支えてくれる。小柄な軀《からだ》つきだが、国人が軀を預けてもよろけない。

「こっちよ」

板戸から外に出て細い路地を歩いた。両側に長屋のような小屋が続いている。女の悲鳴のような声がすぐ近くの戸の奥から聞こえて来た。

歩くのも辛《つら》く、地面の上にでも横になりたい気がした。

小玉が茅の戸を開けた小部屋は、二間四方よりは小さい仕切りで、まがりなりにも藁床《わらどこ》があった。小玉は戸口を内側から縄で何重にも結びつける。その動作があまりにも丁寧なので、国人はもうここで眠るしかないと覚悟を決める。横になったとたん軀が床の中に引き込まれる気がした。目を閉じる。

どのくらい眠ったのか、目が覚めたのは、隣の仕切りから女の声が聞こえてきたからだ。

「これで、やっとあたしたちも同じことができる」

小玉は上衣をはだける。その下は裸だった。国人は驚いて上体を起こす。

「しっ、黙って。声をたてたら両隣に聞こえる」

　小玉は国人の上衣と下衣を脱がせて軀を密着させる。潮の香がした。

「あんた、軀つきが舟子とは違う。ほっそりしているけど、肩も腰も強そう。そんなのが好き」小玉は手と顔を国人の軀に這《は》わせる。「ひょっとして、女の軀は初めてじゃないの」

　国人は答えず、代わりに身を固くした。頭のすみで絹女を思った。小玉と比べたらまだまだ幼かったが、初めて好きになった女だ。

「そうなのね。あたしが教えてあげる。きっと後悔しないから。そして同じことを、あんたが好きになった女の人にしてあげるといい」土地の訛《なま》りのある言葉が、吐息とともに国人の耳にはいった。小玉の手がいつの間にか国人の下帯を解いていた。

　小玉の大きな乳房が目の前にあった。軀が暖かいものに包み込まれ、小玉の固い腰と足がゆっくりと動くのを感じた。

　声を上げてはいけないと言ったくせに、小玉は遠慮しなかった。国人の軀をつねって、迎え入れる。狂おしげにしがみついてきた。

　両隣が静まり返っているのとは反対に、小玉の口から幾度も声が漏れる。

「あんたは女にも好かれるよ」

最後に小玉はそう言い、指先を国人の軀に這わせた。

茅葺き屋根の隅から、月の光が射《さ》し込んでいる。もう眠気はどこかに消えていた。小玉の軀を引き離して、小さな寝息を聞く。不思議な気持だった。夢心地の裏に後悔の念がべっとり貼《は》りついていた。

榧葉山が思い出された。岩場の上に坐る景信の姿が目に浮かぶ。そこを発《た》ったのが一年も二年も前のような気がする。自分を責めたかった。奈良登りを出る日、嶋女の横に立って涙を流し、お辞儀をしてくれた絹女の姿が思い出された。

わずかに外が明るくなっている。身仕度をした。小玉は薄目を開けて、もう行くのかと訊く。頷《うなず》くと、今夜も来るのでしょうと確かめる。

「今日はきっと舟出だ」国人はきっぱりと答える。

「そうなの」がっかりしたように、小玉はまどろんだ顔のまま、手を振った。

小雨のなか、路地を抜けて湊の方に向かう。

波の音がしていた。小屋の近くまで来ると、海辺に人が立っているのが見えた。男と女ではなく、男がひとりだ。そのうちしゃがんで動かなくなる。髪の結い方からして、奥丸のような気がした。近づき、声をかけた。

「あ、国人か」

「こんなところで何をしているのです」

「波の音が耳について眠れなかった。ここで波の音を聞いて耳を馴らせば、眠れると思ってな」

「わざわざここまで来ることはないですよ」奥丸の返事が奇妙だと感じながら、国人は奥丸を立ち上がらせる。「軀が濡《ぬ》れているではないですか」

濡れているのは波しぶきと雨のせいだろうが、湿った上衣も奥丸は気にかけていない様子だ。

「国人、お前は都に着くのを楽しみにしているか」不意に奥丸が訊く。

「楽しみはほんの少しで、恐《こわ》いです」正直に国人は答える。

「そうだろう」奥丸は大仰《おおぎょう》に相槌《あいづち》をうった。「俺も恐い。恐いというより、行きたくない」きっぱりとした言い方に、国人はたじろぐ。

「でも、行くようになっているのですから」

「お前の兄のほうがましだったかもしれん。榧葉山で死ねたのだからな」

都に死にに行くと確信しているような口ぶりに、国人は耳を疑い、奥丸の顔をのぞき込む。奥丸は真剣そのものの表情をしていた。

「先を考え過ぎてはいけません。せめて今日とあしたのことを思っているほうが楽です」

国人は奥丸の背を押すようにして促す。国人の言葉は耳にはいらなかったのか、奥丸は何も答えず、うつむいたまま足を動かした。

10

播磨の国の砂津という湊《みなと》でも、雨風のために舟留めを余儀なくされた。初めの三日は雨がひどく、岩壁の下にある小屋の中から一歩も出られなかった。波が岩で砕ける音と、雨が竹皮の壁を打つ音が昼も夜も続いた。幸い、岩が風を防いでくれているので、屋根を吹き飛ばされる心配はない。

「奈良登りにいた頃は、雨風など気にせずに働けたが、舟乗りは不自由なものだ」吉《よし》継《つぐ》が言ったが、応じる者は誰もいない。

「舟子たちにとっては、雨風が吹かなければ軀《からだ》がもたない。雨風は天の恵みだよ。その点、わしたちはいつもいつも課役ぜめだった。休もうと思っても休めなかった」間をおいて魚成《うおなり》が答えると、大半が同調する。

「都に着けば、また奈良登りと同じだろうな。雨が降り、風が吹いても苦役が続く」

刀良《とら》が急に心配顔になる。

「そりゃそうだろうよ。雪が降っても、日が照っても同じことさ」猪手《いて》が投げやりに言う。「そうなると、雨風での骨休めは、都に着くまでの天の恵みだ」

　またみんなが黙り込んだ。舟に乗った当初は早く都に着いて欲しいと願っていたくせに、今は都に着くことに怖気《おじけ》づいていた。

　奥丸《おくまる》の姿が見えなくなったのは四日目の昼過ぎからだ。ひどい舟酔いから回復したあとも、何か考え込み、笑顔を見せたこともなく、仲間の話の輪にも加わらずにいた。

　明け方、まだ暗いうちに湊に出て、小雨に濡《ぬ》れるにまかせていた姿を国人《くにと》は思い出す。

　二日ほど前も奥丸が傍《そば》に寝た。国人は何かのはずみで夜中に目が覚め、横を見ると、奥丸がかっと目を見開いているのに気がついた。眠れないのかと訊《き》くと、「眠れん」とそっ気ない答えが返ってきた。

「あいつ、また湊の様子でも見に行っているのだろう」誰かが言う。

「この雨の中をか」魚成が訝《いぶか》った。

「飯が来る頃には戻って来るさ」吉継が言った。「空《す》きっ腹には誰も勝てん」

「小降りになったら、わしが探しに行ってみる」道足《みちたり》がこちらを見たので、国人は自分も一緒に行くつもりで頷《うなず》いた。

雨脚は勢いを弱めず、道足と国人は蓑《みの》をつけて雨の中を飛び出した。

「一緒に行っても埒《らち》があかない。わしは湊を見るから、国人は岩場を探してくれないか」

道足に言われ、篠突《しのつ》く雨をかいくぐるようにして岩場の方に走った。湊はゆるい入江になっていたが、岬の先までは断崖《だんがい》が続き、その切れ目に崩落した岩が転がっている。

国人は声を限りに奥丸の名を呼んだ。波の砕ける音が国人の声をかき消す。雨風を避けて岩穴の中に隠れていないか、砂場の奥まで行って、穴の中ものぞいた。砂の上の足跡も探した。小半とき走り回って、湊の方に戻った。

道足は網小屋の男たちにも消息を尋ねたようだった。国人の姿を見てだめだと首を振った。

「これ以上探しても無駄だ。帰るのを待つ他ない」

二人ともずぶ濡れになって小屋に戻った。

「となれば、どこぞの女に誘われたのだろう。いらぬ穿鑿《せんさく》はしないほうがいいのかもしれぬ」吉継が他人事のように言い、「お前とは違うぞ」と魚成にたしなめられた。

夕飯が終わっても奥丸は戻らず、魚成が舟子頭に知らせに行った。

翌日は雨が止《や》み、風ばかりが強くなった。朝から舟子と人足総がかりで奥丸を探した。知らせがはいったのは夕暮れ時だった。

見つけたのは貝採りの女たちで、奥丸の死骸《しがい》は、前日に国人が立った砂場に打ち上げられていた。額と手にこすれた傷があるだけで、軀はどこもいたんでいない。

「故郷恋しと思って海を眺めていて、波にさらわれたのだろう」

舟子たちは言ったが、国人たちにはそうではないと分かっていた。まだこの先、都で何年も課役が続く将来に、嫌気がさしたのに違いない。雨の降りしきるなか、岩の上に立ち、白い牙《きば》をむく波に身を投じたのだ。

岬の高台まで遺体を運び上げ、穴を掘った。

「海が見えるところでよかったな」魚成の指図で遺体の足を低くし、西に向けた。

「これでいつも長門《ながと》周防《すおう》の方を見ていられる」

「死ぬほどのことはなかったろうに」吉継が不機嫌に呟《つぶや》いた。

国人がどことなく奥丸に親しみを感じていたのは、掘場で広国《ひろくに》の相方を務めていたからだ。奥丸のほうでも国人をあかの他人とは思わず、広国とそっくりな国人の癖を見つけては喜んでいた。国人は気がつかなかったが、話し始める前に右手を顎《あご》に当てるのは広国譲りらしかった。

しかしこのところ、奥丸と話をするよりは他の人足や広津《ひろつ》たちと口をきく機会のほうが多くなっていたのだ。

「お前たち、よく聞け」

海風を背にして舟長《ふなおさ》が立ち、舟子も人足たちも膝《ひざ》をついて頭を垂れた。

「わしの役目は、棹銅《さおどう》と一緒に、お前たち十五人を都に届けることだ。それが今はひとり欠けてしまった。このままでは、わしの面目もつぶれる。棹銅の数も舟積みしたときよりは目減りしている。しかし海賊と戦って一部を取られたのなら申し開きはたつ。奥丸というこの人足も、海賊に殺されたことにする。奥丸のためにも、わしたちのためにも、それが一番良い。分かったな」

魚成が人足たちの方を振り返り、目配せする。全員が再び頭を垂れた。

「お前たちのなかで、もうひとりたりとも、欠けるのは許さん。逃げるのは論外だが、病気になるのも許さない」舟長のあと、副舟長が声を張り上げた。「もしひとり欠けたら、それだけお前たちが都で課役をする期間が長くなる。早く課役をすませようと思えば、十四人全員が、無事に都に着くことだ」

国人は腰をかがめながら、副舟長の横柄《おうへい》なもの言いを聞いた。都の課役が長くなるとして、はたして何年なのか。いやそもそも、万事がうまく運んだとして、奈良登りに帰れるのは何年後なのか、疑念がうかんだ。上眼づかいで魚成や道足の顔を見つめる。しかし二人とも、唇を横に引いたままひとことも発しない。

湊まで戻る道すがら、国人の脇《わき》を歩いていた猪手がぽつりと言った。

「都に大変な苦労が待っているとすれば、奥丸はよくやったのかもしれん。十の苦労を、一か二で済ますことができたのだからな」

「都にはそんなに大変な苦労が待っているのですか」

「国人はまだ若いから、物事をいいほうに考える。いいか、少なくとも奈良登り以上の課役のはずだ」

「それはどのくらい続くのですか」

「大仏が出来上がるまでだろう。奈良登りで造った銅をすべてそこにつぎ込むのだ。三年かかるか、五年かかるか——」猪手が嘆息する。

「そのくらいですみますか」もっと長い年月を予想していた国人は、肩の力が抜ける。

「五年が何で短いか。俺にとっては二年でさえも長い」二人の話を聞いていた吉継が口を突き出し、国人を睨《にら》みつけた。

舟出は昼過ぎになった。舟長が郡司の館《やかた》から老僧を連れて来て、舟の前でお経を唱えさせた。途中海賊に襲われたうえに、人足のひとりが死んだので、厄《やく》払いのつもりなのだろう。人足も舟子も舟底に坐《すわ》り、舳先《へさき》に立って声を張り上げる僧侶《そうりょ》の読経《どきょう》を聞く。

声の調子が景信《けいしん》とは違っていた。歳《とし》は景信のほうがいくらか若いはずだが、老僧は黄色い袈裟《けさ》をかけて、白足袋をはいている。声色が高く歌うような節回しがあった。

国人の記憶にある景信の読経はそれとは違い、どちらかといえば人に聞かせるより、自分の心の内に語りかけるような調子だった。きらびやかな僧服に身を包んだ老僧の声が、甲高い鳥の声だとすれば、景信のそれは、風の吹き過ぎる音に似ていた。

舟が湊を発《た》ち外海《そとうみ》に出ると、舟子のひとりが腹の痛みを訴え、休んでいた国人が交代を命じられた。兄を海で失った舟子だった。腹をおさえ、国人に礼を言った。

国人は櫓《ろ》を握りながら景信を思った。断崖にぶら下がってたがねと鎚《つち》をふるう景信の姿が、自分の姿と重なる。櫓のひと漕《こ》ぎひと漕ぎが、景信の打ちおろすたがねと調子が同じになる。景信がたがねで岩を彫るのと同じように、国人は櫓で海をかき削るのだ。

そうなるともう、肩にも余分な力はいらない。余計なことも考える必要がなかった。

無心で櫓を漕ぐ。どこまでも漕ぎ続けられるような気がした。

日差しが強く、途中で舟子頭が菅笠《すげがさ》をかぶせてくれた。目の前が日陰になるだけでも楽だった。海面が銀色に光り、日差しを照り返す。まるで日が海の表面で散り砕けたように、熱気が下からも湧《わ》いてくる。櫓がかき上げた水しぶきでさえも、熱気のなかですぐにたぎってしまう。

舟長と副舟長は舟床に横になり、日をさけて深々と簾《すだれ》を下ろしている。軀を休めている舟子や人足も、舟板の上で身動きひとつしない。舵《かじ》を取る広津と、時折舟尾に立って進路を確かめる舟子頭だけが、声を張り上げて漕ぎ手を励ました。

日が傾きかけてようやく西風が吹き始め、国人は広津が帆を上げるのを手伝わされた。

「あれが平島だ。ここを過ぎればもう難波津《なにわづ》も近い。ただ、急流を越えなければならないがな」広津は、右手に長々と横たわる平べったい島を指さした。左側にも陸地がせり出していて、海路は山あいの谷のように狭くなっていた。

「舟子頭はおそらくこのまま海峡を突っ走る気だろう」

日は傾いてはいるものの、まだ暗くなるまでにはふたときくらいある。風も追い風で、にわかに風向きが変わる気配はなかった。

舳先に立って潮の流れを見ていた舟子頭が戻って来て、広津と二こと三こと言葉を交わす。耳慣れない言葉が多く、国人にはどんなやりとりなのか、さっぱり分からなかった。

「漕ぎ手は間もなく交代だ。いいか、日が暮れるまでに、渦と渦の間を乗り切る。わしが声を上げたら、死にもの狂いで漕ぐのだ。舟の速度がおちれば、渦に巻き込まれる」

「巻き込まれたらどうなるのですか」すぐ傍にいた吉継が訊いた。

「舟は逆立ちして海の底に引き込まれる」広津が重々しく答え、吉継は首をすくめた。

人足も舟子も入れ代わって櫓を持つ。国人のすぐ前が吉継、後ろは兄を亡《な》くした舟子だった。舵取りは舟子頭がして、その横で広津が潮の変化をいちいち舟子頭に告げた。

「右前のほうに渦ができている」広津が叫ぶ。

舟子頭がわずかに舵を切り、「漕げ」と声を張り上げる。

舟床からは舟長と副舟長も顔を出していた。半ば首をすくめながら、遠くの渦を眺めては叫ぶのが副舟長だ。「漕げ、力の限り漕げ」と、国人たちに上ずった声を浴びせかける。

なるほど、漕いでいると舟が奇妙な力で平島の方に引っ張られているのが分かった。

「右舷《うげん》は力いっぱい漕げ。左舷《さげん》は少し力をゆるめろ」

広津が怒鳴る。渦の力加減に、舟の左右の漕ぎ具合を合わせる必要があった。

国人は力の限り櫓を漕ぐ。櫓の音に、海鳴りのような不気味な音が重なる。渦の音だろうか。榧葉《かやば》山《やま》の洞穴に風のはいり込む音にどこか似ている。

「今度は左の方に渦だ。しばらく両側ともに漕ぎ出せ」広津が舳先から戻って来て告げる。

舟底に軀を休めていた人足たちも、首だけを伸ばして、潮の流れを見つめる。

海面までが、斜めにかしいでいた。櫓を漕ぎ入れる際、角度をつけないと櫓が上滑りになってしまう。

「左に寄っているぞ」舵を取っている舟子頭が叫んだ。

「左舷、力をこめろ。右舷はこのままだ」広津が声を嗄《か》らして怒鳴り、また舳先に立つ。「前の方に渦ができかけています」広津は突っ立ったまま振り返り、舟子頭に伝えた。

「だめだ。進路を変えると舟が渦に巻き込まれる。このまま突っ走るしかない」

舟子頭が激しく首を振った。「いいか。渦の真中を突っ切る」

「分かりました」

広津が頷き、前方にある渦を指さした。

「櫓台に全員がつけ。ありったけの力で漕ぐのだ。舟底にいる者は頭を下げておけ」

前方を見据えた舟子頭が、声を限りに叫んだ。

左右五人ずつの漕ぎ手も、声を張り上げる。

〈らっせっせ、らっせっせっ、らっせ、らっせ、らっせっせ〉

国人は足を踏ん張り、上体をかがめ、思い切り櫓を引く。

舟が渦の中心に向かっているのか、舟首が低くなる。潮の流れが、舟腹にまっすぐ突きかかって来ていた。舟子頭が太い腕で舵柄を支え持つ。渦に流されないためには、舵で舟の向きを保持するしかないのだ。

「渦の芯《しん》にはいるぞ。漕ぎ負けるな」広津が舳先で声をからしていた。

舟床にいる舟長と副舟長は簾を垂らしたままだ。副舟長はその中で震えているのに違いない。

舟が前に傾く。舟尾の後方に海がせり上がっていた。急流を駆け下るように、舟は潮の坂を真一文字に進む。広津の声は、漕ぎ手たちの掛け声に消された。舵柄を握った舟子頭が目を見開き、前方を睨みつける。

国人はあらん限りの力で漕いだ。前にいる吉継も、今は漕ぐのに真剣だ。一瞬周囲から音が消える。ちょうどすり鉢の底にいるように、まわりに海面のゆるい壁ができていた。

「漕げ、漕ぎ続けろ」舟子頭が声をからして叫ぶ。

掛け声とともに櫓を漕ぐ。両足を踏み板にかけ、軀《からだ》全体をてこにして櫓を漕ぐ。それを半ときくらい続けただろうか。海面の傾きが消えていた。

「よおし、渦は乗り切ったぞ」広津の声が聞こえた。

かけ声が間遠になり、国人はようやく息をつく。菅笠が頭からはずれ、肩に落ちていた。上衣は水しぶきで半濡れだ。

舟子頭の指示で漕ぎ手を交代する。左右三人ずつ、新たな漕ぎ手がついた。

国人は舟底に横になる。日よけの莚《むしろ》の隙間《すきま》から、光が射《さ》し込んでいた。瞼《まぶた》を閉じても眩《まぶ》しいくらいだ。

「あんたは舟子にもなれるよ」兄を亡くした舟子が言った。「俺の名は古縄《ふるなわ》だ。あんたは」

「国人」

「舟子は嫌か」

「舟子になっては、他の人足に迷惑がかかる。舟長から達しがあったばかりだ。ひとり死んでしまった。あとひとりでも欠けると、残りの人足の都での課役《かえき》が長くなる」

国人が答えると、古縄はふんと言ったまま黙り込んだ。

舟は潮の流れに乗り、追い風も加わって難なく進んだ。暗くなっても湊《みなと》にははいらず、島陰沿いに櫓を漕ぐ。副舟長が、どこまで突き進むのか舟子頭に何度も話しかける。腹も減り、陸が恋しくなったのだろう。それは国人たちも同じだった。

「あしたあたり、また雨風になるはずだ。それを見込んで、舟子頭は漕がせている」

古縄が国人に言う。「湊に着いたら、俺たちのところに顔を出せ。俺はたいてい舟に残っている」

湊にはいったのは戌《いぬ》の刻になってからだ。島で一番大きな湊らしく、入江の奥と左右の三か所にかがり火がたかれていた。舟長がかかげた四角い旗を見張りの者が認めたのだろう。入江の脇から小舟が近づき、奥へ先導してくれた。つながれている舟のなかでも、国人たちの乗っている舟がひときわ大きい。

夕餉《ゆうげ》はこれまでと同様、人足と舟子たちとは別々の小屋でとらされた。赤い身の貝を混ぜて酢を加えた鮨《すし》だったが、腹の皮が背につきそうなくらいの空腹には、この上なく美味に感じられた。

空腹がおさまると、人足たちは藁敷《わらじき》の上に身を投げ出し横になる。そのまま眠りにつく者もいた。

ひとり国人は星明かりのなかを外に出た。入江の三か所にあったかがり火はもう消えている。星の光を照り返す海が、細長く目の前に広がっていた。大小の舟が波に揺れ、のどかな音をたてる。

舟の上には古縄ともうひとり年配の舟子がいた。国人の姿に気がつくと、古縄は手招きした。

「飯はもう終わったか」古縄が国人を舟板に坐らせる。

「鮨が出て、うまかった」

「食い足りないなら、ここにも鮨がある」古縄は浅い木皿に入れたものをさし出した。

「これはさっき食ったのとは違う」

「そうか。やはりな」古縄は笑った。どういうものが出されたのか訊《き》かれ、国人は古縄に話してきかせる。

「それは胎鮨《いずし》だろう。胎貝《いがい》の酢漬けだ。これは鮨鮑《すしあわび》で、物が違う」

満腹になったつもりだったが、この味なら、また同じくらいの量を腹の中におさめられそうだった。

「舟子たちは魚や貝にはうるさいから、まずいものは出さない。あんたたちは何を出されても文句を言わない。賄方《まかないかた》にとってはありがたいことこの上なしだ」年配の舟子が国人の前に瓢簞《ひょうたん》を置き、自分はまた舟首の方で寝そべった。

「濁り酒だ。この鮨鮑とよく合う。寝ずの番をする舟子は、二人でこうやって飲みながら夜を過ごす。あの爺《じい》さんは酒が飲めないので、代わりに飲んでくれ」

古縄はかわらけに酒をついだ。糟湯酒《かすずけ》と違って腹に沁《し》みる味だ。国人は吹屋頭の家で飲んだ酒を思い起こした。きのうのことのように、そのときの有様がよみがえる。

「都へは大仏を造るために行くと言ったな」

「ああ、そう聞かされている」

「何のための大仏だ」

「それは知らない。――考えてもみなかった」

改めて思い当たる。景信が断崖《だんがい》に大仏の姿を刻んでいるのも、理由があってのことだろうが、その理由は問いたださなかった。

「俺たち舟子が棹銅を運ぶのは、これが仕事だからだ。棹銅を運んで、帰りには難波の珍しい品物を積んで周防に戻る。あんたたちは、都に行ってしまえば、何年も戻れないのだろう」

「少なくとも三年はかかるらしい」

「三年は長い」しばらく間をおいて古縄が言い足す。「これまではずっと棹銅を作っていたのだな」

古縄は国人に酒をついでやり、積荷の方を顎《あご》でしゃくった。「あれを作るのは好きだったのか」

棹銅作りが好きかどうかを訊かれたのは、国人も初めてだった。

「大変だった。山に横穴を掘り、璞《はく》石を削り、釜《かま》で炊《た》き、吹屋《ふきや》で二度三度と溶かしては固めた。それが課役だった。掘場で兄が死んだ。吹屋では相方が亡くなった」答えているうちに胸が詰まり、国人は溜息《ためいき》をつく。

「兄さんが死んだのか」古縄の顔色が変わる。「悪いことを訊いたな」

「あんたの兄さんも海で亡くなったのだろう。弔《とむら》いの儀式で知っている」

「兄さんは海が好きだった。だから海で死んでも、後悔はしていないはずだ。もっと生きていたかっただろうが」古縄は暗い海をしばらく見つめてからつけ加えた。「あんたの兄さんもそうだったのか」

「いや、璞石掘りが好きだったとは思えない。暗くて、頭の上からも水が落ち、足元も水びたしになる穴ぐらの中での仕事は楽でない。誰も好きな者はいない。その証《あかし》に、兄はここから出ろと言い残した」

「あの棹銅《さおどう》には惚《ほ》れ惚《ぼ》れする。もとはと言えば、石だろう。それがあんなあかがねになる。外側は黒ずんで薄汚いが、石の先で削れば、きれいなあかがね色だ」

「あれには人足たちの汗と涙がこめられている。人足の中には一生、璞石掘りだけで終わる者もいる」

「穴ぐらの中でか」

「そう」国人が答えると、古縄は濁り酒をまた勧めた。「穴の中で死んだ人足たちの墓が、山の麓《ふもと》にずらりと並んでいる。もちろん、穴の外でも死人は出る」

「それは舟子も同じだ。しかし舟子は初めから、海で死ぬ覚悟ができている」

「璞石掘りや棹銅作りの人足には、そんな覚悟なんかない。しかし逃げようにも逃げられない。もちろん逃げて捕まった者もいたが」

「俺たちとはどこか違うな。どこが違うか、もうひと月も舟子の仕事についているから、あんたなら比べられるはずだ」

「初めの頃は死ぬ思いがして、これなら山のほうがましだと思った。しかし馴《な》れてくると、櫓《ろ》漕《こ》ぎもさして苦にならなくなった。なぜかは分からんが、毎日が違うからかもしれん。一日として同じ日はなかった。雨風で湊に舟泊りしているときでも、空模様と海の様子は変わった。璞石掘りも棹銅作りもそこが違う。来る日も来る日も同じなのだ」

「少しは違うだろうに」

「いや海の上ほどには違わない」

「なるほど。それなら、都では山の中の課役よりはましになるかもしれんな」

「死んだ人足、それから今もあの奈良登りにいる人足も、自分たちが汗水たらして作り出した棹銅が、最後にはどうなるのか、誰も知らない。それを都で見届けてみたい」

「あの棹銅の一束一束が、死んだ人足、今も課役についている人足の生まれ代わりのようなものだな」古縄の顔が星の光に照らされ、赤く輝く。「あんたの話で納得した。俺たちはこれからも何度も棹銅を運ばなければならない。あんたらの汗のかたまりだと思えば、櫓を漕ぐ腕にも力がはいる」

国人がかわらけを返すと、古縄はもう一杯だけならという仕草で受け取った。ついでやった酒を古縄は一気に飲み干した。

舳先《へさき》で寝そべっていた年配の舟子が古縄を呼んだ。指さす方向に無数の星が光っている。

「星がひとつ流れたそうだ」古縄が国人に言う。「この阿多《あた》爺さんは、流れ星を見つけるのが仕事なのだ」

国人はどうしてそれが仕事になるかと、阿多という名の舟子に訊いたが返事はなかった。

「阿多爺さんは耳が遠い」古縄が言う。「何でも、星が流れるたびにひとがひとり死んでいるそうだ。それも、誰にも見とられずに死んでいくとき、流れ星になるらしい」

「本当か」

国人も、広国が本切りで大怪我《けが》をして寝ついていたとき、夜空を流れる星を見て不吉な予感がし軀がすくんだ。慌《あわ》てて兄の寝床に戻った自分の姿がよみがえる。人が死ぬとき、それも立派な人物が死ぬとき、流れ星が出ると教えたのは広国だった。

「阿多爺さんはそう信じている。だから誰かに死んでいくところを見てもらうために、星が流れる。阿多爺さんが、夜になるとじっと空を眺めているのもそのためなんだ」

分かったという顔で国人は阿多の顔を見やる。阿多は白い髭《ひげ》を撫《な》でて頷《うなず》いた。

国人は黒虫《くろむし》を思い出す。黒虫も耳が聞こえない分、国人たちには思いつかないような考えをもっていた。考えに羽根が生えたようなもので、鳥のように思うままに山を越え、高い所にも遠い所にも行き着くことができた。

三人で舟板の上に寝そべり、星空を眺める。

「あんたは、出て来た村に好きな女はいなかったのか」静かな声で古縄が訊いた。

「爺さんには聞こえないから、遠慮しないでいい」

「そんなものはいない」頭のなかで絹女《きぬめ》の姿が浮かんだが、国人はそう答えた。

「俺はいる」まるでそれを誇りたかったかのように古縄が言う。「夜も昼も思い出す。光る波や流れる雲を見ていても、潮風が首筋を撫でても思い出す。月を眺めていると、あいつも同じ月を眺めているのだと思う。月がないときは、あの妙見《みょうけん》を眺める」

古縄は上体をもたげて北の空に顔を向けた。

「北辰《ほくしん》だな。動かない星」

「あんたの所ではそう言うのか。ともかく、月と妙見が出ていると、俺は安心する」

古縄は夜気を胸いっぱいに吸い、また仰向けになる。

古縄ほどには、国人は絹女のことを終日考えてはいなかった。女を本当に好きになるとはそんなものかと、国人は目を見開いたまま黙った。

「湊にはいると、舟子たちは、その筋の女の所に行くのを楽しみにしている。俺は行かない。行く必要もないので、こうやって舟に残ることが多い。阿多爺さんは、もともと女嫌いなので、たいていは舟の番だ」

「この前、雨で湊泊まりが続いたとき、あんたも飲み屋にいたような気がする」

「いたさ。しかし、小屋に戻ったよ。あんたはどうだった。傍にいたのは、小ぎれいな女だったじゃないか」古縄は冷やかす口調ではなかった。

「ああ、まああの女だった」まさかあとで雨の中を逃げ出したとも言えずに、国人は心ならずもそう答えた。

「都に行けば、もっといい女に会えるさ」

「いい女ね」国人は気のないふうを装《よそお》う。

「いい女は、心の熾《おき》のようなものだ」

「心のおき」

「そう。赤くなった炭火」

古縄の答えた声が少し震えていた。国人は古縄の大きく上下する胸までも見える気がした。

羨《うらや》ましかった。絹女を思う気持は、まだ赤く熱を発する炭火のようなものではない。清らかな水辺に咲く黄色い花だ。それを思うと、苦しみが遠のき、固くなった気持が緩んだ。

「お世話になった。もう戻らないと、またみんなが心配する」国人は立ち上がる。少し足がよろけたが、火照《ほて》った顔が潮風にさらされて気持がよかった。

「あしたはまだ舟は出ない。いつでも来い。酒はもうないかもしれんが、食い物はある」

古縄と阿多が手を振って見送った。

その湊には結局四日とどまった。雨がようやく止《や》んだかと思うと、風が強くて波が高く、舟出の声はかからなかった。

三日目の夜、人足たちのなかには猪手や吉継の先導で、夜中に出て行く者もあった。

国人は雨が止んだのを見はからって舟泊まりまで降りて行った。

舟に貯《た》まった雨水をかき出していたのは、古縄と阿多の二人だった。国人も加わって三人ですっかり水を汲《く》み出し終えたとき、中天に半月に近い月が姿を見せた。

「盃《さかずき》に似ている」

阿多が暗い空を見上げ、手で酒をぐいと呑《の》み干す仕草をした。

国人は笑いながら、月の器で酒を呑む真似《まね》をした。阿多が口を開けて笑った。

「今日は惜しいことに、酒が来なかった」古縄が詫《わ》び、代わりに出してくれたのが醤《ひしお》で煮た蟹《かに》だった。川蟹よりはひとまわり大きく、黒みがかった赤色の甲羅《こうら》が丸くふくらんでいる。

阿多が食べ方を教えてくれた。器用に甲羅をはがして、国人に手渡す。中の汁をすすり、指で肉をかき出し、全部食べ尽くすように勧める。なるほどいい味だ。醬は薄味に抑えてあり、蟹の香ばしい旨味《うまみ》が口の中に広がる。

足はそのままかじるのだという。思ったよりは柔らかく、海の潮の味も加わっていた。

「わしは昔これを一度に十匹たいらげた」阿多が胸をそらす。

「こういうものを食べられるのも、今のうちだけかもしれん」そんな弱気が国人の口をついて出る。

「海で暮らしている間は、ひもじい思いはせん。嵐が十日続いても、そのあとには海草が山ほど打ち上げられるからな。海に出られない間は、醬漬けか酢漬けか、干し貝、干し魚で食いつなぐ。しかし都では、そうはいかんだろう。自分で食い物をとりに行くことはできん」古縄は気の毒そうな眼を国人に向けた。

「奈良登りでは、いつも腹を空《す》かせていた。賄所《まかないどころ》で出されるものだけでは満たされない。木いちごや山もも、山芋、栗《くり》や椎《しい》、あけびやゆり根など、食べられるものは口に入れた。冬は冬で、罠《わな》に兎《うさぎ》や鳥がかかった。しかし、季節を問わず腹の足しになったのは谷川の水だ」

「ま、海と似たようなものだな」古縄が納得する。「そこへいくと都は違う。木いちごもなければ兎もいない」

　そのとおりに違いなかった。仮に食い扶持《ぶち》が少なければ、飢えを補うすべがないのだ。

「国人、都で食えなくなったら、逃げ出せ。俺は都に行ったことはないが、難波津ならこれから何度も立ち寄る。俺たちがいなくても、周防からの舟が着くのを待って、俺たちの名を口にするといい。広津でもそこにいる阿多でもいい。あんたの腕なら、舟子として、帰りの舟に乗せてくれる」

「そのときは世話になるかもしれない」国人は自分が逃げ出すことなどないと言おうとしたが、思いとどまる。

「しかし、俺も一度は都を見てみたいものだ」一瞬古縄が羨ましげな顔をする。

「行ってみればいい」

「それはできん。俺たちの課役は難波津までで、それから先都まで行こうとすれば、それこそ逃亡民になるしかない」

「舟子頭は行ったことがあるだろう」

「頭もない。舟子は誰も都は知らない。舟長《ふなおさ》が話していたが、それはもう口では言えないくらいの所らしい。道がまっすぐで広い。高い塔をもつ寺があり、瓦《かわら》の家が立ち並んでいる。人が集まる市も毎日開かれるらしい。そんな所に行けるのだから、あんたも考えようによっては運がいい」

「さあどうだか」国人は首をかしげる。景信も国人が都に上ると知って、古縄と同じようなことを言っていた気がした。

確かに都では、血を吐くような課役と、絶え間ない飢えが待っているのかもしれない。しかし反面、他の多くの連中が見ずに死んでいく都を、この眼で眺め味わえる楽しみはある。

それ以後、櫓漕ぎをしながら、国人は都で味わうかもしれない苦しみと楽しみを交互に考え続けた。

六日後に着いた難波津は、これまでに立ち寄ったどの湊《みなと》よりも大きく、停泊する舟の数も多かった。国人たちの乗って来た舟の二、三倍はある舟も五、六艘《そう》浮かんでいる。帆柱を二本立てている大舟も遠くに見えていた。

湊で夜を明かし、翌日は人足総がかりで、積荷の棹銅を五艘の小舟に移し替えた。舟子たちと別れたのは昼過ぎだ。棹銅をおろした舟には新たな荷物が積み込まれるらしい。舟子たちはその準備のために、舟底を洗い清め、帆の修理をしていた。

国人は舟子頭、広津や古縄、阿多に礼を言った。

「また帰りには会うさ」広津が国人の腕を叩《たた》く。

「この前言ったことを忘れるな。都をしっかり見届けたら、戻って来い」古縄も笑う。

その脇《わき》にいた阿多が手をさし出す。手のひらに濃い桜色の貝殻がはいっていた。

「これはお守り。蘇芳《すおう》色の貝を持っていると、災難がよけて通る」しゃがれ声で阿多が言う。

「しかし貰《もら》ってしまっては、阿多爺《じい》さんのほうが心配だ」

「わしはまだ四つか五つ持っている」阿多は笑った。

国人は角ばった貝に見入る。真中が少し盛り上がり、中央に穴があけられていた。紐《ひも》を通せば、首にもかけられそうだ。

「都で女でもできたらやるといいさ。喜ぶぞ」古縄が冷やかした。

人足と舟子たちの間には、ひと月あまり辛苦を共にした親しみが生まれていた。魚成と舟子頭も、互いに旅の無事を祈り合い、広津と猪手も髭面《ひげづら》をくっつけんばかりにして別れを惜しんでいる。舟長と副舟長だけが離れた場所で、迎えの役人二人と話をしていた。

舟子たちと別れたあと、湊を離れ、川に沿って、いっときばかり歩かされた。途中で休んだのは、副舟長が足が痛いと言ってしゃがみ込んだためだ。ひと月間、舟の上ばかりで過ごした国人たちにとっても、歩き続けるのは難渋《なんじゅう》した。

副舟長は迎えの役人に連れられて、道の脇にある小屋にはいった。国人たちは道端にしゃがんで、軀《からだ》を休めた。

もう潮の香はしなかった。周囲は沼地が多く、わずかに東の方に山なみが見えるだけだ。

道は湖沼の間を縫いながら、川を遡《さかのぼ》っている。川と沼の境目の区別はつかず、どのくらいの川幅かは見分けにくい。

「馬がいる」人足のひとりが沼地の先を指さす。二十頭近くが群をなし、仔馬《こうま》もその中にいた。

国人も牛は見馴れていたが、馬の群を眺めるのは初めてだった。馬は時折、郡司の使いが奈良登りに来る際に眼にするくらいで、それもたいてい一頭だ。

道端に所々軒を並べる小屋は、風を避けるように屋根が低く作られている。板壁や竹壁は少なく、たいていは葦《あし》壁で、稀に土壁が混じっていた。葦の束で葺かれた屋根は、太い縄が縦横に走って、風で飛ばされるのを防いでいる。

「しかしこんな所に住んで、大水のときはどうするのか」

道沿いの小屋を眺め渡して、道足がわがことのように心配する。

「いつでも逃げ出せるように、小屋は手軽に作ってある。葦ならあたりに毎年腐るほど繁《しげ》るし、沼の底をさらえば土が余る。それを使って床の地固めもできる」物知りの魚成が言った。「しかし、これだけ沼が多ければ、水が溢《あふ》れることもないかもしれん。水かさが三尺ばかり上がるだけだ。小屋も道も水の中にちゃんと残る」

そういう眼で眺めれば、危ないように見えて、案外頑丈にできている家並なのだ。あたり一面が水びたしになったとしても、高めに作られた道はちゃんと村落の間を結ぶことができそうだった。

小屋から出て来た役人と舟長が、魚成を呼んだ。副舟長が歩けないので、輿《こし》を調達したという。担《かつ》ぐ人足が四人欲しいのだ。魚成が吉継と国人とそのほか二名にその役を命じた。

輿は粗末な作りで、輿とも呼べないようなものだった。それでも副舟長は、ほっとした顔で乗り込んだ。

国人よりは背が低い吉継ともうひとりが前を担いだ。みな馴《な》れていないので、歩調を合わせるのが難しく、副舟長は揺れがひどいと文句を言う。不満なら歩いてもいいぞと、それとなく言ってくれたのが舟長で、副舟長は黙った。実際、髪の白い舟長が歩き、若い副舟長が乗り物を使うなど、迎えの役人も苦々しく思っているようだった。

担ぎ手は三回ほど交代し、ようやく半ときばかりして川べりの館《やかた》に着いた。湖沼の向こうに、赤く大きな夕日が沈みかけ、生温《なまぬる》い風に葦が乾いた音をたてていた。

11

川べりの館は、これまで泊まった湊《みなと》のどの宿よりも立派だった。母屋《おもや》は瓦《かわら》屋根で、国人《くにと》たちが入れられた家は板葺《ぶ》きだ。中は広く板敷きになっている。奴《ぬ》たちが運び込んだ夕餉《ゆうげ》も、粗末なものではなかった。

「都が近くなると、さすがに食い物も上等になる」人足たちが川魚の塩焼を頬ばりながら口々に言う。「この分でいくと、都での食い物が楽しみだ」

「馬鹿《ばか》だな、考えてもみな。都にはどのくらい住人がいるかしらんが、人が多ければ多いほど食い物がいる。食い物が都の中で育つはずがない。どこからか運んで来なくてはならぬ。いい食い物はみんな貴人のところに集まるのが、道理だ」

魚成《うおなり》が釘《くぎ》をさした。人足たちはしゅんとなり、最後の食い物を味わう気持で、川魚を口に入れた。

日がすっかり暮れても、日中の暑気はなかなか去らなかった。ひと眠りしたあとの夜半過ぎになって、窓から涼しい風がはいり込んだ。ぐっすり寝入り、明け方、傍に寝ていた吉継《よしつぐ》に起こされた。

煮つけた貝の混じる粥《かゆ》を食べたあと、館を出て、舟着場まで二里ほど歩いた。岸には川舟がつながれている。難波津《なにわづ》で棹銅《さおどう》を積み込んだ舟が、そこまで遡行《そこう》しており、舟頭が互いの舟を結わえつけていた。

国人たちは二艘《そう》の小舟に分乗した。前の舟に舟長《ふなおさ》と魚成たち、後ろの舟は副舟長と国人や猪手《いて》たちが乗り込み、それぞれにひとりの舟頭がついた。

国人たちが驚いたのは、川を櫓《ろこ》で漕ぎ上がるのではなく、馬が岸から舟を引っ張って進むやり方だった。棹銅を積んだ五艘は、二頭の馬が引き、人足を乗せた二艘は、一頭の馬が引いた。馬子が岸で馬に鞭《むち》を入れ、舟頭は巧みに竹竿《たけざお》を動かして進路を変える。

下りの舟は竹竿一本で操られていた。舟頭同士顔見知りなのか、時々互いに声をかけ合う。

「海と比べれば楽なものだ。櫓漕ぎをする必要もないし、客同然だ」周囲の景色を眺めるのにも倦《あ》きたらしく、吉継が大きな欠伸《あくび》をする。「これで寝ころべれば、もう言うことはない」

「そううまくはいかぬ。海に海賊がいたように、川にも賊がいる。川だともう逃げようがない」

「本当か」吉継が驚いて道足《みちたり》を振り返る。

心配になった吉継は舟頭に確かめている。海の賊はどんな恰好《かっこう》をしていたのか、舟頭から逆に訊《き》かれて、吉継は律儀《りちぎ》に説明した。

「川に出る賊は、そんな恰好はしていない」舟頭は首を振った。

「じゃ、どんな恰好なのだ」

「身の丈、七尺か八尺。川の中から浮き上がって来る。そのまま舟を持ち上げて投げやることもあれば、舟べりに手をかけて、くるりとひっくり返す」舟頭の大真面目《まじめ》な話しぶりに、国人もつい耳を傾ける。

「その水男《みずおとこ》の軀《からだ》は緑色で、髪の毛だけはまっ黒だ。指の間には水かきがついている」

「確かに海賊よりは恐ろしい」したり顔で魚成が吉継を見た。

「そいつが出たら、もう逃げようがないな」吉継が溜息をつく。

「しかし水男は、別段、人を食うわけではない。川をわが者顔で行き来する舟をひっくり返すだけだ」

「だからひっくり返されたら、岸まで泳ぎつけば、命は助かる」魚成が吉継を慰める。

「俺は泳げない」吉継が目を白黒させた。

「お前、泳げないなんて、ひとことも言わなかったぞ」人足仲間のひとりが言った。

「海の上にいる間、初め俺は心配だった。しかしいつの間にか、泳げないのを忘れていた。国人、お前は泳げるのか」吉継がすがるような眼を向ける。

「岸までくらいなら何とか」国人が答える。

「それならいいな」

「吉継、ひっくり返っても舟は沈まない。しっかりつかまえておれば、いずれ助けが来る」魚成に言われて、吉継は舟の縁に手をやる。

「あるいは、馬が引く綱にしがみつくのもひとつの方法だ」別の人足が冷やかした。

「大人しくしていれば、水男も邪魔はしない」舟頭が締めくくるように言い、竿を川底に突き刺して、舟の方向を変えた。

川岸が高くなり、両側の視界が遮られた。馬は土手の根に作られた道をゆっくり歩く。舟頭が竿で押し上げているのも手伝い、さして舟引きの重荷になっている様子はない。それでも時折、馬子《まご》が鞭を当てた。

左側に砂洲《さす》ができていた。貝を採る女たちの姿が見える。前の舟に乗った猪手が大声を出し、どんな貝があるのか訊いた。五、六人いる女のうちのひとりが、竹籠《たけかご》の中から貝を取り出した。黒い貝だが、手のひらにすっぽりおさまるくらいの大きさだった。

こちら側の岸には釣人もいた。しかし馬が近づくと竿を引き上げ、舟をやり過ごす。国人には、舟のすぐ脇《わき》をすり抜けて飛ぶ鳥や川岸の草、水底に生えている藻など、すべてが長門《ながと》のそれとは違うように見えた。

馬子が唄《うた》を歌い出す。その声は舟まで届くが、意味が分からない。どこかのどかな感じのする唄だ。

「狭い舟の中でじっとしているのも、楽なようで、窮屈なものだ」人足のひとりが言う。「これなら、いっそのこと、岸を歩くか、櫓でも漕いでいたほうが退屈しない」

「櫓も漕げず、歩きもままならぬ御仁がおられるから、俺たちも舟荷と同じになってしまった」声を低めて吉継が応じ、周囲の連中が笑う。

舟頭の横に坐《すわ》っている副舟長は、ひとり仏頂面《ぶっちょうづら》をしていた。舟頭も話しかけず、まして人足たちも知らぬふりを決めこんでいる。副舟長は人足たちの笑いがしゃくに障《さわ》ったようで、腕組みをし直し、前方を睨《にら》みつけた。

日が頭の上に来て、国人たちは菅笠《すげがさ》をかぶった。川幅が広くなり、砂洲が増える。水路は岸寄りに作ってあるが、水深は三、四尺で川底の石が見えた。喉《のど》に渇きを覚えて、川の水を手で掬《すく》って飲む。海路と異なり、水がふんだんに飲めるのは心強かった。海の上ではひとりひとり竹筒か瓢簞《ひょうたん》を腰にぶら下げていたが、朝から晩までの櫓漕ぎになるとすぐになくなり、舟子頭に断って樽《たる》の真水を分けて貰《もら》わねばならなかったのだ。

日が西の方に傾く頃になって、舟の速度が鈍った。水深が浅くなり、思うように舟が進まない。棹銅の舟頭たちは舟を降りて川に浸り、舟を押し始めた。

「わしたちも降りよう」前の舟から魚成が大声で呼びかけた。

水の深さは腰下までしかなかった。全員がそれぞれの舟につき、前と後ろで舟を引き上げる。馬はその間、岸辺で休み、草をはんでいた。

炎天下で、水の中は却《かえ》って心地良かった。わざと肩まで軀を沈めて、涼《りょう》を取る。葦《あし》の生える岸辺に舟を寄せると、どうにか舟底が水の中に浮く。どうしても進めない箇所は、用意した鍬《くわ》で舟頭たちが川底をさらった。

「このところ雨が少なかったのが災いした」国人と一緒に舟を引く舟頭が言った。

「あまり降り過ぎても心配だが、日照り続きよりはましだ」

それも海路とは反対だった。海で日照りが続いたところで難儀はしない。

「あんたたちがいなかったら、川泊まりするよりなかった」舟頭がどこか間のびした口調で言った。

「川泊まりというのは、川に泊まるのか」誰かが訊く。

「ああ水かさが増えるまで、川岸や砂の上で夜を過ごす。まさか舟を置いて宿屋のある所までは行けない」

「食い物はどうする」

「馬子が馬を走らせて取りに行く。その点、馬は便利だ」

「冬の川泊まりは辛《つら》かろう」

「冬は、水かさが少ないことが多いので、前もって先を見届けてから、遡《さかのぼ》る。それでも時々は、砂洲の上で夜を明かす。火を焚《た》いて暖《だん》を取り、莚《むしろ》と菰《こも》にくるまって寝る」

一艘が通る水路ができると、次の舟も次々に浅瀬を越える。舟から下りなかったのは舟長と副舟長だけだ。

「やっぱりあの二人は、棹銅と同じ積荷だ」川の中から眺めやって吉継が言い、人足たちはまた笑った。

川幅が狭くなってようやく水深が充分になり、国人たちはずぶ濡《ぬ》れのまま舟に乗り込む。照りつける日差しで、上衣も下帯もみるみる乾いた。

最初の川宿に着いたのは、まだ日の暮れる前だったが、もうひとつ川上の宿までは遠いらしく、そこで下船した。

海辺の湊と違って、川辺の宿は粗末だった。岸辺に葦葺き小屋が十軒ばかり立ち並ぶだけで、大きな家はない。しかし、出された夕餉《ゆうげ》は空腹に充分見合うものだった。小さな川えびを粟《あわ》の中に炊《た》き込み、未醤《みそ》をかけて食べるようになっていた。空腹がおさまって莚の上に軀を横たえる。しかし莚が湿気を含み、軀のそこここを蚤《のみ》に刺されたが、あちこち掻《か》きむしっているうちに眠りに落ちた。

朝起きてみると一面の霧だった。厠《かわや》まで行くのにも方向が分からず、霧の中から立ち現れた人足に行き方を訊いた。どうにか川岸まで下りて顔を洗う。霧はいくらか薄くなっていたが、向こう岸までは見えない。舟荷を見張って、舟の中で夜を過ごした舟頭も起き出していた。

「同じ川でも、どこか長門とは違うな」

いつの間にか刀良《とら》が横に来て、顔を洗い始める。黒々とした髭《ひげ》に水をつけ、丁寧にしごく。

「都がもう近いのですね」

「舟頭によると長くてもあと五日らしい。上流で雨が降ったのだろう。水かさもいくらか増えている。この水が都から流れて来ていると思うと、胸が躍る。よくもはるばる来たものだ」

もともと都行きには乗り気だった刀良だが、長い旅のうちにその気持がいっそう強まったのだろう。

「ここまで来れば、もう大丈夫ですね」

「ああ。あとはちゃんとお勤めを果たすまでだ。毎日毎日、切口《きりくち》にはいって璞石《はく》を掘っていたのに比べれば、長旅も退屈はしなかった」刀良は歩き出す。国人もあとに続いて土手を登る。

「都では俺たちみんな一緒に働くのだろうな」

「知りません」

「人足は国中から集まっていると、舟長は言っていた」

「奈良登りの人足は、多少とも棹銅作りに慣れているので、重宝がられるはずです」

「しかし俺はお前と違って掘場《ほりば》にしかいなかった。釜屋《かまや》や吹屋《ふきや》のことは知らん」

「たぶん、十四人が三、四人ずつに分けられて、他国から来た人足とひとつの組になるのだと思います」

「それは大変だ。しゃべり口が違うので、話が通じない。これまで泊まった湊でもそうだったろう。舟頭の話だって半分くらいしか分からない」

「都の言葉があるのだと景信《けいしん》さんが言っていました」

「景信。そういえばあの坊主《ぼうず》のしゃべり口は少し違っていた。あれが都の言葉か」

「そう思います」

「何から何まで一から出直しだな。気を張って行こう」

小屋にはいる前に刀良は腕をぐるぐる回し、指の骨を鳴らした。

稗《ひえ》の混じった朝粥を食べ、再び川舟に乗った。川下の方に多かった雲が次第に広がり、昼少し前には小雨が降り出した。

浅瀬の心配はなくなり、舟頭は満足気だった。ひとり不機嫌なのは副舟長で、菅笠だけでは雨が防げず、衣が濡れるのを気にしている。

誰もが口をつぐみ、肩を寄せ合う。岸辺から舟を引く馬も、首を垂れてゆっくりと脚を運ぶ。小雨のなかでは馬子も鞭をふるわず、馬の歩くがままに任せているようだ。

いっときばかりして雨は本降りになった。舟底にたまる水を時折かき出す。海とは違い、ほんの近くに岸があるので、どんな土砂降りでも恐ろしくはなかった。他の人足たちも悠然と構え、少しずつ濁ってくる流れに眼をやる。

副舟長はもう諦《あきら》めた様子で、濡れるにまかせていた。その代わり、瓢箪の栓を開けて、時々口にもっていく。中は濁り酒らしく、じきに顔が赤くなった。

上流の方から筏《いかだ》が下って来ていた。竹筏で、十数台をつなぎ合わせ、前と後ろに舟頭が立っている。十間くらいの長さは、まるで平べったい大蛇が川面を流れ下っているようなものだ。

「難波津《なにわづ》に上流から竹を運んでいる」舟頭が大声で説明する。

「あれなら浅い所でも楽に下れる」吉継が言った。「この舟も筏にしておけば、少々干上《ひあ》がっても川を上れる」

「筏では荷が積めん」舟頭が首を振った。

「それに、筏となると川を下るだけだろう」人足のひとりが訊く。

「この大和川では竹筏が下るが、都に木を運ぶときは、淀川《よどがわ》を上る。大和川よりはずっと大きな川だ」

「どのくらいの木だ」また人足のひとりが訊く。

「径が四、五尺、長さはおよそ十間」舟頭の返事に人足たちは仰天する。

「そんなものを川上に運び上げるのか」刀良が心底驚いたというように髭を撫《な》でた。

「紀州で伐り出した大木を海まで運び出すのも大仕事だ」

「それはそうだ。木の生えている所に、道があろうはずがない」

国人にも覚えがある。木一本伐るのも大変だが、それを運び出すには、大の男が五、六人がかりだった。急斜面なら、木に綱をつけて引きずりおろすか、ころを下に敷いて突き落とす。いずれにしても最後は人の力で担《かつ》ぐしかない。しかしそうやって運んだ木は、せいぜい径が二尺、長さが二、三間だった。径がその倍、長さに至っては四、五倍の大木を伐り出すのが、いかに酷《こく》な労役《ろうえき》かは身にしみて分かる。

人足たちが耳を傾けるので、舟頭はまた声を張り上げた。

「谷川まで木を落としたところで、水を堰《せ》き止める。貯《た》まった水に木を何十本も浮かし、一気に堰《せき》を壊して、木を流す」

「わざと起こす大水だ」吉継も感心する。

「そうやって何度か堰を作っては崩し作っては崩しして、大きな川まで流したところで筏を組み、湊《みなと》まで下る」

「その先は海だろう。海も筏か」また人足のひとりが訊いた。「海で筏など見なかった」

「海の上は、舟に材木を結わえつけて運ぶ。小さい木なら左右二本ずつ。大きな木材なら左右一本ずつ、舟が引っ張る」

「漕《こ》ぐのがひと苦労だな」吉継が思わず顔をしかめる。

「海が荒れると、その大木が揺れて舟がひっくり返るでしょう」国人も訊いていた。

「高波のときはまず舟を出さない。途中で波が高くなってどうにもならないときは、結わえつけていた綱を切って、舟だけ逃れる」

「そうだろうな」刀良と一緒に人足たちが頷く。海の上の恐《こわ》さと辛さを身をもって知っているだけに、木材運びの舟子たちの苦労はよく分かる。

「川は馬を使っての引っ張り上げだろう」吉継が訊いた。

「馬がつくのは十艘《そう》のうち一艘くらいだ。あとは人の力で引いたり、舟頭が竿《さお》一本で舟を遡らせる。まず難波津から淀川を上り、そのあと泉川を上り、木津という所で木材を陸揚げする」

「その先は」陸揚げと知って、人足の何人かが口を揃《そろ》えて訊いた。

「牛と人力で奈良坂を越える」

「山越えか。十間も二十間もある丸太をどうやって引っ張るのだ」

「木津で見たのは、十頭の牛と百人の人足で一本の木を引く。木の下にころを入れて、二十人くらいの人足が次々にころを前に持って行って、敷く。木津から都まで、二十日あまりかかる」

「なるほど、大変なものだ」吉継が感心する。

国人は、うじ虫の死骸《しがい》に寄りついて運ぶ蟻《あり》を思い起こす。棹銅《さおどう》一本を作り、運ぶにしても気の遠くなるような労力がこめられているが、都で使う大木もそれに劣らず、何百人もの人足の手間がかけられるのだ。

そうした手間暇のつぎ込まれた物品をひき寄せるのが、都なのだ。物だけでなく、人足もこうやって都へ上って行く。

雨がまた小降りに変わる。すぐ近くを二つ目の竹筏が静かに行き過ぎる。水かさが増しているので、筏を操る舟頭も悠然と竿をさしていた。

昼過ぎになって小雨は霧雨に変わった。岸辺を行く馬がいななく。舟頭の脇にいる副舟長は、瓢箪の酒を飲み干したあと居眠りばかりしていた。

雨は暮れ方にようやく止《や》んだ。川の両側に山が迫っていた。

二泊目の舟宿は人で溢《あふ》れ、国人たちが床についてからも、四方から客のざわめきが聞こえてきた。

「着たきり雀《すずめ》でやって来た俺たちは、このあたりの住人と比べるとまるで乞食《こじき》だ」

翌朝、舟に乗るとき人足のひとりがぼやいた。全くそのとおりで、国人の上衣も袖《そで》と襟がすり切れ、下衣の膝《ひざ》と尻《しり》の破れ目に当てた継ぎ当てさえ穴があいていた。他の人足たちも大同小異だ。傍目には乞食の群と思われても仕方がない。

左岸の山腹に寺院らしきものが見えた。立派な瓦《かわら》屋根で、三重塔も配置されている。あれほどの寺なら僧の数も多かろう。国人は榧葉《かやば》山《やま》の絶壁にへばりついている景信の姿を思い浮かべる。同じ僧侶《そうりょ》でもえらい違いだ。あの寺の中には由緒《ゆいしょ》正しい仏像が安置され、立派な僧衣に身を包んだ僧が、その前で朝な夕なお経をあげているに違いない。それに比べて景信には寺院も僧堂もない。仏像さえも自分で創《つく》り出している。もちろん着ている物も、つづれに等しい装束だった。

曇り空の下を、舟は舟頭の竹竿一本で上って行く。岸は岩肌になっていて、馬が歩く道はない。馬たちは遠回りの山越えの道を通って、次の川宿で行き合う予定だという。

急流ではないが、両側から山が迫り、小屋ほどの大きさの岩が、何度も川の真中に立ちはだかった。上りの舟は舟頭の力強い竿さばきでその脇《わき》をすり上がり、岸に近い澱《よど》みでひと休みする。下りの筏や舟をやり過ごしたあとで、また小刻みに遡る。舟の上の人足たちは何の手助けもできずに、舟頭の腕に頼るだけだ。

何度目かの澱みにはいったとき、副舟長《ふなおさ》が瓢箪を舟頭にさし出し、酒を勧めた。舟頭はひと口飲んだあと、副舟長には返さず、人足にも回していいか訊《き》く。副舟長は嫌とは言えず、苦虫をかみつぶしたような顔のままだった。瓢箪は舟頭から吉継に手渡され、国人のところにも回ってきた。糟湯酒《かすざけ》ではなく、れっきとした濁り酒で、ひと口喉《のど》に流し込んだ。結局、副舟長に瓢箪が戻って来たときは、大方空になっていた。副舟長は不機嫌な顔で、瓢箪の口を川の水で洗う。

峡谷を越えると川幅はまた広くなった。昼過ぎに川湊につき、川から二、三町離れた宿まで歩かされた。宿はこれまで泊まったなかで一番大きく、板敷きの部屋に案内された。舟長と副舟長も同じ宿に泊まっている様子で、夕餉のあと、舟長が国司の役人を二人従えて姿を見せた。そこで手渡されたのが、上下とも灰色に染められた麻衣だった。

「今日のうちにこれに着替えておけ。都にはもう一泊、川泊まりしたあとにはいる。今着ている見苦しい衣は、焼いてしまえ。都で課役が始まると、また新たに衣が配られるはずだ」小ぎれいな身なりをした役人は、国人たちの破れた衣をうすら笑いの表情で眺めていた。

月明かりの下、宿の近くに流れる小川で軀《からだ》を清めた。ひと月以上伸びるがままにしていた髪も、各自が持って来た小刀でお互いに切り合う。下衣をはき、上衣を着て、帯紐《おびひも》を締める。国人にとっては上衣も下衣も少し短いが、布の匂《にお》いのする衣を着て、生まれ変わったような気分になる。長門で着ていた細身作りの衣に比べ、身幅も袖も、ゆったりしている。髪と髭を整えると、どの人足も別人のようになっていた。

翌朝、舟はまた川宿を発《た》った。やがて川は東と北に向かう二筋に分岐し、荷舟を引く馬とはそこで別れた。難波津から上って来た川が大和川で、これから北上する川が佐保川だと舟頭から教えられた。竹竿一本で流れを上る舟足は遅く、照りつける日差しはいよいよ強くなる。着替えたばかりの上衣は、背中に汗がにじむ。しかし、国人たちが目を皿のようにしていたのは、川岸に時々現れる館《やかた》の大きさと、下って来る舟のきらびやかさに度胆を抜かれたからだ。

全体を赤く塗った屋根つきの舟が下って来たときは、副舟長までが身を乗り出した。巻き上げた簾《すだれ》の下から、中にいる女たちの姿が見えた。美しく着飾り、長い髪を後ろに垂らしている。

副舟長はそれまでの汚れた旅装束を薄茶の新しい衣に着替え、頭には烏帽子《えぼし》をかぶっていたが、舟が下り去っても川下をじっと見続けた。

最後の川宿には昼過ぎに着き、そこで舟頭たちとは別れた。棹銅を積んだ舟だけは、そのまま佐保川を上って行った。

国人たちが川宿で休んでいる間、舟長と副舟長は近くにある国府まで足を運び、役所に人足が到着した旨《むね》の報告をしたようだった。

「お前たちはいよいよ明日、都にはいる。一切の手続きは先刻終えて来た」

黒米と豆を混ぜ、醤《ひしお》で味をつけた夕餉《ゆうげ》を終えたあと、舟長が姿を見せて告げた。

「お前たちが奈良登りを出てから、明日で三十九日だ。ひとり欠けたが、長旅をよく持ちこたえてくれた。お前たちと同じような人足は、もう既に都に五千人集まっている。これからも続々と集まって来る。そのなかで、長門の住人である誇りを忘れぬよう。特にお前たちは、他の人足と違って、棹銅を作るすべを知っている。他の国からの人足とは別の課役が待っているはずだ」

舟長は横に立っている副舟長に何か話はないかと、眼で促した。

「お前たちは今夜が都にはいる前の最後の日だから、このあたりの賑《にぎ》わいを眺めてみたいと思っているかもしれない。しかし間違いがあってはならないので、明日の朝までこの宿から出るのは許さない。逃亡する者が出ないとも限らない」副舟長は胸を張り、国人たちを睨《にら》みつけた。

宿を抜け出して、どこかの酒房《しゅぼう》でしこたま酒を飲みたいのは当の本人なのだろう。人足たちは副舟長を睨み返して、ひと言も答えない。

しかし外の暑さは並大抵ではなく、まがりなりにも風の吹き通る板葺《ぶ》き屋根の下で骨休めしておくのが、実際には得策だった。

十四人は思い思いに板敷きに寝そべって涼をとった。

「今日で三十八日か。半年は経《た》ったような気がする」人足のひとりが仰向けになったままで大きな息をつく。

「ここまで来れば、もう波にさらわれて死ぬこともない。せいぜい軀だけは無理させないようにしておくことだ」刀良が応じる。

「魚成が都には食い物がないと言ったが、それで軀がもつかだ」猪手が寝たままで伸びをした。

「食い物以上の労役をしたら、軀がもたん。奈良登りでやってきたように、まずは己の軀をいたわらなければならん」吉継が言った。

国人は四十日近い旅で、自分が変わったような気がしていた。細木のようだった軀に肉がつき、背丈もいくらか伸びていた。口の周りに生えた髭《ひげ》はまだまばらだが、水に映した顔は、実際の齢《とし》よりも五つか六つ年長に見える。

奈良登りを出るとき、そこで過ごした五年足らずの歳月は、ぼんやりと霞《かす》みの中に消えかかっていた。しかし舟旅の間に、思い出はいくつかの塊になってしっかりと頭の中におさめられた感じがする。最初に薄暗い切口にはいったときの恐怖心、掘場での辛《つら》い課役、水びたしになった本切りでの労役、兄の死と花の山の墓、掘場と釜屋、吹屋で共に働いた黒虫《くろむし》の突然の事故、釜屋頭の病気と薬草運び──。ひとつひとつの思い出が、今は一本一本の樹木のようにすっくと立ち、全体として美しい林をつくっている。

その林の中で最も高くそびえている二つの樹《き》があった。ひとつは景信とのやりとりだ。暇があれば岩屋まで登り、さまざまな話を聞いた。薬草について教えてもらい、千字文《せんじもん》も習った。自分が他の人足と多少違うところがあるとすれば、すべて景信のおかげだった。

もう一本、細く、しかし高く伸びている樹がある。絹女《きぬめ》だ。吹屋頭の家で正月に会ったのが最初で、奈良登りを出た日に見送りの群の中にその姿を見つけたのが最後だった。会ったのをすべて数え上げても五、六回しかないのに、絹女の顔と声、軀つきは、もうしっかりと頭に刻まれている。この四十日ほどで、絹女の影は薄れるどころか、ますます濃くなってきていた。

翌日は早い朝餉をとり、日の低いうちに川宿を出た。国司からの役人が二人、人足たちを引率し、舟長と副舟長は後ろからついて来た。まっすぐな広い道で、左右に山が迫り、後ろを振り返っても遠くに山の頂きが眺められた。

水田の稲穂がふくらみはじめている。稲の形と色は長門や周防と同じだが、小屋の造りが違った。長門の家よりは屋根が高くて厚く、勾配《こうばい》も急だ。茅《かや》葺きもあれば藁《わら》葺き屋根もある。

水田が切れると、郷長《さとおさ》の館なのか、長い板塀が続く。母屋《おもや》は瓦で葺かれ、あとは板葺きが多く、稀《まれ》に藁屋根が混じっていた。

道を行き交う人の数も増えていた。

笠《かさ》をかぶった女連れは、薄黄色や、桜色の衣を身につけ、長い髪を背中で束ねている。笠の周囲に垂らした薄布《うすぎぬ》のために、顔までは見えないものの、身のこなしにはあでやかさがあった。すれ違いざま声も耳にした。鈴の音と同じで耳に快い。それでも何を言っているのかは理解できなかった。

道具箱をかついだ茶色い衣の男や、子供連れの老婆《ろうば》、僧衣《そうい》の一団など、あたりの景色や家の造作以上に、国人は道で出会う人々に興味をそそられた。しかし人足全員が足を止めて凝視したのは、背が高く鼻も高い男が二人、さまざまな色をした上衣を着て向こうからやって来たときだ。それまで見たことのない顔つきだった。

「外《と》つ国人《くにびと》だ。気にするな」舟長が注意した。「都にはもっとお前たちがびっくりする連中が外つ国から集まっている」

舟長はまた、この道がほぼまっすぐ都まで続いていることもつけ加えた。

昼近くになり、大樫《かし》の下で足を休めた。樫の奥にある岩の下に湧《わ》き水があり、国人は腰につけた瓢簞《ひょうたん》を逆さにし、冷たい水を入れ直した。

瓢簞に刻んでやった〈黒虫〉の名は、まだ読める。大事に使えば、まだ何年も用を足してくれるはずだ。

ひと休みしたあと腰を上げた。日なたに出たとたん、道の熱気が直接足に伝わってきた。長門あたりの狭い道と違って、草が生えておらず、地面は土間のように踏み固められている。

道の先に土埃《つちぼこり》が上がっていた。牛車《ぎっしゃ》を真中にして四、五十人の行列がこちらに向かっている。前を行く役人が国人たちに止まれの合図を送った。

行列は道の中央を占め、国人たちは道の端に身を寄せる。牛車の前を二頭の馬が先導していた。一方は鹿毛《かげ》、片方は栗毛《くりげ》の馬だが、同じ赤い布で顔と軀の周囲を飾られ、烏帽子をかぶった正装の武官が鞍《くら》に跨《またが》っている。そのあとに続く牛車も国人が初めて見る美しさだ。褐色の毛をした牛は大きく、やはり赤い帯で牛車の長い轅《ながえ》が首のあたりに結わえつけられている。牛守は両側に二人いて、一間ほどの長い竹の鞭《むち》を手にしていた。

牛車の長い轅と車輪は黒漆で塗られ、屋形は鮮やかな緑色で、垂れている簾《す》も黒だ。中に乗っている貴人の姿は見えなかったが、色合いからして男物の牛車のようだった。両側にはべる男たちは、白装束に黒烏帽子の者もいれば、灰色の衣を身につけ、布の頭巾《ずきん》をかぶっている者もいる。一方、籐《とう》のつづらを背負った男たちは橙《だいだい》色の衣を着、裸足《はだし》だった。

行列の最後尾には、白馬に乗った若い貴人が連なっていた。馬を飾る赤い布と、貴人の着ている薄青の衣が、白馬の動きとともにあでやかに揺らぐ。

国人は腰をかがめ、上眼づかいに行列を眺めながら、これが都だと思った。人はもちろんだが、牛や馬でさえも国人たち以上に美しく飾られていた。

「見たか」猪手が国人を振り向いた。

「きれいな牛車でした」

「牛がわしをちらりと見たが、ふんと蔑《さげす》んだ眼つきだった」猪手が口を尖《とが》らす。

「当たり前だ。あの牛や馬は、わしたちよりはうまい物を食っているはずだ」魚成がなだめた。

「牛も、長門の痩《や》せ牛と比べると倍の大きさだった」別の人足が言い添える。「馬ときたら、川舟を引いていた馬の毛並みとはまるで違う。光り輝いていたろう」

「人様にも上から下までいろいろあるように、牛馬も同じこと」道足がしたり顔で言い、みんなが口をつぐむ。

道を進むにつれて、横柄《おうへい》な態度をとらなくなったのは副舟長だった。いくら威張ったところで、馬上の武人や、牛車の中におさまっている貴人の前では、人足と大同小異なのだ。

「あれが駅というものらしい」前の方を歩いていた猪手がわざわざ知らせに来る。

広い道の両側に瓦をいただいた塀が続き、門の奥にはいくつもの建物が見えていた。役人と舟長たちは門番に何事か言い、中にはいる。

「ここは、都にはいる前に骨休めしたり、都から出たあと泊まる所だ。お前たちにはあまり用がないがな」人足の見張りに残っていた役人が言った。

館の中の建物は大小さまざまで、瓦葺きもあれば板葺きもあった。泊まる者の身分に応じて場所が決まっているのだろう。

舟長たちがやがて出て来て、また歩き出す。駅を行き過ぎるとしばらく家並が途切れた。小川の傍でもう一度憩《いこ》い、ようやくかしぎ始めた日の下を小いっとき歩き続けた。ここまで来ると道の両側に稲田はなかった。芋や豆、蕪《かぶら》や茗荷《みようが》を植えた畑と藁葺きの家が交互に現れた。道行く人の身なりも履物《はきもの》もたいていは立派だったが、中には乞食《こじき》同然の男女もいた。垢《あか》にまみれた破れ布をまとい、莚《むしろ》を丸めて背負っている。髪は鳥が巣をかけてもいいくらいに乱れていた。長門でも滅多に眼にしない乞食姿だ。

そうした乞食姿の男と女が三十人ばかり、道端の小屋に軀を休めていた。足が不自由な者もいれば、片目がつぶれている者もいる。大人の顔をしているのに、背は子供ほどに低い男もいる。板張りの上で涼をとり、通行人をじっと眺めていた。よく見ると、小屋の中には僧衣を着た男が三、四人いて、横になっている男たちの世話をしていた。

都には、病人ばかり集めて面倒をみる家があると景信が言っていたが、それに似たものかもしれない。これだけ乞食姿の者が集まるのも都だが、世話をする者がいるのも都以外では考えられなかった。

照りつける日がじりじりと頭巾を焼き、足元からも熱気が立ち昇ってくる。人足たちは話をやめ、黙々と足を運んだ。

「あれが羅城門《らじようもん》だ」

まるでその瞬間を待っていたかのように、後方から舟長がしわがれ声を張り上げた。前方二里くらいの所に、赤く映える建物が見えていた。

「あれをくぐると本当に都だ」舟長は感慨深げに言った。

近づくにつれて人の数も増える。しかしどこまでもまっすぐで、幅も七、八間はある道が混み合うことはなかった。

「昔のままだ」

門が近づくにつれて舟長は胸を撫《な》でおろすような声を出した。傍にはべる副舟長だけに話して聞かせるのでは不満なのか、国人にまでも聞こえる声だ。

「ひと頃、都が別の所に移されていたので、ここも変わったに違いないと心配していた。しかし、十年前と変わらない。いやその頃よりも立派になっている」

門の手前には川と見違えるほどの大きな濠《ほり》があり、満々と水がたたえられ、向こう岸近くには蓮《はす》の花が咲いていた。淡い赤の蓮の花、丹色《にいろ》の門柱、白壁、そして黒い屋根瓦《がわら》が、強い日差しの下で輝いて見えた。

門は二重屋根で、左右が軽くそり返り、頂きの両端に龍《りゅう》の形をした飾りがつけられていた。門の下にいる衛士《えじ》の恰好《かっこう》も国人たちには物珍しい。二人とも冠をつけ、腰に太刀を帯び、背には弓矢を負っていた。

門の両側は、鳥が翼を広げるように築地塀《ついじべい》が左右に続く。その築地塀に沿う濠に三本の橋がかかっていた。真中の橋には朱塗りの欄干がつき、貴人だけしか通行を許されていないようだ。貧しい身なりの者は誰ひとり、そこを渡ってはいない。役人のあとについて、国人たちは欄干のない右側の橋を渡った。

二層の門の下にも三つの通り口があり、真中の柱と板壁だけが朱色に塗られている。国人たちは真中を避けて、やはり右側を通り抜けた。

門の建物を支える柱は、ちょうど二人が両手を広げて取り巻けるくらいの太さで、天井も高い。国人は川舟の舟頭の話を思い出した。この柱一本にしても、棹銅《さおどう》を長門から運ぶのと同じくらいの月日と人手をかけて、都に運ばれて来たのに違いない。その柱が何本使われているのか数えようとしたとき、前の方から刀良の声がした。

「国人、そんな所でうろうろせずにこっちに来てみろ」

国人が前を向く。舟長も副舟長と一緒に羅城門の下に立ち尽くしていた。

「これが朱雀大路《すざくおおじ》だ。ずっと奥に見えているのが朱雀門で、その向こうが天子様のおられる平城宮《へいじょうきゅう》だ」

舟長が言うのを副舟長は、呆《ほう》けたような顔で聞いていた。まっすぐに延びている道の長さと広さに、副舟長同様、国人も度胆を抜かれた。

道の幅は三十間以上はあるに違いない。真中が少し盛り上がっているのは、水はけを考えてのことだろう。両側に柳の並木があり、さらにその外側に溝が作られているようだ。

刀良が柳の木の下まで走って行くのを、役人は苦笑いしながら眺めていた。

「溝には水はたまっていない」息せき切って戻って来た刀良が報告する。

道はゆるやかな上り坂になっていた。奥に宮殿の門が小さく見える。道の幅があまりに広いので、その門までどのくらいの距離があるのか、国人にも目測がつけにくかった。

柳の並木はどれも同じ大きさではなく、広い木陰をつくっているのもあれば、まだ植えられたばかりの細木もあって、まちまちだ。

大路を歩くのは、普通の道とは勝手が違い、いくら歩いても進まない気がした。道が広い上に、両側の濠の外側に長々と築地塀が続き、その塀に門がひとつもないからだろう。

「日が暮れてしまうと、都で一番恐ろしいのがこの朱雀大路。百鬼夜行《ひやつきやぎよう》だ」覚えておけという表情で、役人のひとりが人足たちに言った。

「盗賊たちが跋扈《ばつこ》する。都人《みやこびと》が小人数で通ろうものなら、身ぐるみはがれる。立ち向かえば、首を切られて、濠の中に放り込まれる。そういう哀れな輩《やから》が、月に二、三人は出る」もうひとりの年配の役人もつけ加えた。

確かに真暗闇《まつくらやみ》のなかでは、この大路は深い山の中と同じで、何をされても、また何をしたところで、闇がすべてを覆《おお》いつくしてしまう。

そして昼間は昼間で道は乾ききり、わずかの風が土埃を舞い上げた。

築地塀が切れると、左右にまた別のまっすぐの道が枝分かれし、そこもやはり土塀が続く。国人は邸宅の中をのぞこうとしたが、築地塀や土塀にはばまれてかなわない。それでもさまざまな屋根だけは眺められた。赤い柱と白壁が美しい瓦屋根は、身分の高い貴人の館《やかた》で、檜皮《ひわだぶ》葺きや板葺きの家は、その下の位の住人のものだろう。そして茅葺きや藁葺きの小さい家は、下僕向けに違いなかった。

馬車や荷車、牛車が通るたびにきょろきょろ見回していた刀良が、道端にある奇妙な土器を見つけて、国人たちを手招きする。

墨で模様を描き入れた素焼きが、十個ほど地面に転がっている。

「触らないほうがいいぞ」手で持ち上げようとした吉継を、役人が注意した。「触れると、お前に呪《のろ》いがうつる」

模様は人の顔で、よく見ると素焼きそのものが人の頭の形をしていた。

「恨《うら》みをいだく相手の顔を描いて焼き、ここに放り投げておくと、その相手に災いが起こる。溝の中を見てみろ」

年配の役人から言われて、国人は溝の中を見やる。割れた素焼きの破片が一尺ばかり積もっていた。

「自分に似た顔の土器があると、足蹴《あしげ》にして叩《たた》き割る」役人が苦笑いする。

「これは吉継、お前にそっくりだぞ」

猪手がしゃがみ込み、素焼きのひとつを指さした。なるほど丸顔で、目が大きいところが似てなくもない。

「吉継は都でも恨まれているのだ」

道足がはやしたて、吉継は「馬鹿馬鹿《ばかばか》しい」と答えて相手にしない。それでも気味悪そうに素焼きの群をじっと見おろした。

その半町ばかり先の柳の木の下に、人だかりがしていた。役人が立ち止まり、舟長と副舟長も人の肩越しにのぞく。国人たちも見物人を押し分けて前に出ることができた。何のことはない、子供の背丈ほどの立札だった。三寸幅の板を地面に突き刺してある。

「国人、何と書いてあるのだ」魚成が訊《き》いた。

国人は上から順に文字を読み下していく。

「往還《おうかん》の都人に告知《こくち》す。額に白斑《はくはん》のある栗毛の牝馬《ひんば》一匹、失う。今月六日、元興寺《がんごうじ》南、能登川《のとがわ》の辺より走り去りしものなり。もし見かけし者あらば、即日元興寺に告げ来るべし。六月八日」

驚いたのは役人二人だった。国人を見やって、何か言いたそうな顔をする。

「馬が逃げたというより、これは馬泥棒だろう」猪手が国人に訊く。「国人、馬を見つけたお礼に何が出るかは、書いてないのか」

「お礼については書いてありません」

「お礼は当然あるさ。都ではそういうことは表向き書かないのだろう」道足がしたり顔で言う。「しかし図体《ずうたい》の大きい馬でもさらわれるくらいだから、わしらなど、いつさらわれるか分からない」

「若い女ならともかく、薄汚い男を誰がさらうものか」吉継が冷やかし返して、みんな大笑いする。

大路の先に大きな門が見えていた。初めに見た羅城門よりは少し小ぶりだが、やはり二重の屋根を太い柱が支えている。役人が、内裏《だいり》の入口を固める朱雀門だと教えてくれた。太刀を腰につけた衛士《えじ》が四人、大路の方を向いて突っ立っている。

国人はもっと近づいてじっくり眺めたかったが、吉継の驚きの声で振り返った。

「あんな高い塔は初めて見たぞ」

「東大寺の西塔だ。もうすぐ出来上がる」役人が言う。

「いったい何層あるのだ」舟長が重なる屋根を数えようとした。

「七重塔で、もうひとつ東側にも何年か後には同じ塔が建つ」役人は答える。

「あの塔のすぐ近くに大仏が造営される」もう一人の役人が言い、先導するように歩き出す。

そこもまっすぐの道だった。道幅は大路ほどは広くないものの、両側に柳が植えられていた。土塀と築地塀のところどころに門がこしらえてある。馬の手綱を握った馬引きが扉を叩くと、通用門から人が出て、扉が両側に開いた。馬がはいって行く間、国人はしばし立ち止まって、屋敷の中に眼をやる。右側に竹垣があり、左側には、萩《はぎ》に似た植込みが見えた。人の姿はない。ずっと奥にある瓦屋根からして、屋敷は途方もなく広いようだった。

大きな通りを三つばかり越えたところで土橋を渡った。小舟が川岸に横づけになっている。舟長《ふなおさ》が人足たちを呼び止めた。

「わしたちと一緒に来た棹銅は、この少し川下で陸揚げされたはずだ」

川幅と水深からして、あの川舟の大きさではもうこれ以上水路を辿るのは無理だろう。

前方に二つの寺が見えている。一方には五重塔が築地塀の向こうにそびえ、手前の寺には高い鐘楼《しょうろう》が木立の間に見え隠れしていた。瓦の置かれていない七重塔はそこからでも眼にすることができた。

「もうすぐだ」役人が振り返って告げる。

二つの寺の間を抜け、七重塔の方に向かう。背後に山が迫っていた。

「左の山が若草山、右の方の少し低いのが三笠山《みかさやま》だ」舟長が人足たちにも聞こえるような声で、副舟長に教えてやっている。

寺を行き過ぎたあたりで、道を左に曲がる。七重塔はもうすぐそこにあった。裸の屋根に登っている男たちの姿も見える。

寺の門をくぐり、しばらく進んだとき、国人はあっと驚きの声を上げた。舟長も副舟長も、他の人足同様に足をとめる。目の前にある光景が信じられなかった。

山が削られて平らにされた台地の上に、巨大な大仏の坐像《ざぞう》が見えていた。右手は掌《てのひら》を前に向けて立て、左手は指を軽く曲げてこちらにさし出している。腰から下の台座にはまだ足場が組まれていた。

足場の周囲には小屋が散在し、山盛りにされた土塊がいくつも見えた。

眼をこらすと、人足たちが足場にまるで蟻《あり》のように群がっている。土を運ぶ者、土をふるいにかける者、その土を足場の上に運び上げる者——。ざっと見渡しただけでも七、八百人はいるに違いない。奈良登りで課役についている人足の二倍以上の数だ。しかも奈良登りと違って、全員が屋根のない炎天下で働いていた。

「まだ鋳造《ちゆうぞう》は始まっていない」舟長が今度ははっきり人足たちに向かって言った。「まず型枠を作る。棹銅で鋳込《いこ》むのはそのあとだ」

鋳込むといっても、この巨大な土の仏をどうやって銅に作り変えるのか、国人には見当もつかない。手のひらにのるくらいの仏像の鋳込みについては、景信から聞かされたことはある。やはり元の形は粘土で作り、そのあと外枠で型取りして、元の形を薄く削り取り、外枠を合わせて、削った隙間《すきま》に、溶けた銅を流し込む方法だった。

人足の誰ひとり、目の前の土の像をどうやって銅に変えるのか、理解していないはずだ。舟長さえも分かっていないのに違いなく、ぽかんと口を開けている副舟長の脇《わき》でじっと足場を眺めやっていた。

「もうしっかり見届けただろう。お前たちの小屋は、あの大仏の裏だ」役人が促した。

12

翌朝、国人《くにと》たち十四人は三組に分けられた。同じ組になったのは猪手《いて》と刀良《とら》、吉継《よしつぐ》、国人の四人だ。

「これから二十人が一組になって、大仏の完成まで課役につく。お前たちにとっては初めての仕事だろうから、組頭や先役《せんやく》の人足からよく教えてもらうように」

難波津《なにわづ》から引率して来た役人はそう言って、国人たちをそれぞれの小屋に連れて行った。

小屋の中にいる先役の人足たちはちょうど朝餉《あさげ》を終えたところだった。組頭は他のどの人足よりも背が低かったが、太い首とがっしりした肩を持っていた。「よく来た」とだけ言い、名前も訊《き》かずに立ち上がり、他の人足たちを促した。

掘立小屋の中は、薄い藁布団《わらぶとん》が端の方に積み上げられている。二十数名が横になるのがせいぜいの広さだろう。

「お前たちはどこから来た」

隣にいた男が鼻に抜ける声を出した。耳慣れない話し方に途惑ったが、国人は「長《なが》門《と》」と答える。相手は、それがどこかは当然ながら分かってはいないようだった。

「どのくらいかかった」

「ひと月と十日」

「そんなに歩いたのか」男がまた鼻声になる。

「歩いたのは五日か六日で、あとはずっと舟でした」

「舟か。それはそれは」男は頷《うなず》く。「ともかく、お前たち新入りが四人来てくれたおかげで、この組から、四人が抜けられる。俺が一番古いので、俺が真先に帰れるのは間違いない。帰るのは能登《のと》だ」

「のと」国人は口ごもる。

「能登を知らぬとは難儀な奴《やつ》だ。越前の先にある。来るとき、舟だけで十日ばかりかかった。若狭《わかさ》で舟を降りて、あとは山越えだ」

「舟を降りたのは難波津ではないのですか」

「難波津というのは、ずっと西の方だろう。若狭は北の方にある。湖をまた舟で渡り川をつたって都に来る道筋もあるが、俺たちは歩いた。歩いて半月かかった。帰るときは舟も考えているが、それには銭もいるからな」男は長い顎鬚《あごひげ》をなでた。

「都に来たのはいつですか」国人は気になっていたことを訊いた。

「五年前の春だ。そのときはまだ大仏造立《ぞうりゅう》の 詔《みことのり》は出ていなかった。俺は堀川の土手作りを手伝っていた。堀川というのは都を流れる川だ。翌年の十月に造立の詔が出て、近江《おうみ》国に行った。都がそこに移されたから、大仏もその紫香楽宮《しがらきのみや》に建てられるはずだった。一年ばかり山を削る課役が続いた。甲賀寺《こうがじ》という寺の中に、ようやく大仏の骨組みを作り、塑像《そぞう》が完成して、台座《だいざ》を鋳込《いこ》み始めたところで、大仏造立は沙汰《さた》やみになった。地震や山火事が続いて、都がまたここに移されたからだ」

「大仏は初めからここにあったのではないのですね」

今いるところから、大仏の肩から上が見えている。あのくらい大きな像がもうひとつ、別な場所に作られ壊されたのだ。

「この大仏もまた取りやめにならぬといいがな」男は声を低めて言った。

人足たちが仕度を終え、小屋から出始める。国人もその男にくっついて歩く。

「ともかく冬になる前に能登に帰りつかないことには、途中でのたれ死にする」

男は自分に言いきかせるように太い声を出した。「お前は、途中で人足たちが死んでいるのを見なかったか」思いがけない問いに国人は首を振る。

「お前たちは舟で来たというからな。俺たちが若狭から都に上って来るとき、山の中には何人もの骨が転がっていた。土地の者ではなく、年季《ねんき》があけて都から国に帰ろうとして、病いに倒れたか、飢え死にした連中の骨だ。お前たちも、国から駆り出されるとき、役人がついて来たろう」

「まあそうです」

「帰りは誰もついて来ない。自分たちだけで帰らねばならない」

「やはり帰りの駄賃《だちん》は出ないのですか」

「そんなものはない。自分で日頃から貯《た》めておくしかない。貯めずに使ってしまった者は、乞食《こじき》をしながら帰るはめになる。貯めていた者でも、途中で盗賊にあえば、文無しになる。そうすると自分も盗賊になるか、乞食になるか、道は二つに一つだ。さあ着いたぞ」

すぐ目の前に、土で固められた大仏の坐像《ざぞう》が、雲を衝《つ》く高さで建立《こんりゅう》されていた。台座は二段になっており、各段が六尺はある。今は下の台座の外側に、幅三尺ほどの外枠が張り巡らされていた。各組はその四つを受け持つのだと、組長が国人たち新参者に説明する。そのあと国人たちはひとりずつ分けられた。

「いいか、これが外型《そとがた》だ。もう焼き固めたので、今日はこれを剝《は》がしていく」先刻、国人に話しかけていた人足が言った。「俺の名は田主《たぬし》。もうじきここからいなくなるので覚えなくてもいいが、他の連中の名は知っておいたほうがよかろう」

田主は一緒に仕事をする他の四人の名前をたて続けに口にしたが、一度に覚えきれるものではなく、ただひとり、顔も手足も髪の毛まで白い人足の名前だけは、耳に残った。

外型をはずしにかかったとき、その逆《さかさ》という名の人足が、国人にいろいろ教えてくれた。肌も女のように色白だが、声も甲高かった。

「厚いのに驚いたろう。二尺はある。固めているから、そうやすやすとは壊れない。これをまた焼いてさらに固くする」

幅三尺余、長さ六尺余、厚さ二尺の外型は、四人がかりでやっと持ち上げられる重さだった。外側が目の粗い土でできているのに対し、内側は鏡の面のようになめらかだ。

「これは何層にも塗り固めてある」田主が少しばかり自慢気に言った。「土を目の細かいふるいにかけて、水で溶いて、塑像《そぞう》に塗りつける。その次は、少しずつ粗い土にして、またその外に籾殻《もみがら》と藁《わら》を混ぜた土を塗る。さらに外側を干蔓《ほしづる》や鉄の棒で固め、また塗り込む。とにかく、他の組よりは俺たちの作ったものが頑丈にできているはずだ。ひび割れでもしたら、それこそ赤恥をかく」

国人は、塑像と呼ばれる土の大仏がどうやって作られたのかも知りたかった。五、六丈もある大仏が、その中味までも土でできているとは考えにくい。

その疑問を晴らしてくれたのが逆だった。

「初めは土台づくりが大仕事だった。粘土と砂をかわるがわる敷き詰めて基壇《きだん》というものをつくった。外側は石を積んで石座で取り囲んでいる。今は土を盛っているから、その石は見えないがな」

なるほど、大仏の台座の周囲がゆるい坂になっているのは、そのためなのだ。盛り土を剝げば、石積みの台座が姿を見せるのだろう。

「基壇の中央に礎石を並べて、その上に太い心柱《しんばしら》と四本の四天柱《してんばしら》が立てられた。これを芯《しん》にして木材を組み上げ、骨柱《こっちゅう》と体骨柱《たいこっちゅう》をつくった」

逆の説明で、大仏の塑像の内部がどうなっているのか、国人も大まかな想像がつく。

「その組み立てのとき、青尻《あおじり》のやつが死んだ」石を並べた炉に炭を入れながら、ぽつりと逆が言った。青尻というのは人足の名だろう。「四天柱に横木を結わえつけていたんだ。足を滑らせて、一番下の基壇まで墜《お》ちた。気を失っていなければ、途中の横木につかまることもできたろうが。ひと晩生きていて、翌朝死んだ」

「もう言うな」横あいから険しい声を出したのは田主だった。「いくら嘆いても、逝《い》った者は帰って来ん」

田主は竹筒に口を当て、炭に息を吹きかける。目をしょぼつかせながら顔を上げた。

「青尻は一緒に能登を出た男だ。能登の両親、兄弟にはもう知らせは行っていると思うが、俺が帰ったら、いろいろ訊かれるだろう。生きて帰った俺など恨《うら》まれるかもしれない」

「青尻の他にも二人が同じように墜ちて死んだ。倒れた丸太の下敷きになって片足をつぶされた人足もいる」

逆は国人に目配せをして、背負子《しょいこ》を担《にな》った。色が白いのでひ弱に見えるが、炭をたっぷり詰め込んだ背負子も、ひょいっと軽く持ち上げる。

「横木渡しが終わったら、篠竹《しのだけ》や割り竹を張り、藤蔓《ふじづる》と縄を巻きつける。これが木舞《こまい》で、仏の形になっている。その上から、藁や籾殻を混ぜた荒土を塗り、さらにまた細かい土を塗り重ねる。最後の仕上げは肌土《はだつち》といって、何度もふるいにかけた絹のような土を使う」

あの高さの大仏に使われた土の量は、並大抵ではなかったろう。国人は知らず知らず溜息《ためいき》をついていた。

「その肌土を、仏師が数人がかりで彫り上げる。腕の一番良いのが顔、その次の者は胸という具合だ。その間わしたちは、粘土を掘ったり、石灰を運んだり、布海苔《ふのり》を煮たりしていた」

「何のためですか」

「肌土を削っただけでは、雨風で形が崩れてしまう。石灰と粘土を布海苔で練って漆《しっ》喰《くい》を作る。それを薄く塗っておけば、そうやすやすとは崩れない。今、わしたちが見上げている大仏が黒っぽいのは、布海苔入りの漆喰のせいだ」

　要領のいい逆の話しぶりに国人は感心する。これまで靄《もや》のかかったように分からなかったことが、すんなりと腑《ふ》に落ちる。大仏の中味がどうなっているのか理解する前は、どこか大仏が不気味に思えたが、今は違う。天から降った物でも、地から湧《わ》いた物でもなく、逆や田主たち人足が何千人と集まって作り上げた物なのだ。

「ここに来て何年ですか」国人は同じ質問を逆にもぶつける。

「わしか。田主よりは一年あとで、四年になる。田主と同じで初めの頃は紫香楽の都にいた。あそこは都とは名ばかりで、あたり一面、木と草ばかりだった」

　国人は逆がどこから来たのか知りたかったが、それを聞いたところで分かるはずがないと諦《あきら》めた。

「お前たちが連れて来られたのは、鋳込みに詳しいかららしいな」

「棹銅《さおどう》を吹いて溶かすことなら知っています」

「外型の焼き固めが終わるといよいよ鋳込みが始まる。これまでの課役は小手調べで、これからが本当の苦役だ。おい、あれが造仏長官だ」逆が声を低め、顎をしゃくった。

黒烏帽子《くろえぼし》に深緑《ふかみどり》の装束《しょうぞく》をまとった大男が、四人の従者を連れて、大仏の正面に立っていた。大仏の台座に向かって作業をしている仏師《ぶっし》たちに近づき、指示を与えた。

「この二年間、あの長官の姿を見ない日はなかった。雨の日も風の日も、雪の日も、必ずやって来た。従者たちは入れかわり立ちかわりだがな」

仏師たちは、表面の漆喰を竹のへらでかき落としている。削る土の厚さは二寸ばかりのようだ。長官は懐《ふところ》から小さな定木《じょうぎ》を出して、表面に当てた。

「あれが中子《なかご》削りというやつで、外側に外型を当てると、削った分だけ隙間《すきま》ができる。そこに溶かした銅を流し込めばいい」

逆は簡単に言ってのけたが、今十数個の炉で焼き固めている外型にしても、六十枚くらいはあるだろう。それを全部もとの場所に戻し、空いた隙間に棹銅を溶かし込むといっても、いったいどのようにやるのか。奈良登りの吹屋《ふきや》で使っていたような杓《ひしゃく》で汲《く》んでいては埒《らち》があかない。

「あの長官の頭の中には、ありとあらゆるものが詰まっていると、組頭が言っていた。何を訊きに行っても、たちどころに答が返ってくるそうだ。わしがびっくりしたのは、基壇作りのときだ。一番底に玉石を敷き、その上に粘土の層と砂の層を交互に積み重ねていく方法は、版築法《はんちくほう》といって、土台を一番強くするやり方らしい。しかしその土台も下手をすれば、まっすぐにはならず、どちらかが厚くなることもある。石座を築く前に、土台が傾いていないかどうか、あの長官が自分の手で確かめた。どうやったか分かるか」

国人は首を振る。少々離れた所に立って目測《もくそく》したところで、周囲に目印になるような大木もない。山裾《やますそ》の傾斜面にだまされて、目測を誤るのがせいぜいだろう。

「土台に、細くて長い溝を掘らせたのだ。真中で交わるようにして、三本。深さは三寸程度。そして木桶《きおけ》から水を注がせた。水が溝に溜《た》まるだろう。水が溢れる所があれば、そこが低すぎるわけで、土を厚くしなければならない。だから寸分違わず平らかな土台ができた」逆は目を細めるようにして造仏長官を見やった。

国人も畏敬《いけい》の念で、深緑の装束に身を包んだ貴人をじっと眺める。齢《よわい》三十を少し超えたくらいだろうか。まっ黒な口髭《くちひげ》がぴんと横に張っていた。

「ほれ、見とれてばかりでは困るぞ」田主に注意されて、国人は炭火起こしに取りかかる。

実際、炭の扱い方は吹屋でしこたま叩《たた》き込まれていた。竹筒と団扇《うちわ》で火の勢いを強め、新たに炭を重ねる。猪手や刀良、吉継も手伝い、またたく間に炉の中はまっ赤になった。

「お前ら、さすがに手慣れたものだな」見回りに来た組頭が、他の組の炉と比べて満足そうな顔をした。「わざわざ来てくれただけのことはある」

古参の人足たちが国人たちを軽々しく扱わなくなったのはそれからだった。

四枚の外型は四日かけて焼き固める予定だったのが、国人のいる組は三日で終わり、四日目は、他の組の外型を引き受けた。

大仏の表面を削り終わるのには二日かかり、そのあと木賊《とくさ》で表面に磨きをかけ、台座の周辺に薪《たきぎ》を積み上げ、火をかけた。

火は夜の間も交代で人足が出て、燃やし続けた。中子と外型の双方を火で焼成《しょうせい》したあと、六十枚の外型を元の位置に戻す。造仏長官はその日も朝のうちから姿を見せ、中子と外型の間に置く銅片を細かく点検した。

型持《かたも》ちと呼ばれる四角い銅の鋳物《いもの》は、厚さ一寸、方四寸のもので、一枚の外型に二十枚ばかり使った。

外型と外型の隙間は、水で固く溶いた粘土を詰めた。その目張りも、部下を四人引き連れた長官が丁寧《ていねい》に見てまわった。

大仏の台座の周囲にすべての外型が納まると、縄と藤蔓を使って、外型全体をぐるぐる巻きにした。

「俺はいつまで労役に出ればいいのか」

国人たち新参者が到着して半月ばかり経《た》った頃、田主が溜息をついた。国帰りの話はまだないらしかった。

「また来年の春まで待たされるのではないだろうな。もう軀《からだ》がもたん。いつか言ったように、冬前に都を発《た》たないと、能登にはとうてい行き着けない」

「土盛りが終わったところで、話が出るさ。それまでは、あまり指折りして日を数えないようにしたほうがいい」逆が静かな口調で慰めた。

土砂運びがそのあと半月ほど続いた。土砂の種類には二とおりあり、外型の周囲に粘土混じりの土と砂土を交互に敷いた。盛り土を固くするためらしかった。

国人が意外に思ったのは、その盛り土の広さだった。外型を固定するために土を盛るのであれば五、六尺の幅もあればすむはずなのに、二十丈近くの幅でぐるりと盛り土をし始めたのだ。

土を掘り、運ぶ途中で、他の組にいる道足《みちたり》や魚成《うおなり》たちとは口をきく機会があった。

「暑いのには慣れているつもりだったが、都の暑さは骨身にこたえる」

背負子に土を入れ、背を曲げて運ぶ道足が、国人を後ろから呼び止めた。道足は鍛《か》冶小屋《じごや》での仕事が長かったので、暑さはこたえないはずだが、土運びは何年もやっていない。閉口《へいこう》するのは、むしろそのほうだろう。

「こんな課役なら、わしを連れて来なくてもよかったろうに。火を使って棹銅を鋳込《いこ》むという話だったので、わしも少しは役に立つと思ったのだ」

「鋳込みは、この土盛りが終わってからです。そうなると面白くなります」

「相変わらずお前は元気だな」道足は上眼づかいに国人を見た。「そもそも、こんな馬鹿《ばか》でかい土の大仏を銅に作り替えるという考えが、わしには分からん。こんな事業のために国中から人足が引っ張って来られる。わしの組には、北の方からふた月も歩き続けて都に来た者もいる。途中で三人、死んだそうだ。わしたちもひとり、奥丸《おくまる》を亡《な》くしたが」

奈良登りにいるとき、道足は都で大仏を拝むのを楽しみにしていた。しかし今、考えが変わっていた。

仏の横顔と肩が、青一色に澄んだ空を黒々と遮っている。

「お前、景信《けいしん》さんを覚えているか」不意に道足が訊《き》いた。

「もちろんです」

「あの景信さんが、岩壁に彫りつけていた仏様も、このくらいの大きさだった。しかし景信さんは、たったひとりの力で岩を刻んでいた。お前が時々話しに行ったり、わしがたがねや鎚《つち》を作って届けるくらいだった」

こんな大がかりな大仏よりも、榧葉山《かやばやま》の大仏のほうがましだというような目つきで、土の大仏を見上げる。「国人、またな」背負子を担いなおし、腰を曲げて道足は歩き出した。

外型が隠れる高さまで土が盛られると、炉づくりに移った。大仏の周囲は広々と盛り土がされており、そこに銅を溶かすこしき炉と、風を送るたたらを作るのだ。その数六十基で、ひとつの組で四つの炉とたたらを受け持った。

大仏の外側に、幅と深さ一尺、長さ五、六丈の溝を放射状に掘り、その溝に沿って左右二基ずつ、交互に炉を築く。四基の炉で溶かした棹銅は、一番下の湯口《ゆぐち》を一斉に開くことによって、一本の溝をつたい、外型と中子の隙間に流れ込む仕掛けだった。十五本ある溝から一度に注ぎ込まれる銅がどのくらいの量になるかは、国人には皆目見当がつかない。しかし、それが奈良登りの吹屋の炉とは比べものにならないことは、こしきを積み上げていく炉の大きさから想像がついた。

丸い筒形のこしきは、四人がかりでやっと抱えられるくらいの大きさだった。三笠《みかさ》山《やま》の北で焼かれたもので、そのあたりには瓦《かわら》も焼く登り窯《がま》がいくつもあり、人足も五百人近くが労役についていた。

「どうやら、この炉が出来上がるまでは、ここから出られないようだ。組頭から年季明けの話はない」こしきを運ぶ途中で田主が言う。

「今はひとりでも人手が欲しいのでしょう」

「人手はこれからもずっといる。一段目の鋳込みが終わっても、また炉を壊して、外型を作り、二段目の盛り土をして、新たに炉を作らなければならない」組頭からおおよその段取りを聞いたのか、田主は暗い顔で言う。

「いずれまた、新しい人足が来ます。そのときが国帰りです」黙っているわけにはいかず、国人は慰める。

「寒くなって放り出されても、国には帰れない」田主は半ば諦め顔だった。

こしきを十個積み上げて、炉は二間ぐらいの高さにはなった。炉の脇《わき》には板囲い板葺《ぶ》きのたたらを作った。

国人が造仏長官の姿をすぐ近くで見たのは、こしき炉とたたらが大かた出来上がった頃だ。

黒の烏帽子をかぶり、いつもの深緑の上衣と下衣を着た長官は、木沓《きぐつ》のままで梯《はしご》を登り、炉の中を覗《のぞ》き込んだ。炉の内部は三段に分けられている。最下段の下ごしきには出湯口《しゅつゆぐち》があり、外側の粘土をはずせば、そこから溶けた銅が流れ出し、溝をつたって大仏の方に流れて行く。炉の二段目の中ごしきには羽口《はぐち》が開き、たたらから送られてくる風がはいるようになっていた。

長官はたたら小屋の中にもはいり、人足を三人その上に立たせた。実際にたたらを踏ませて、風の出具合も確かめる。懐《ふところ》から紙を出し、部下に持たせていた筆を手にして、絵のようなもののなかに、字を書き込んだ。そのあと溝の点検に移った。何か不都合な箇所を見つけたらしく、組頭を呼んだ。組頭が近くにいた逆と国人を手招きする。

溝に小さなひび割れができていた。溝の中で薪《たきぎ》を燃やして、周囲の中を焼き固めた際には、ひび割れはなかったが、その後、日が照りつけたせいだろう。すぐさま逆が粘土を取りに行き、国人が手桶に水を汲んでくる。陶板《とうばん》の上で粘土をこねて、ひび割れの間に塗り込めた。造仏長官は、その場を離れずに、補修《ほしゅう》の具合を一部始終検分する。

「お前の組のこしき炉とたたらが一番良くできていた」長官が組頭に言うのが聞こえた。澄み切った声だ。

「組の中に、たたらづくりが得意な者がいますから」組頭がかしこまって答える。

「ほう」

「長門からの人足たちです」組頭は国人を立たせ、猪手や刀良の方を手で示した。

「長門というと、大仏用の熟銅を産出する国だな。お前たちが、璞石《はくせき》を掘り、棹銅を作ったのか」

長官の眼が国人に向けられる。国人と同じくらいの背丈があり、見入る視線がどこか青味がかったようにすがすがしい。

「はい」気圧《けお》されて、国人はやっと答える。遠くから見ていたときはまだ三十代と思っていたが、間近で見る印象はそれより老《ふ》けて、四十代半ばの歳《とし》かさだろう。

「銅については、大鋳師《たいじゅし》の高市《たけち》と二人で、国中の銅をすべて調べた。わしたちの望みをかなえてくれたのは、長門の銅だけだった。そうか、お前たちは長門から来たのか」

顔を覚えておくといった表情で、長官は国人や猪手たちを見た。「長門はどんな所だ。わしはいつか行ってみたいと思っている」唐突な質問だった。

「いい所です」答えたものの、緊張で口の中が渇いた。「榧葉山《かやばやま》と花の山があり、瀬々川《せせがわ》が流れています。山椿《やまつばき》が咲き、白鷺《しらさぎ》が巣をかけています」背すじを伸ばして答える。必死でしゃべりながら、国人は頭の中で別な光景を思い描いていた。花の山にある人足の墓、出水に悩まされる掘場、断崖《だんがい》に刻まれている大仏——。しかしそれらを口にしてはいけない気がした。

「そうか、いい国だな」国人の紅潮した顔を見て長官は頷《うなず》く。

長官と従者たちが隣の組の点検に去ったあと、国人は逆と二人で溝の補修をした箇所を炭火で固めた。

「長官には百済《くだら》の血が流れている」逆が何かを畏怖《いふ》するような声で言った。「絵師や仏師、鋳物師にも、百済の血を引いている者が多い」

「長門もそうでした。吹屋頭が百済の家筋でした」

逆と同じようなことは景信からも聞いていた。国人は吹屋頭の館《やかた》での正月の宴、絹女《きぬめ》の顔立ちを思い浮かべる。館の内の飾りつけの美しさは並のものではなかった。絹女の白い肌も、異国の血が混じっているせいだろう。

「ああいう渡来人の子孫が知恵を出し、わしたちが手足となって働けば、いいものができるというわけだ」

逆の口ぶりには、田主とは違って労役に対する不満はうかがえない。むしろここでの務めを楽しんでいる気配さえある。

「国の方にはまだ帰らなくていいのですか」国人は思わず訊いていた。

「わしは田主とは違う。国に戻ったところで、また人に後ろ指をさされる。都でも後ろ指をさされるが、田舎ほどしつこくはない。特にここで課役についている限りは、誰も陰口を叩かない。わしも不思議に思ったが、その理由が思い当たった」

後ろ指をさされる理由は、国人には呑《の》み込めた。髪の毛の半分が白く、顔も手も白いせいだ。

「ここで立ち働いていると、どこからでも大仏の姿が目にはいるだろう。大仏の前では、肌の黒いのも白いのも、赤いのも、大して差がなくなる」逆は口の中で軽く笑い、国人を見た。「わしが何で逆という名前をつけられたか、分かるか」

「いえ」

「生まれて来るとき、足から出て来たらしい。それが原因で母親は三日後に死んだ」

逆は一瞬悲し気な目つきになる。「物心ついてそれを父親から聞かされたとき、すまん気持になってな。父親も、母親を殺したような子供は憎かったのだろう。すぐにわしは、母方の祖母の家に追いやられた。祖母は自分の娘の生まれ代わりとして可愛《かわい》がってくれたが、他の者たちはそうではなかった。見かけがこんなだから、どこへ行っても蔑《さげす》まれた。しかし不思議なもので、人はどんなことにも慣れる。気にならなくなる。いや、気にはしているが蔑まれるのが当たり前になる。都行きの達示《たっし》が来たのがそんなときだ。来てよかった。国よりはここのほうが楽だ。死ぬまで都にいてもいい」微笑を浮かべて、逆はまた大仏の横顔を見上げた。

田主ともうひとりの人足に、課役明けの達示が出たのは、こしき炉とたたら、溝がすべて出来上がった九月末だった。三笠山の山麓《さんろく》のところどころにある山うるしの木が赤く色づき始めていた。

「今都を発てば、真冬になる前に能登まで辿《たど》りつける」田主は嬉《うれ》しさをかみ殺したような顔をしていた。もうひとりの人足もその夜、黙々と旅仕度をした。仕度といっても、頭巾《ずきん》に上衣と下衣、藁《わら》で作った蓑《みの》、竹の水筒だけだ。

田主の懐には、これまでに貯《た》めた銅銭がかなりはいっているらしい。

「銭は盗まれていなかったか」逆が冷やかすような口調で訊く。「わしは前に、あんたが松の根を掘っているのを見たぞ。多分あそこに埋めていたのだろう。それよりも組頭に預けたほうが確かだろうに」

「俺は字が読めん。組頭が書いてくれた証文にしても、何が何だかさっぱり分からん」田主はもうひとりの人足に声をかける。「お前は大丈夫だったか」

「知らない。組頭がくれただけの銭を貰《もら》って来た」答えて布袋を懐から取り出したが、小さなふくらみで、大した枚数ではなかった。

「おい、大事に身につけておけ」田主が注意した。

「一日どのくらいの銭があればいいのだ」猪手が訊く。国人も知りたかった。

「飯ひと盛りが一文。これが都の値段だから、都を出れば半分くらいだろう」田主が答える。

「途中で銭がなくなったら、どうする」今度は吉継が真顔になっていた。

「一日に飯二盛りを食えるだけの銭は持っている。しかし舟代によっては銭が底をつくことも考えなくてはいかんだろうな」田主はもうひとりの人足と顔を見合わせた。

「わしは舟賃は出せん。最後まで二本の足で歩く。それでも銭がなくなれば、どこかの屋敷に奴《ぬ》としてもぐり込む。そこで冬を越して、春にまた国をめざす」今のうちからその苦労を見越しているように、その人足の顔は暗かった。

翌朝、朝餉《あさげ》をとったあと、田主ともうひとりの人足は小屋を出た。薪運びのために、国人たちとは短く声をかけ合っただけだ。二人の旅装束は、普段の身なりと大して違わない。途中で難渋して冬が訪れたときには、あの上衣だけでは寒さにふるえ上がるのは眼に見えている。

国人は薪を背に担《かつ》いで盛り土の上に登りながら、しばらく二人の後ろ姿を見送った。

「俺たちが帰るときは舟を使わなければならないな」傍にいた刀良がふうと息をつき、二人の方をちらりと振り返る。

「銭が要る」猪手が低い声で応じる。

「来るときは難儀続きだと思ったが、今から思うと、食い物の心配がないだけ、貴人並《なみ》の暮らしだったかもしれん」吉継がぽつりと口にする。

〈難波津まで辿り着いたら、周防《すおう》の舟を探せ。お前の腕なら舟子として雇ってくれる〉

そう言ったのは古縄《ふるなわ》だった。あるいは本当なのかもしれないが、それが何年先になるのかは、皆目見当がつかない。帰るまでの歳月を指折り数えて待つよりは、逆が言ったように、都にずっと留まるつもりでいたほうが楽なような気もする。

13

一段目の鋳込《いこ》みは、九月二十九日と決められた。その二、三日前から、炭焼き小屋や造瓦所《ぞうがしょ》の人足たちが二百人近く駆り出されてきた。

都に着いて炎天下で働く人足を初めて目にしたとき、奈良登りの二倍に近いその数に圧倒された。割り当てられた小屋に落ちつくと、古参の人足が、造仏にたずさわる人足はまだまだ大勢いるのだと教えてくれたが、ことあるごとに揃《そろ》えられる人足は、並の数ではなかった。国人《くにと》たちの組にも二十人が割り当てられた。組頭の命令で、国人や猪手《いて》、吉継《よしつぐ》、刀良《とら》はそれぞれのこしき炉について、たたら踏みの要領を他の人足たちに教えた。

国人の受け持ちは、組が担当する四基のうち、一番大仏に近いこしき炉だった。たたらは三人が並び、梁《はり》からぶら下がった綱につかまりながら、拍子に合わせて左右の足を交互に踏みつけなければならない。軀《からだ》の重みの置き方と、三人の呼吸がうまく合わないと、たたらは動かない。しかしいくらうまくやっても、三人が続けて足を踏むには限りがある。息が上がりかけてきたら、次の三人と交代しなければならない。その交代も素早くしないと、こしき炉に送る風が止まってしまう。

全員がほぼ要領を覚えたところで、国人は奈良登りの吹屋《ふきや》の拍子唄《うた》を口にした。

長門《ながと》の国の榧葉山《かやばやま》
　風が吹くとき山が鳴く
たたらを踏んで風送りゃ　おいさ
　いとしいお方も燃えて泣く

春の花咲く花の山
　風が吹くとき花が散る
たたらを踏んで風送りゃ　おいさ
　いとしいお人も燃えて散る

夏の瀬々川《せせがわ》ひかる水
　風が吹くとき波ゆれる

たたらを踏んで風送りゃ　おいさ
　いとしあの娘も燃えゆれる

初めは人足たちも国人の口調を真似《まね》ていたが、そのうち誰かが俺たちは俺たちの文句を作ろうと言い出し、それぞれが思い思いに歌い出した。

都の東の大仏様は
　山を削ったあとに建つ
たたらを踏んで風送りゃ　おいさ
　こしきん中が熱くなる

土からできた大仏様は
　雲井の上に顔がある
たたらを踏んで風送りゃ　おいさ
　こしきの炎で立ち上がる

歌声は国人のいるこしき炉だけでなく、猪手たちの炉にも伝わり、最後には両隣の組も真似をし始めた。歌う文句は異なるが、節と掛け声は奈良登りのたたら歌のままだった。

「都であの唄を聞くとは思わなかった」人足小屋に戻ってから猪手がしみじみと言った。「骨休めの日、吹屋の前を通るたびに、この唄が聞こえてきたものだ。わし自身は歌ったことはなかったが」猪手は元の唄の文句を口ずさんだ。

「榧葉山か。もう長いこと忘れてしまっていた」吉継も懐《なつ》かし気に応じる。

「俺は切口にはいる前に、半年ばかり吹屋にいた。腰を痛めて、すぐに掘場行きになったがね。たたらなどもう二度と御免と思っていた」刀良がぼやきともつかない言い方をする。「しかし、あの唄は耳の底に残っていた。隣のこしき炉で国人が歌い出したときは、びっくりした。本当に、春の花咲く花の山、夏の瀬々川ひかる水だ。俺は奈良登りの文句で明日も歌うよ」

ひと寝入りしたと思ったら、組頭が板戸を叩《たた》く音で起こされた。

外はまだ暗い。大仏の周りには、四か所にかがり火がたかれ、寝ずの番をしている衛士《えじ》の姿が見えた。

係の人足が賄所《まかないどころ》に朝餉《あさげ》を取りに行き、薄暗いなかで粥《かゆ》を食べた。

「いいか、今日は大切な火入れの日だ」

組頭が人足を前に立った。いつもの汚れた上衣ではなく、洗いたての白い上衣を身につけている。

「お前たちのなかには覚えている者もいるはずだが、大仏造立《ぞうりゅう》がこの地に決まって、山を削り終え、地鎮祭をしたのが、二年前の八月二十三日だった。たった二年で、火入れまでこぎつけたのも、お前たちのおかげだ。しかしまだ大仏は土でできている。土では千年、二千年はおろか、十年ももたない。後々の世に大仏を残すには、銅《あかがね》に造り替えなければならない。その最初の火入れが今日だ。力をこめて精を出してくれ」

組頭の言葉に、逆《さかさ》などの古い人足たちが「おう」と声を出した。

国人は奈良登りで、役人が大仏造立の詔《みことのり》を人足たちの前で読み上げたのを思い出す。天平十五年の暮の寒い日だった。詔の言葉の意味がよく分からず、あれこれ推測しあってようやく理解できた。それが四年前だから、いつか田主が言ったように、別な場所に大仏を建立《こんりゅう》しようとして中止になり、二年が無駄に費やされたのだ。いやそれは無駄とはいえない。その間に奈良登りでは休まずに棹銅《さおどう》が作られ、都に運ばれて鋳所《いどころ》の倉庫の中に保管された。組頭の話では、充分な量の棹銅になったらしい。倉庫まで
「いったいどのくらいの量が必要になるのですか」と国人は組頭に訊《き》いた。

棹銅を取りに行ったときのことだ。

「造仏長官の話では、八十万斤《きん》の銅を用意しているということだ。棹銅一束はどのくらいの重さだ」

「二貫目はありますから、およそ十二斤です。すると、ここには約七万束の棹銅が保管されているのですね」素早く計算した国人に組頭は驚く。

「お前は字が読めるとは聞いていたが、計算もできるのだな」

「この棹銅がすべて奈良登りから来たのだと思うと、胸が詰まります」奈良登りで作る棹銅は一年におよそ一万束だったはずだ。すると七年分の銅が既に用意されていることになる。

「いや、ここにあるのは全部ではない。鋳所の大きな倉庫にまだ大部分が保管されている。これは今度の鋳込みで使うだけの量だ」

倉庫はだだっ広く、天井も高い。柱で十数か所に仕切られ、棹銅が幾重にも積み上げられていた。

「これは長官が計算されて、ひとつのこしき炉に入れるだけの棹銅がひとつ所にまとめられている。中ほどにある四つの区画がわしたちの組のものだ」組頭は他の人足にも声をかけて、棹銅を運ばせた。

こしき炉の最下段に薪《たきぎ》を敷き、その上に炭を置き、棹銅を並べ、再び炭を厚く敷く。炭と棹銅の層を四段作ったところで、火入れの号令が下った。それと同時に、三人ひと組になったたたら踏みが始まる。国人はこしき炉の火加減を見る役に回された。猪手や刀良、吉継もそれぞれに炉やたたらについている。

たたら踏みの人足たちの息がすぐに上がり、風の出具合が悪くなるのは無理もなかった。土運びや瓦《かわら》焼きに年季のはいった人足も、たたら踏みには慣れていないのだ。二、三日稽古《けいこ》をしたくらいでは、要領はつかめない。

顎《あご》を出し始めたところで、逆が次の三人にたたら踏みを交代させる。

　黒いお顔の大仏様は
　　土のままでは身がもたぬ
　たたらを踏んで風送りゃ　おいさ
　　こしきの炭が赤くなる
　大仏様は日がな一日
　黙《もく》してわしらの唄を聞く

　たたらを踏んで風送りゃ　おいさ
　　こしきの銅がたぎり出す

　そんな掛け声が出るようになったのは、昼近くなってからで、こしき炉からはいくつもの白煙が上がり、あたりは真夏よりも暑くなっていた。

　国人はこしき炉の脇《わき》の足場に登り、炭を入れ、溶けた棹銅の分だけ新たに加え、上からまた炭をつぎ足す。たたら踏みの人足も必死の形相だったが、国人も顔と腕に火ぶくれができはじめていた。組頭に注意されて、顔を水桶《みずおけ》につけて冷やすと、焼けるような痛みはいくらかおさまった。

　ひとつのこしき炉に入れる棹銅は百五十束たらずだった。その残り具合を、長官が部下とともに見て回り、仕事がはかどっていない炉には、たたら踏みの人足を増やして、火の勢いを強めさせた。

「六十ある炉の湯口を一斉に開くのだ。それには、全部の炉が足並みを揃えなくてはいかん」長官が組頭に言うのが聞こえた。

「この分だと、日の入り前までかかりますね」組頭が心配気に答える。

「途中で止《や》めるわけにはいかない。暗くなれば松明《たいまつ》を出させる」

長官はたたらの方から響いて来る唄に気をとられたようだった。三人の踏み手は長官が傍に来たので、気後れしたのか、唄を止めた。「続けてくれ」と長官に促され、また歌い出す。

奈良の都の大仏様に
集うみんなが力をこめる
たたらを踏んで風送りゃ　おいさ
こしきの銅がたぎり出す

「いい唄ではないか」長官が目を細める。

「棹銅を作った奈良登りで歌っていた節回しだそうです。国人、そうだったな」組頭が声をかけた。

「はい。唄の文句はそれぞれが考えました」国人はかしこまって答える。

「なるほど。この分だと他の組にも広まるぞ」長官は四人の部下に笑いかける。

「そのようにさせましょう」部下のひとりが応じた。

「いや、わしたちが命令を下しては、元も子もなくなる。な、そうだろう」

「ごもっともです」意見を求められた組頭が頭を下げた。

積み上げられていた棹銅がほとんどなくなったのは、日が沈みかけた頃だった。それと同時に様々な色の衣を着た僧たちが集まって来た。その数は二百を下らない。土盛りの下を二重に取り囲んで、読経《どきょう》を始めた。

西方の空が赤くなり、七重塔が黒々と美しい輪郭を見せていた。こしき炉の全体が赤く熱せられ、三尺離れていても、熱気は伝わって来る。

「まだ終わっていない組があるので、少し待ってくれ」組頭が言い、たたら踏みの人足をひとり減らした。下ごしきにたまった溶銅を固まらせない程度に火を保っておけばいいのだ。

その間に逆と国人、猪手の三人で、湯口の具合と溝の傾斜をもう一度確かめる。流れが悪ければ、湯汲《ゆく》み棒で押しやらねばならない。鉄でできた湯汲み棒や押し込み棒は、奈良登りの鍛冶《かじ》小屋で道足《みちたり》たちが作っていたのとは、少し形が違って、柄も長い。

長官からの伝令が組頭の許《もと》にやって来たのは、もう西の空の夕焼けも消え、あたりが暗くなりかけた頃だった。櫓《やぐら》の上に置いた太鼓の音を合図に、各組とも外側の炉から順に湯口を開ける段取りになっていた。

「おい下を見てみろ」刀良が言う。僧の数が二倍に増えていた。まるで鋳込《いこ》みが始まる大仏を守護するように、読経の声がひときわ大きくなった。

大仏の正面に立てられた櫓は大がかりなものだ。高さ三間ほどで、一番上には大太鼓が二基、真中の階に笛と小太鼓を持つ十人ほどの楽人が控えている。大太鼓の前には白装束に黒烏帽子《くろえぼし》をつけた男が二人、ばちを手にして立っていた。

「いいか、もうすぐだ」組頭が言う。

まず笛の音が暗闇《くらやみ》を引き裂くように高く響き渡った。小太鼓がさざ波に似た音をたて始める。大波が寄せるように、下の方から読経の声が湧き上がる。

大太鼓の音が響いたのはその直後だ。初めは低くゆったりと鳴り出す。読経の声がひときわ大きくなる。

「まだ慌《あわ》てなくていいぞ」組頭が落ちつきはらった声で人足たちを制した。湯口を開くのは、長官が白旗を上げたときだ。

「よし今だ。開けろ」闇の奥を見ていた組頭が叫ぶ。

逆と国人は、鉄棒で湯口の周囲の粘土を掻《か》き落とし、栓をしていた土塊を外に引き出した。

まっ赤に溶けた銅が勢いよく飛び出す。白い湯気を立て、桶から溝に流れ、その先端がどろどろと大仏の外型まで延びていく。猪手ともうひとりの人足が、国人たちと同じ要領で、外側から二番目の湯口を開く。白い湯気がたちこめる。土の焦《こ》げる臭《にお》いがして、溶銅は太さを増す。第三、第四の炉の湯口からも銅が溶け出し、溝から溢《あふ》れんばかりの勢いで、中子《なかご》と外型の間にある二寸たらずの隙間《すきま》に流れ込む。まるで赤い大蛇だった。他の組の溝も同様で、何匹もの大蛇が一斉に大仏に向かい、呑《の》み込まれていく。

あたりは昼間のように明るくなっていた。太鼓を打つ楽人たちの衣も赤く染まって見える。溶けた銅は、大仏の膝元《ひざもと》に流れ込むとき、音をたてた。それが大蛇の鳴き声にも聞こえる。大太鼓と小太鼓、笛の合奏が、大蛇を大仏の体内に追い込んでいるようだ。地響きにも似た僧たちの読経の声は、その大蛇を弔《とむら》うかのように、ある時は高くある時は低く、途切れない。

溶銅がほとんど流れ出し、中子と外型の隙間から溢れ始めたとき、大太鼓の音が止んだ。

組頭が溝に堰《せき》を置いて溶銅の流れを止めたが、もう四基の湯口に溶銅は残っていなかった。

造仏長官と四人の部下が大仏の周囲を回り、鋳込みそこないがないかどうか確かめている。

楽人たちが櫓からおり、僧たちも散り始める。

奈良登りの吹屋での鋳込みとは比べものにならない大がかりな儀式に、国人はまだ胸の高鳴りを抑えきれないでいた。

息をつき、大仏の横顔を仰ぐ。周囲にたちこめていた白い湯気は上に昇り、大仏の肩から上をほのかに隠している。まるで、雲の中に大仏がそびえ立っているような光景だ。

「よし、首尾よくいった」組頭が声を張り上げる。「今日の仕事は終わりだ。こしき炉はそのままにしておいていい。明日になったら冷えているだろうから、慎重に解体する」

「ああやって大仏が土から銅に生まれ変わるのだ」土盛りから降りながら猪手が言う。

「わしは女のお産を思い出した。赤子も生まれるときは血まみれになる」

「俺は違う」刀良はまだ興奮が醒《さ》めない様子で異を唱えた。「あたりが白い湯気に包まれただろう。雲の上にいる気持がした。雲の中から大仏の横顔が見え、ついつい拝んでいたさ」

「わしは坊主からあんな具合に足元で読経されて、自分が偉くなった気がした」逆が笑った。

「それより、腹が減った」しめくくるように吉継が言ったので、誰もが腹に手を当てた。緊張と感激で空腹を忘れていたのだ。

小屋に戻り、燭台の明かりの周りで夕餉をとった。組頭に呼ばれていた逆は、戻って来たとき、糟湯酒《かすざけ》のはいった小桶をかかえていた。

「造仏長官から、各組に配られた。最初の鋳込みの祝い酒だ」

三つのかわらけを順に回して飲む。都に来て初めて口にする糟湯酒で、これまでに飲んだものより味が濃い。

「たたら踏みには、心底くたびれた。あんな課役を毎日やらされた日には、腰が立たなくなってしまう」人足のひとりがしみじみと言う。

「国人、お前は、長門では毎日たたらを踏んでいたのだろう」猪手が顔を向ける。

「わしはひと月と務まらずに、切口に戻ったがな」

「炉がここよりも小さいので、たたらも小ぶりでした」国人は謙遜《けんそん》する。しかし実のところ、釜屋《かまや》から吹屋に行かされた当初、たたら踏みほど辛《つら》い労役はないと思ったものだ。たたらに比べれば、本切りで冷たい水に悩まされながら璞《はく》石を掘るほうが、好きなときに骨休めができる分、楽だった。

あのたたら踏みに音を上げなくてすんだのは、黒虫《くろむし》のおかげだった。

黒虫が生きていて、国人と一緒に都に連れられて来たとしたら、今日の鋳込みにはどんなに目を輝かせただろう。

「あの拍子唄《うた》は効いた」別の人足が言った。「一日ですべての組に行き渡っていた。それぞれの組で、勝手に文句は替えていたがな」

「この分だと、鋳込みが全部終わったときには、何百という替え唄が出来上がる」逆がにんまりと笑う。「とにかくわしらの組が一番早く棹銅を溶かし終わった。今度からは少し加減してもいいのかもしれん」

「しかし、俺が不思議に思ったのは、溶けた銅がちゃんと外型と中子の隙間にはいり込んで、余りもせず、足りなくもならなかったことだ」刀良が首をひねった。

「そこは長官がちゃんと計算してある」逆がたしなめるように言う。「明日からは二段目の外型作りが始まるが、次の鋳込みのときの棹銅が何本必要か、もう分かっているはずだ」

台座の周囲の長さと高さ、そして外型と中子の間の隙間の厚さで、必要な銅の量が決まることは、国人にも理解できた。しかしそれをどんな具合にして計算するのかは、国人にも分からない。長官と四人の部下たちが筆と紙を手にしているのは、そのための計算をいつもやっているからだろう。長官たちが持っている紙を一度のぞいてみたかった。

「今日のやり方で鋳込みを続けていくのは、わしだって分かるが、継ぎ目はちゃんと塞《ふさ》がるのか」猪手が逆に訊く。組の中で逆が一番の物知りだとは、猪手も認めているようだった。

「あんたはいいところに目をつけた」逆が得意な顔になる。他の人足が日焼けしてまっ黒な顔をしているなかで、火に照らされた逆の顔は妙に白っぽく、大きな黒い目がよく動いた。

「外型の縁の所をあんたは見なかったか。内側に突き出て、ところどころ丸い突起物があったろう」

「確かに妙な具合になっていた。火で焼き固めるとき、壊さないように気をつかった」

「あれが、二段目の鋳込みのときに役に立つ。突き出たところとへこんだところがからみ合ったり、孔《あな》の中に溶銅が入り込んで固まって、閂《かんぬき》みたいになる」

「なるほどな」猪手が感心したが、国人も同じ気持だった。

外型の不揃《ふぞろ》いな突起や、削った中子のところに溝や穴が開けられているのは知っていたが、それが次の鋳込みを見込んでのことだとは、思いもよらなかった。

「田主《たぬし》たちは無事に国に向かっているだろうか」

夕餉《ゆうげ》をとり終え、糟湯酒を飲み尽くすと、人足のひとりがぽつりと言った。

「そればかりは確かめようがない。あいつらが国に帰り着き、同じ村落から新しい人足が連れて来られれば、無事が分かるというものだ」逆が答える。

「それはまだ何年も先のことだろう。その頃には、俺はもう国に戻っている」

「お前の国は播磨《はりま》だったな」

「さして遠くない所だ。課役《かえき》明けになれば、何とか帰り着ける」

「そんなに国がいいか」逆は突き離すような言い方をする。

「両親も兄弟もそこにいる。父親や母親の死に目にも傍にいてやれないというのは、申し訳がたたぬ」その人足が答えると、逆は顎を突き出したまま黙った。

　国に帰ることばかり考えていると、身も心も痩《や》せ細っていく――。いつか逆が言ったのを国人は反芻《はんすう》してみる。聞いた当初は冷たい男だと反発を感じたが、都に来てみ月ばかりたった今、ここに腰を据えるのだと自分に言いきかせたほうが、気持が落ちつくのだ。

　しかし、それでも長門に帰る希望は、胸の片隅にいつも保っておきたかった。それがいつになるかは、もちろん考えてはいけない。考えると、確かに身も心も痩せていく。いつとは考えないが、いつかは必ずあの榧葉山に帰り着くのだ。

国人は床の上に横になり、目を閉じる。炎と熱に照らされた顔がひりひりと痛む。溶銅の湯がまっすぐ闇の中を走る光景が、まだ目の底に焼きついていた。国に帰って景信と再会したとき、まっ先に話してやりたい光景だ。景信はどんな顔をして聞いてくれるだろうか。

聞き入る景信の姿を思い浮かべているうち、腕や腰の痛みも、顔の熱さも遠のき、やがて眠りにおちた。


太鼓の音で目が覚めたのは寝入って間もないときだった。傍で眠っていた吉継が起き上がり、小屋の外に走り出た。太鼓の音はしばらくして止んだが、その頃には他の連中も起き出して、ぶつぶつ文句を言いながら外の様子を見に行く。

国人はまだ眠気を追い払えずに、横になっていた。火事でもなさそうだ。誰かが櫓に上がり、酔狂な振る舞いをしたのかもしれない。小屋から逃げ出すには及ばないと高をくくった。何人か隔てた所に寝ていた猪手も、腕枕《うでまくら》をして壁の方を向いていた。

吉継や逆など、出て行った人足たちが戻って来たのは半ときほどたってからだ。

「盗人がはいった。棹銅《さおどう》を置いてある倉庫だ」吉継が言う。

「倉庫にあった棹銅は全部こちらに運んだはずですが」

「何十束かは残っていたらしい。今夜は寝ずの番の衛士にも酒が振る舞われて、前後不覚だったところをやられた。盗人もよく考えたものだ。裏の戸が一枚、はずされていた。見張りもいれて二十人ばかりで、あっという間に持って行かれたのではないかと、駆けつけた役人が言っていた。都は盗みも大がかりだ」

「棹銅で銭を作るのですかね」

「そうらしい。逆の話では、都のあちこちに鋳銭所《じゆぜんじよ》があるらしい。許可されているのもあれば、隠れて作っている所もある」

「私鋳ですね」国人は奈良登りで逃亡した朝戸《あさべ》を思い出す。私鋳に加担《かたん》して捕まり、みんなの前で笞《むち》打ちされたのだ。

「都は山の中と同じだ。これだけ家屋敷が立ち並んで、溢れるほどの人がいながら、隠れて銭も作れるのだからな」吉継は周囲を見渡し、他の人足たちが横になったのを確かめ、自分も大きな欠伸《あくび》をした。

国人も目をつむる。吉継の言うとおりだった。都は深い山に違いない。岩もあれば不気味な洞窟《どうくつ》もある。谷もあれば滝もある。自分が知らない樹《き》や草の実、見たことのない鳥やけものもいる。広くて深い山のほんの縁だけを、このみ月あまりで見聞きしたにすぎないのだ。

榧葉山でそうだったように、都という山の中をいずれ縦横《じゅうおう》に駆け巡り、そのすべてを知ってみたい気がした。

14

翌日は、こしき炉とたたらを壊す作業で始まった。

前日の鋳込《いこ》みが本当にうまくいったかどうかは、盛り土が外型《そとがた》を覆《おお》っているのでうかがい知れない。これから先もそれは同じことなのだ。およそ六尺ずつ鋳込みを進め、一番最後の鋳込みのときは、大仏がすっぽり盛り土に包まれているはずだ。

鋳込まれた大仏がどのようになっているのか。ところどころに溶銅のはいり込んでいない隙間《すきま》がないかどうかは、すべての鋳込みが完了したあと、盛り土を少しずつ取り払っていくうちに、確かめられる。

「なるべく割れないようにしてくれ。こしき炉は三、四回は使えると聞いている」組頭が炉を見上げて注意する。

こしきの間は粘土で固めていたが、そこにたがねを当て、鎚《つち》で打ちこむ作業は、掘場での璞《はく》石取りと似ていた。下の段で同じ作業をしていた猪手《いて》の手つきも慣れたものだった。

結局、こしきはすべて無傷のままはずすことができた。盛り土の上を慎重に転がして、小屋の前まで運ぶ。

二日間で炉とたたらの撤去を終え、三日目からは外型作りが始まった。盛り土の上に、泥をこねる凹地を浅く掘り、一方で土をふるいにかける。残りの人足は大仏の表面に紙を貼《は》りつけた。

国人が受け持ったのは、その紙貼りだった。飯粒をつぶして湯で薄くのばした糊《のり》を、刷毛《はけ》で大仏の表面に塗り、紙を貼る。紙に皺《しわ》がはいらぬようにするには要領がいり、組頭から何度も注意された。

薄い上質の紙には、筆で字が書かれているものもあった。

「国人《くにと》、これは何と書いてある」隣で紙を貼りつけていた逆《さかさき》が訊く。

「〈月魄《げつぱく》〉です」

「どういう意味だ」

「月の精のことではないでしょうか。月がもっている魂――」たった二字だけでは、国人にも確かなことは分からない。

逆は、積み重ねられた紙からまた別な一枚を取り出してみせる。

「〈有道《ゆうどう》〉です。道をわきまえている人。徳のある人のことだと思います」

国人は自信がないままに答えたが、三間ばかり離れた所から長官がじっとこちらを見つめているのに気がつき、慌《あわ》ててその紙を手に取って、大仏の表面に貼りつける。

その後も十枚に一枚くらいは、墨で字が書かれていて、そのたび毎《ごと》に逆が国人に見せた。逆は時々それをさかさまに見せることもあり、国人に注意されて苦笑いする。

一枚の紙に書かれているのは決まって二字で、何を意味しているか、国人にも分からないものもあった。

「これは、長官が自作の詩を書きつけたものだと聞いている。造仏成就《ぞうぶつじょうじゅ》を祈願する詩だ」

組頭が逆と国人のやりとりに気がつき、教えてくれる。

一段目を作ったときには、大仏の表面に和紙を貼りつける代わりに、滑石《かっせき》を砕いた白い粉を塗ったらしい。一段目と二段目でやり方がどうして違うのか、国人は組頭に訊いてみた。

「どちらが外型をはずしやすいか、比べているのだろう。それとも、一段おきに祈願の詩を貼りつけるのかもしれない。お前が直接訊いてみたらどうだ。お前なら、長官も教えてくださる」

国人は滅相《めつそう》もないといった顔で首を振る。一度奈良登りについて訊かれたときも喉《のど》がひきつったのに、こちらから長官に尋ねるなど、およびもつかない。

紙を貼り終えると、その上から粘土水で溶かした土を塗り、やや粗い土、さらに粗い土という具合に重ねていく。その外側は籾殻《もみがら》を混ぜた土、切り藁《わら》を入れた土だ。最後に、外型が割れないように、布切れや綱、板片なども土で塗り込めて補強する。

ようやく外型が出来上がったのは十日後で、その日は昼過ぎから、にわかに雲行きが怪しくなり、組頭の命令で、人足全員が倉庫まで茅《かや》でできた薦《こも》と莚《むしろ》を取りに行った。外型を二重にも三重にも莚で覆い、上に茅薦を掛けて、雨水が沁《し》み込まないようにした。作業が大方終わりかけた頃に雨粒が落ち出した。作業を終えて早々に小屋に戻った。

「この雨は二、三日続く。恵みの雨だ」逆が外を眺め、国人や猪手たちの方を振り向く。「木や草だけでなく、わしたちにも恵みがくる」

「雨の日は骨休めか」猪手が訊く。

「少々の雨では骨休めにはならないがな。これくらいだと、何もできん。働きづめだったのでちょうど骨休めの時期でもある」

　そう言えば、都に着いてから、一日たりとも休めなかった。奈良登りで十日に一日くらい、交代で骨休めができたのとは大違いだった。

「骨休めできたところで、外が雨ではな」吉継が不満気に口をとがらした。

　逆の予想どおり翌日も雨で、人足全員に骨休めの告示が出た。

「どうする国人。わしは出てみる」猪手が訊いた。国人は吉継や刀良の顔をうかがう。吉継は首を振り、刀良は軀《からだ》を横たえたままで答える。

「せっかくの休みだ。寝ているよ」

　国人は迷ったが、この機会を逃せば、またひと月、働きづめになる。外に出ずにじっとしていたのでは、都を知ることはできない。猪手に続いて立ち上がった。

「あんたらが行くのなら、案内してやってもいい。二人だけでは心細かろう」国人たちのやりとりを眺めていた逆が言った。

　組頭のところに行って、木札を貰《もら》って来てくれたのも逆だ。四角い形で〈造仏所〉という焼印《やきいん》が押されている。

「持っておけ。何かのときには怪しまれずにすむ」逆は木札を国人と猪手に渡した。

　小屋の壁に掛けてあった蓑笠《みのかさ》を身につける。ずぶ濡《ぬ》れになるのは覚悟の上で外に出た。

白い雨脚の奥に、小山のような大仏の姿が黒く沈んで見えた。少しばかりうつむき加減の頭、なだらかな肩、立てた右手と平らにした左手。どんな雨風にも動じないような、堂々たる姿だ。台座の部分だけに盛り土がされ、その上に二段目の外型がはめられていたが、まだまだそれは、大仏のほんの足元にかじりつくような小さな工事に過ぎない。

「あの姿を何千年も先までとどめておくために、わしたちが汗水たらしているというわけだ」顔に雨水が当たるのにも構わず、逆はじっと見上げている。

「土の大仏では十年ともたないからな。百年もすれば、ただの土くれになってしまう」猪手も何かに打たれたように口ごもる。

「土が銅になったあとには、その上からさらに金を塗るらしい。その前に、この大仏を覆う屋根をこしらえなければならないがな。その木を選ぶのに、役人がもう播磨国に遣わされたと聞いている」逆が言った。

今は黒い姿をしている大仏が、金色に光るとすれば、どんな光景になるのか、国人は考えただけで身が震える。

「とすると、全部が終わるまでに、いったい何年かかるのだ」猪手の声がくぐもる。

「組頭の話では五年から八年らしい」こともなげに逆が答える。「大仏が出来上がれば、その後に光背《こうはい》というものを作らねばならない。あんたたちも見たことがあるだろう」

「後光《ごこう》ですね」国人も小さな仏像で見たことがあった。「それも銅で造るのですか」

今眺めている大仏に光背をつけるとすれば、さらに大きな建造物になる。

「いやそれは木造らしい。細かな彫り物を施して、金箔《きんぱく》で覆う。それにはまたさらに何年かかかる」

「わしたちは、それがすべて出来上がるまで、ここに留め置かれるのだろうか」猪手の声が掠《かす》れた。

「この間帰った田主たちは五年だった。あんたたちもそのくらいは覚悟しておくがいい」

猪手は半ば怯《おび》えた顔で国人を見る。

「その五年が十年になるのではないだろうな」

「わしは、できることなら、最後の光背の輝きまでを見てみたい。組頭にもそう言っている。もちろん、命あってのことだが」猪手の疑問には答えずに、逆は淡々と答えた。

大仏の正面に回り、国人はもう一度振り返った。こしき炉から溶け出した銅に囲まれ、白い雲に包まれた大仏も美しかったが、雨の中に静かに坐《すわ》っている黒い大仏も、重々しくおごそかだ。

「さてどこに行きたい」逆が訊く。

「都らしい所だ」猪手が言う。

「雨の日だと都大路にも人は少ない。市に行ってみるか。午《ひる》にしか開かないが、ゆっくり歩いていれば時もたつ」

「市は雨でも立つのか」

「雨の日でも嵐の日でも、店は出る。店と人の数は少なくなるがね。市は東と西に二つある。月の前半分は東市、後半は西市がそれぞれ立つ。今は東市が立っている。ここから遠くない」逆は先に立って歩き出す。

なるほど、ぬかるみの道を通る牛車《ぎっしゃ》はない。灰色の衣を着た僧が、応器《おうき》を手にして向こうからやってくる。国人たちと同じように裸足だが、笠も蓑も身につけておらず、剃《そ》り上げた頭も衣もずぶ濡れだった。すれ違うとき、国人たちには眼もくれなかった。

似たような応器を景信《けいしん》も持っていたのを思い出す。一度手に持たせてもらったが、鉄でできているので、意外に重かったのを覚えている。考えてみると、景信が奈良登りで托鉢《たくはつ》する姿は見ても、あの中に自分が何か布施《ふせ》をしたことは一度もなかった。見えない形でいつも布施をしてもらったのはこちらだった。ということは、景信のあの応器で、自分も養われていたのだ。

国人はそっと振り返る。托鉢僧は、土塀の切れた門の前に立って、お経を唱え始めていた。

雨は本降りになり、地面ではね返った泥が足首を打つ。

国人は景信から託された緑青《ろくしょう》を思い出す。兄弟弟子だった基豊《もととよ》という僧を訪ねて手渡すように言われたが、どこまで広いか分からないこの都で、ひとりの僧を探し当てることなど、はたしてできるのか。

「観世音寺というのは、どこにあるか知りませんか」国人はその基豊という僧がいた寺の名を口にしてみた。

「知らんな。都でわしが知っている寺は、興福寺に元興寺、大安寺に薬師寺、法華寺《ほっけじ》くらいなものだ」逆が答える。

「それじゃ、行基《ぎょうき》という偉い坊さんは」

「その方のことは、都で知らぬ者はない。ほらそこに流れている堀川も、もとはといえば、そのお方と、帰依《きえ》している何千もの信者が掘ったものだと言われている。今は大僧正になられている」

「大僧正」国人には耳新しい言葉だった。

「僧侶《そうりょ》の一番上の位だ。しかしお前もよくそのお方の名前を知っていたな」

「行基を師としていた僧が、長門《ながと》にいて、話を聞いていました」

「あの方の弟子といえば、二千人ではきかないだろう」

「榧葉《かやば》山《やま》の景信と、その大僧正とでは、比べるのもはばかられる。都にある寺はどれも立派だ。そんな寺を寄せて集めたうえで、一番偉いのが大僧正だろう。景信が住んでいるのは山の上の穴ぐらだ」猪手がせせら笑うように言った。

国人は口をつぐむ。景信の話を持ち出したのを後悔していた。

「わしが聞いたところでは、大仏が出来上がったとき、開眼供養会《かいげんくようえ》を開くのだそうだが、そのために、偉い僧を招きに、使いの者が天竺《てんじく》の国まで行かされているそうだ」

「天竺というと」

「はるか西の方の外《と》つ国《くに》だ。わしもよくは知らん」逆が首を振る。

「大僧正がいるのに、それよりも偉い坊さんを連れて来なけりゃならんのか」猪手が訊く。

「あれだけの大仏は、どこの国を探しても見当たらない。天子様は西方浄土の国々に知らせたいのだろう」

「その開眼供養は、いつ頃になりますか」

「五年先か八年先か、あるいは十年先になるかもしれぬ。その供養には、都だけでなく、近在の僧も、すべて集められるそうだ。並たいていの数ではない。造仏の課役に出ている人足の数よりは多いだろう」

「二千人」猪手が目をむく。

「馬鹿《ばか》。坊主《ぼうず》はな、大きな寺になるとひとつの寺で千人くらいいる。中くらいの、ほら、前に見えるのが大安寺の塔だが、あの寺でも五百人はいる。それらが集まってくるのだから、一万ではきかない」

「えらいものだ」猪手が眉《まゆ》を吊《つ》り上げる。

「わしは少なくとも、その開眼供養会までは、生きていたい。わしに願い事があるとすれば、それだけだ」

「都に残るというのか。その前に年季明けがきたらどうする」

「帰りたい者は、他にいくらでもいる。代わってもらう」

「わしが代わってもいいぞ」猪手の言い方は半ば本気だ。

「あんたとは国が違うからな。そういうわけにもいかん」

「わしは、いくら都といえども、何年もいる気はない。三年の年季が来たら、さっさと国に帰る」

「そう思いどおりにいけばいいがな」逆は語尾を濁し、国人を見た。お前も猪手と同じなのかと、訊きたげな顔だ。

国人は口をつぐんだまま歩き出す。雨がさらにひどくなり、道はぬかるんだ。

子供の手を引いた婢《ひ》と思われる女が門から出て来て、一町先の門の中に駆け込んだ。

子供の姿を見ると、どこか気持がなごむ。奈良登りには、夫婦者が少なかったので、いきおい、子供の数も少なかった。国人がたまに声をかけたのは、道足の子供だ。よちよち歩きの弟のお守をその女の子はさせられ、鍛冶《かじ》小屋の近くの道端にしゃがんでは、野の花を摘んでいた。国人が傍《そば》を通りかかったとき、弟のほうが急に泣き出した。よく見ると、草の葉に髪切虫《かみきりむし》がとまっていたのだ。白黒のまだらのはいった長い角をゆらゆらと動かしたので、弟はびっくりしたのだろう。国人がなだめ、虫を取ろうとした瞬間、髪切虫は翅《はね》を広げ、飛んだ。男の子はそれでまた泣き出す始末だった。姉のほうがなだめてようやく泣きやんだが、それ以来、弟のほうは国人を見ると泣きべそをかくようになった。国人を恐《こわ》がらなくなったのは、道足がその子を連れて歩いているところに行き合い、国人が抱き上げてからだ。

国人たちが奈良登りを出るとき、あの二人は母親に手を引かれ、父親がどこに行くのかも知らずに道足のほうをじっと見ていた。あれから四か月になる。賄所《まかないどころ》で働いている母親は、毎晩子供たちに父親の話をしてやっているに違いないが、もう二人とも父親の顔は忘れかけているだろう。

違う組に入れられた道足の姿は時々見かける。髭面《ひげづら》と牛のような怒り肩は以前のままだが、元気がなかった。遠くから国人が手を上げても、軽く応じるだけだ。

あの道足はもともと何にでも興味をもつほうだった。本来なら都に出ていろいろなものを見たいのだろうが、子供の姿も否応《いやおう》なく眼にはいる。それは国に残した幼な子を思い起こさせる。道足には辛《つら》いことになる。長門から難波津《なにわづ》までの舟旅の途中、海辺で遊ぶ子供たちの姿をじっと眺めている道足に気づいたことがある。国人から声をかけられ、我に返ったように立ち上がった。今頃、道足は人足小屋の中で横になり、骨休めをしているだろう。奈良登りに残した幼い子供たちを思い出しているに違いない。

「さあ、もうすぐだ」逆が声をかける。「晴れていれば、このあたりから人と車でごった返すがな」

それでも人の数は確かに増えていた。薪《たきぎ》を頭の上に乗せた女、野菜を入れた背負子《しょいこ》を担《にな》った男、かと思えば両肩に土師器《はじき》をいくつもぶら下げている若い男もいる。そのひとりひとりの身なりや、持っている品物が、国人には珍しかった。

「おい気をつけろ」猪手が手を引く。

牛の糞《ふん》をあやうく踏みつけるところだった。ぬかるみはひどくなり、くるぶしまで泥に埋まった。

よしず張りの小屋がずらりと並ぶ通りに出たとき、国人は思わず声を上げた。これだけの数の店を一度に見るのも、さまざまな恰好《かっこう》をした人の群れを目にするのも初めてだった。

「ゆっくり眺めていい。わしも最初ここに来たときは、これこそ都だと思った。晴れた日で、人の賑《にぎ》わいは比べものにならなかったが」

いや雨の日にこれだけの店が軒を連ね、人出があること自体、都以外では考えられないだろう。

手前にある店先には、斧《おの》や鎌《かま》、鋤《すき》や鍬《くわ》、手斧《ちような》が並び、その横の店は莚や折薦《おりごも》を売っている。かと思えば、左側には、簀子《すのこ》や明櫃《あけびつ》を山積みにしている店があった。その先には、〈油〉と書かれた板を立て、大瓶《おおがめ》の中に入れた胡麻《ごま》油や麻油、椿《つばき》油を売っている。店の主は竹の杓《ひしやく》で中の油を汲《く》み、買いに来た女の瓶の中に入れてやっていた。

国人が気になったのは品物の値段で、木片にそれを書いている店もあれば、全く値段の分からない店もある。店主と客が掛け合って値段が決まるのかもしれなかった。きちんと値段を書いている店の前で国人は立ち止まる。醬《ひしお》一升が五文、酢《す》が十四文、胡麻油が五十文と書かれている。長門あたりの値の倍近くの値段だった。

その隣のよしず張りは塩屋だった。底の尖《とが》った土器に入れられた塩を見たとき、国人は猪手の腕を引いた。

「あれは、奈良登りの吹屋《ふきや》に置いてあったのと同じです」

「わしも見たことがある」猪手が頷《うなず》く。「あんな遠い所から運ばれて来たのだろうか」

「都には、国中から物が集まる。あんたたちが作った棹銅《さおどう》がそうだろうが」逆は当然といった顔をする。

天井の梁《はり》から、さまざまな魚の干物を吊《つ》るした店もあった。国人が見たこともない魚が多かった。かと思うと、二、三軒先には、串焼きして干した川魚ばかりを売っている店もある。鮒《ふな》や鯰《なまず》、どじょうが竹串に刺されて焼かれ、国人は知らず知らず生唾《なまつば》を呑《の》み込んでいた。

「食い物屋の前は軀《からだ》に毒だ。ついついそこで立ち止まってしまう」逆も苦笑いする。

焼き干しした鮒は十匹ずつ藁《わら》で束ねられている。大きな菅笠《すげがさ》をかぶって竹籠《たけかご》を手にした女が、それを買った。粗末な身なりからして、どこかの屋敷にいる婢《ひ》だろうか。

しかし婢でも、都では自分たち人足よりうまいものを腹一杯食べている様子で、丸々と肥《ふと》り肌艶《はだつや》もいい。

「おい国人、椎《しい》の実があるぞ。懐《なつ》かしいな」猪手が声を上げる。

そのよしず張りでは、店先いっぱいに栗《くり》と椎の実を山積みしていた。売っているのはその二品だけだ。

「もう椎の季節なんですね」国人も足をとめた。

椎は、榧葉山で木に登って採った。もちろん、はじけて下に落ちた実もあったが、それは女たちが拾ってしまう。枝の上で熟したばかりの椎の実は、黒く光って美しい。歯でかんで割ると、黒い殻の中からまっ白な肉が出てきた。

「ひとつだけくれんか」猪手が女の店主に指を一本立てると、頷き返してくる。「うん、味も同じだ」口の中で味わった猪手は満足する。

「これから向こうは、両側に食い物屋ばかり並んでいるから、腹が減っているときは通らないがいい」逆が路地を曲がって言った。

いい匂《にお》いが漂っていたのはそのためだった。集まっている客も、さっきの区画とは違って身なりがいい。黒漆塗りの笠や、柿渋《かきしぶ》を塗った紙の合羽《かっぱ》を着ている男たちもいる。その合羽が揃《そろ》いの柄なのは、同じ館《やかた》に住む使用人だからだろう。

店先は色とりどりだ。粥《かゆ》を煮たてる店もあれば、ついた餅《もち》に黄な粉をまぶしている店もある。かと思えば、蜂蜜《はちみつ》につけた果物を売っている。逆が言ったように、腹の虫が鳴く思いがする。僧衣を着た男が、蜜柑《みかん》を手籠一杯買っていた。国人が眼を奪われたのは、その横にあった干柿《ほしがき》だ。赤く熟れ、所々に白い粉がふいていた。

「買おうか」国人が見入っているのに気がついたのか、逆が声をかけた。

「一文なしですから」

「わしが少し持っている」逆は懐《ふところ》から一文銭を出して、店主の男にいくつくるかと訊《き》いた。五個が一文だというのを値切って、逆は六個受け取り、国人と猪手に二つずつ渡した。

「いいのか」猪手がすまなそうに手を出す。

「いいさ。国を思い出したのだろう。若草山や三《み》笠山《かさやま》に行けば採れるはずだが、わしたちにはそんな暇もなかなか貰《もら》えぬ」

逆は市の中を流れる堀川の川べりまで二人を連れて行き、干柿を頬ばった。

甘さが口一杯に広がり、頭のてっぺんまで突き抜ける。奈良登りでも食べたが、こんなにまで甘かったとは国人も驚く。黒い種の周囲をすべてかき落とすまで、舌の上で転がした。猪手も川の面を見つめながら一心に口を動かしている。一個だけでなく二個も食べられるのが、国人は嬉《うれ》しかった。

「仕丁《じちょう》に出た人足には、本来なら国元から給金が出ることになっているが、それは口約束で、ひと月に一度、五文くらいは貰える程度だ。全くない月もあった。しかし、たいていは残らない。いずれ国に帰るつもりなら、無闇《むやみ》に使わんほうがいい」

ひと月に五文もらうとすれば、干柿の数にして二十五個あまりだ。一日の苦役あたりひとつの干柿を貰うのと同じだった。それが恵まれているのか、そうでないのかは分からない。少なくとも奈良登りではそうした金が配られるのは年に二回、十文ずつだったから、よしとしなければならないのかもしれない。貰った金は、すべて数日のうちに使ってしまうのが、奈良登りの人足たちの常だった。頭巾《ずきん》や衣類を買ったり、瓢簞《ひょうたん》の水入れと交換したりした。

食べ終えた干柿の種を猪手が懐にしまう。

「まさか種を植えるのではあるまいな。植えても実のなる頃には都にいないぞ」逆が冷やかす。「まだ面白い所が残っている」先に立って歩き出す。

干柿の甘さのおかげで、雨で冷えた軀が暖まっていた。

刀や鉾《ほこ》を置く店があり、その隣は色鮮やかな鞍《くら》が所狭しと並べられていた。従者を伴い、木沓《きぐつ》を履いた若い男が、ひとつひとつ鞍を目の前に持って来させていた。刀や鉾もそうだったが、鞍にもそれぞれ作者の名前がつけられている。国人は足をとめ、赤や黄の紐《ひも》、黒革でこしらえられた鞍を遠くから眺めた。刀や鉾も、そして鞍も、死ぬまで自分には無縁の品物だが、それだけに眼の中にとどめておきたい気がする。どれひとつとっても、奈良登りでは決して見られない逸品だ。

向かい側の店の並びにも、都ならではの品があった。黒や赤の漆《うるし》で塗られた椀《わん》だ。同じような椀は、吹屋頭の家でも見たことがあるが、それとは比較にならないほどの艶がある。国人がさらに美しいと思ったのは、編んだ竹の器に漆を塗った入れ物だった。赤と黒の漆を重ねたあとに磨きをかけ、まだら模様を浮き上がらせたのだろう。

品物を手にとって見ているのは、国人たちより頭ひとつ丈の高い外つ国人だった。従者に何か言い、従者が店の主人に値段を訊いている。

食い物からそれを入れる器、着飾る物から武具まで、ありとあらゆるものが市で売られ、外つ国人までが買いに集まって来る――。やはり都だった。

「見ておく場所はあそこだ」逆が顔を上げ、意味ありげに言った。

道幅が広くなり、人の往来が一段と多くなっている。牛車も混じっているところからすれば、貴人が御簾《みす》の中から店先の品を吟味しているのかもしれなかった。

しかし両側のよしず張りはそれまでの店とは様子が違っていた。茅葺《かやぶ》き屋根の下には三、四人、あるいは五、六人の男女が立たされていた。ひとつの店に男と女がいることはなく、ある店は男ばかり、ある店は女ばかりという具合に区別されている。年端《としは》のいかない男の子もいれば、髪に白いものが混じる女もいた。誰ひとりとして笑顔を見せずに、道行く人をどんよりした眼で眺めたり、地面に眼をおとしたりしていた。

店主はといえば、華美な身なりをしているのですぐ見分けがつく。店先の雨の降り込まない所に、男や女たちを見張るようにしてしゃがんでいた。

客はまず店先で男や女たちを眺め、さらに中にはいり、男女の頭のてっぺんから足の先まで眼を走らせる。中には話しかけてみる者もいた。

「奴婢《ぬひ》だな」猪手が呟《つぶや》く。灰色の衣を着ているところからも、そうに違いない。

「ここで売り買いされている。市に来れば人も金で手にはいる」こともなげに逆が言った。

店の中には若い婢だけを集めている店もあり、そこも人だかりがしていた。顔立ちの良い婢もいて、客たちのほうは見ずに、雨の落ちてくる空をねめつけていた。

「あの奴婢のひとりひとりに、売渡し証文がついている。奴婢の主人が書いて、役所が認めの印を捺《お》している」

「お前は詳しいな」猪手が驚く。

「ちょっとした知り合いの婢がいてな」逆が前を向いたままで答えた。「大きな寺になると百人から二百人くらいの奴婢がいる。人手が余ったときには売りに出し、足りなくなると買い入れる。貴人の館も同じことだ。盗みを働いて殺されても、畜生と同じだから役所に届ければ主人にお咎《とが》めはない。しかし良い主人につけば、わしたちのような課役はないし、楽かもしれん」

「寺の奴婢は何をしているのだ」

「婢はもっぱら裁縫、奴《ぬ》は写経の紙や硯《すずり》を運んだり、租米《そまい》を寺田《じでん》から運搬したりする。寺奴婢たちは、寺の東北の隅に建てられた賤院《せんいん》に集まって寝起きしている」逆はすらすらと説明した。

「考えようによっては、わしたちも売られて都に連れて来られたようなものだ」

「でも国元からの給金があります」国人は異を唱えた。自分たちが奴婢と同じだとは思いたくなかった。

「さっきの国養物《こくようぶつ》のことだろう」猪手が言う。「わしは都に来る途中、舟長《ふなおさ》に訊いたことがある。一年に六百文という返事だった。三年いれば、しこたま貯《た》められるので悪くないなと思ったものだ。しかしさっきの逆の話だと、ひと月に五文から十文とくれば、国養物などないに等しい」

「どの国でも、都に送った人足のことなど眼中にない。たまに国養物を送ってよこしても、途中で役人の懐《ふところ》にはいって、わしたちに渡るのはその十分の一だ。能登《のと》がそうだから、長門の国も似たようなものだろう。わしは、雨露をしのげる人足小屋があって、一日二度、飯にありつけるだけで有難いと思うことにしている。人足にもなれず、奴婢にも身を落とせずに、都大路で飢え死にする者も、これから雪が降るようになると増える」

逆が帰ろうとして国人たちに声をかけたとき、路地を走って来る男がいた。伝令だろうか、「罪人の処刑だ」と叫んで触れまわる。

「この雨の中でもお仕置きをやるとは、熱心なことだ。行ってみるか。南門の前だからすぐそこだ」

「斬首《ざんしゅ》か」猪手が手刀《てがたな》を首にあてる。

「市の中だから首斬《き》りまではしない」

小降りになった雨の中を、逆のあとについて歩いた。

木造りの門の前が広場になっていて、百人くらいの見物人が集まっていた。わざわざ従者から長い柄の傘をさしかけてもらって眺めている貴人もいる。

逆が手際《てぎわ》良く人垣をかき分け、最前列に三人とも出た。台の上に若い男がうつ伏せに寝かせられ、その横に髭面の役人が二人立っていた。寝かされた男の上半身は裸で、下帯だけ身にまとっている。長いこと雨に打たれていたのか、躯を小刻みに震わせていた。

「国人、あそこに罪状を記した立札がある。見えるか」逆が右前方の立札を指さした。細かい墨書きだったが読めないことはない。どうやら馬泥棒らしかった。〈元興寺馬〉という表記からすると、国人たちが都にはいった日に朱雀《すざく》大路で見た立札と関係があるのかもしれない。馬は偶然逃げ出したのではなく、男に盗まれたのだ。

「なるほど馬泥棒か。馬は金になる。使いものにならぬ老馬でも一頭五百文、普通の馬なら一千文か二千文だ。罰もかなりきついだろうな」

台の上の役人が何か叫んだが、笠にかかる雨の音に消されてよく聞こえない。おそらく罪状を告げているのだろう。

やがて笞《むち》打ちの刑が始まる。奈良登りで見た朝戸《あさべ》の処刑では革の笞が使われたが、ここでは竹の笞だ。二人の役人が交互に笞を振り上げて思い切り振りおろす。手加減はしていないが、笞を振り上げる動作も、振りおろす動きもどこか大袈裟《おおげさ》で芝居がかっていた。同じように、打たれる男のほうも、大仰に躯をくねらせて悲鳴を上げる。

観客の中には、「もっと強く打て」とけしかける者もいる。かと思えば、笞が振り下ろされるたびに、両手で顔をおおう若い女もいた。

「何だか見世物風だな」猪手が興醒《きょうざ》めした顔をした。

「見世物だから、わざわざ人出の多い市場で処刑をする。みせしめと見世物だ。だから罪人がない日は、みんながっかりしている」

逆はもうよかろうというように人垣の外に出た。

角を曲がっても、男の悲鳴は聞こえた。

「笞打ちよりも面白かったのは、馬の生贄《いけにえ》だ。三年ばかり前に大安寺の北にある都大路であった」

生贄なら、長門でも川が氾濫《はんらん》したあとなど、鶏の首を切って落とし、血を川に注ぎ込む儀式をした。首は竹の先に吊《つ》るして川岸に立て、首のない胴体は川にせり出して作った四角い台の上にのせた。しかし馬一頭を生贄にするなど聞いたこともない。

「その大路にある貴人の館で、疫病《えきびょう》にかかって人が次々に死んだらしい。それで主が馬を生贄にしたというわけだ。人だかりがすごくて、あの田主《たぬし》やわしたちは柳の木に登って眺めていたが、馬の脚を四本の杭《くい》に縛りつけて一本一本落としていく」

「立ったままの馬をか」猪手が顔をしかめた。

「後脚を一本切られても、馬はまだ立っていた。残りの一本を切られて崩れ落ち、そのあとは、二人がかりで同時に前脚を切る」話す逆も声を弾ませた。

「むごい生贄だ」猪手が言い、国人も喉をひくつかせた。

「胴体だけで地面に横になった馬は、もう何もできない。首をもたげて狂ったようにいななくだけだ。そこを、男が大鉈《おおなた》をふるって首を打ち落とす。首と脚は手厚く溝の上に祭って、胴体の皮を剝《は》ぎ、肉を供えたあと、残りの肉は見物人たちに配る。それはもう、蜜に群がる蟻《あり》のようなものだった。なかには、貰《もら》った生肉をその場で食う者もいた。疫病退治にはそれが一番いいらしい」

「お前も食べた口か」

「いや、わしたちは生肉を持って帰って、炭火で焼いた。みんなで分けたから、ほんのひと口ずつだったがな」

都大路で、生きた馬の脚を切り落とすなど、国人にはにわかに信じ難かった。奴婢の店といい、都は美しさだけでなく、むごさもあわせもっている。

「戻ろう。残った連中も双六《すごろく》を終えている頃だろう。あんたたちは誘われなかったか」

国人も猪手も首を振る。双六がどんなものかも知らなかった。

「あんたたちに金がないと見て誘わなかったのだろう。初心者はたいがい負けて、賭《かけ》金《きん》をまきあげられる」

「そんなにはやっているのか」

「都では上から下まで大はやりだ。役人の中には、役所でまで双六をする者がいるので、仕事がおろそかになっているという噂《うわさ》だ。寺では坊主《ぼうず》がうつつを抜かし、奴婢たちも主の眼を盗んでやっていると聞く」

「それほど面白いものか」猪手が逆の顔を覗《のぞ》き込んだ。

「金を賭けるからだ。貰ったわずかの金を賭けて、一文無しになった人足もいる。勝った者は、どうせ儲《もう》けた金だと思って、飲み食いに使ってしまう。人足小屋でするのは御法度《ごはっと》になっているのだが、隠れてしている。休みの日、組頭が夕方前に見回りに来るので、みんながうつつを抜かすのは昼過ぎまでだ。わしはやらない。あれは癖になる。課役についていても、頭の中で双六をしている。あんたたちも、誘いがかかってものらないほうがいい」

逆は猪手と国人を睨《にら》みつけるようにして見、歩みを速めた。


（下巻へつづく）

帚木蓬生著

白い夏の墓標

アメリカ留学中の細菌学者の死の謎は真夏のパリから残雪のピレネーへ、そして二十数年前の仙台へ遡る……抒情と戦慄のサスペンス。

帚木蓬生著

三たびの海峡

吉川英治文学新人賞受賞

三たびに亙って〝海峡〟を越えた男の生涯と、日韓近代史の深部に埋もれていた悲劇を誠実に重ねて描く。山本賞作家の長編小説。

帚木蓬生著

閉鎖病棟

山本周五郎賞受賞

精神科病棟で発生した殺人事件。隠されたその動機とは。優しさに溢れた感動の結末――。現役精神科医が描く、病院内部の人間模様。

帚木蓬生著

ヒトラーの防具（上・下）

日本からナチスドイツへ贈られていた剣道の防具。この意外な贈り物の陰には、戦争に運命を弄ばれた男の驚くべき人生があった！

帚木蓬生著

逃亡（上・下）

柴田錬三郎賞受賞

戦争中は憲兵として国に尽くし、敗戦後は戦犯として国に追われる。彼の戦争は終わっていなかった――。「国家と個人」を問う意欲作。

帚木蓬生著

風花病棟

乳癌と闘う泣き虫先生、父の死に対峙する勤務医、惜しまれつつも閉院を決めた老ドクター。『閉鎖病棟』著者が描く十人の良医たち。

小野不由美著

屍鬼（一〜五）

「村は死によって包囲されている」。一人、また一人、相次ぐ葬送。殺人か、疫病か、それとも……。超弩級の恐怖が音もなく忍び寄る。

小野不由美著

残穢

山本周五郎賞受賞

何かが畳を擦る音、いるはずのない赤ん坊の泣き声……。転居先で起きる怪異に潜む因縁とは。戦慄のドキュメンタリー・ホラー長編。

小野不由美著

魔性の子

—十二国記—

孤立する少年の周りで相次ぐ事故は、何かの前ぶれなのか。更なる惨劇の果てに明かされるものとは——「十二国記」への戦慄の序章。

小川洋子著

薬指の標本

標本室で働くわたしが、彼にプレゼントされた靴はあまりにもぴったりで……。恋愛の痛みと恍惚を透明感漂う文章で描く珠玉の二篇。

小川洋子著

博士の愛した数式

本屋大賞・読売文学賞受賞

80分しか記憶が続かない数学者と、家政婦とその息子——第1回本屋大賞に輝く、あまりに切なく暖かい奇跡の物語。待望の文庫化！

小川洋子著

いつも彼らはどこかに

競走馬に帯同する馬、そっと撫でられるブロンズ製の犬。動物も人も、自分の役割を生きている。「彼ら」の温もりが包む8つの物語。

桐野夏生著
ジオラマ

あたりまえのように思えた日常は、一瞬で、あっけなく崩壊する。あなたの心も、変わってゆく。ゆれ動く世界に捧げられた短編集。

桐野夏生著
冒険の国

時代の趨勢に取り残され、滅びゆく人びと。同級生の自殺による欠落感を埋められない主人公の痛々しい青春。文庫オリジナル作品！

桐野夏生著
ナニカアル
島清恋愛文学賞・読売文学賞受賞

「どこにも楽園なんてないんだ」。戦争が愛人との関係を歪めてゆく。林芙美子が熱帯で覗き込んだ恋の闇。桐野夏生の新たな代表作。

桐野夏生著
抱く女

一九七二年、東京。大学生・直子は、親しき者の死、狂おしい恋にその胸を焦がす。現代の混沌を生きる女性に贈る、永遠の青春小説。

黒川博行著
疫病神

建設コンサルタントと現役ヤクザが、産廃処理場の巨大な利権をめぐる闇の構図に挑んだ。欲望と暴力の世界を描き切る圧倒的長編！

黒川博行著
左手首

一攫千金か奈落の底か、人生を賭した最後のキツイ一発！裏社会で燻る面々が立てた完全無欠の犯行計画とは？浪速ノワール七篇。

小池真理子著　無花果の森
芸術選奨文部科学大臣賞受賞

夫の暴力から逃れ、失踪した新谷泉。追いつめられ、過去を捨て、全てを失って絶望の中に生きる男と女の、愛と再生を描く傑作長編。

小池真理子著　恋
直木賞受賞

誰もが落ちる恋には違いない。でもあれは、ほんとうの恋だった――。痛いほどの恋情を綴り小池文学の頂点を極めた直木賞受賞作。

小池真理子著　欲　望

愛した美しい青年は性的不能者だった。決してかなえられない肉欲、そして究極のエクスタシー。あまりにも切なく、凄絶な恋の物語。

佐々木　譲著　ベルリン飛行指令

開戦前夜の一九四〇年、三国同盟を楯に取り、新戦闘機の機体移送を求めるドイツ。厳重な包囲網の下、飛べ、零戦。ベルリンを目指せ！

佐々木　譲著　エトロフ発緊急電

日米開戦前夜、日本海軍機動部隊が集結し、激烈な諜報戦を展開していた択捉島に潜入したスパイ、ケニー・サイトウが見たものは。

佐々木　譲著　ストックホルムの密使（上・下）

一九四五年七月、日本を救う極秘情報を携えて、二人の密使がストックホルムから放たれた……。〈第二次大戦秘話三部作〉完結編。

佐々木　譲著

沈黙法廷

六十代独居男性の連続不審死事件！　無罪を主張しながら突如黙秘に転じる疑惑の女。貧困と孤独の闇を抉る法廷ミステリーの傑作。

佐々木　譲著

制服捜査

十三年前、夏祭の夜に起きてしまった少女失踪事件。新任の駐在警官は封印された禁忌に迫ってゆく——。絶賛を浴びた警察小説集。

佐々木　譲著

警官の血（上・下）

初代・清二の断ち切られた志。二代・民雄を蝕み続けた任務。そして、三代・和也が拓く新たな道。ミステリ史に輝く、大河警察小説。

佐々木　譲著

暴雪圏

会社員、殺人犯、不倫主婦、ジゴロ、家出少女。猛威を振るう暴風雪が人々の運命を変えた。川久保篤巡査部長、ふたたび登場。

佐藤多佳子著

しゃべれども　しゃべれども

頑固でめっぽう気が短い。おまけに女の気持ちにゃとんと疎い。この俺に話し方を教えろって？「読後いい人になってる」率100％小説。

佐藤多佳子著

サマータイム

友情、って呼ぶにはためらいがある。だから、眩しくて大切な、あの夏。広一くんとぼくと佳奈。セカイを知り始める一瞬を映した四篇。

佐藤多佳子著

黄色い目の魚

奇跡のように、運命のように、俺たちは出会った。もどかしくて切ない十六歳という季節を生きてゆく悟とみのり。海辺の高校の物語。

西條奈加著

上野池之端 鱗や繁盛記

「鱗や」は料理茶屋とは名ばかりの三流店。名店と呼ばれた昔を取り戻すため、お末の奮闘が始まる。美味絶佳の人情時代小説。

佐藤賢一著

遺訓

「西郷隆盛を守護せよ」。その命を受けたのは沖田総司の再来、甥の芳次郎だった。西郷と庄内武士の熱き絆を描く、渾身の時代長篇。

白川道著

終着駅

〈死神〉と恐れられたアウトロー、視力を失いながら健気に生きる娘。命を賭けた恋が始まる。『天国への階段』を越えた純愛巨編！

白川道著

海は涸いていた

裏社会に生きる兄と天才的ヴァイオリニストの妹。そして孤児院時代の仲間たち――。男は愛する者たちを守るため、最後の賭に出た。

真保裕一著

ホワイトアウト

吉川英治文学新人賞受賞

吹雪が荒れ狂う厳寒期の巨大ダムを、武装グループが占拠した。敢然と立ち向かう孤独なヒーロー！冒険サスペンス小説の最高峰。

篠田節子著
仮想儀礼（上・下）
柴田錬三郎賞受賞

金儲け目的で創設されたインチキ教団。金と信者を集めて膨れ上がり、カルト化して暴走する――。現代のモンスター「宗教」の虚実。

重松清著
ナイフ
坪田譲治文学賞受賞

ある日突然、クラスメイト全員が敵になる。私たちは、そんな世界に生を受けた――。五つの家族は、いじめとのたたかいを開始する。

重松清著
ビタミンF
直木賞受賞

もう一度、がんばってみるか――。人生の"中途半端"な時期に差し掛かった人たちへ贈るエール。心に効くビタミンです。

重松清著
きよしこ

伝わるよ、きっと――。少年はしゃべることが苦手で、悔しかった。大切なことを言えなかったすべての人に捧げる珠玉の少年小説。

高村薫著
神の火（上・下）

苛烈極まる諜報戦が沸点に達した時、破天荒な原発襲撃計画が動きだした――スパイ小説と危機小説の見事な融合！　衝撃の新版。

高村薫著
リヴィエラを撃て（上・下）
日本推理作家協会賞／日本冒険小説協会大賞受賞

元ＩＲＡの青年はなぜ東京で殺されたのか？白髪の東洋人スパイ《リヴィエラ》とは何者か？　日本が生んだ国際諜報小説の最高傑作。

新潮文庫最新刊

天童荒太著
ペインレス
上 私の痛みを抱いて
下 あなたの愛を殺して
心に痛みを感じない医師、万浬。爆弾テロで痛覚を失った森悟。究極の恋愛小説にして——最もスリリングな医学サスペンス！

西村京太郎著
富山地方鉄道殺人事件
姿を消した若手官僚の行方を追う女性新聞記者が、黒部峡谷を走るトロッコ列車の終点で殺された。事件を追う十津川警部は黒部へ。

島田荘司著
鳥居の密室
—世界にただひとりのサンタクロース—
京都・錦小路通で、名探偵御手洗潔が見抜いた天使と悪魔の犯罪。完全に施錠された家で起きた殺人と怪現象の意味する真実とは。

桜木紫乃著
ふたりぐらし
四十歳の夫と、三十五歳の妻。将来の見えない生活を重ね、夫婦が夫婦になっていく——。夫と妻の視点を交互に綴る、連作短編集。

乃南アサ著
いっちみち
—乃南アサ短編傑作選—
温かくて、滑稽で、残酷で……。「家族」は人生最大のミステリー！ 単行本未収録作品も加えた文庫オリジナル短編アンソロジー。

長江俊和著
出版禁止 死刑囚の歌
決して「解けた！」と思わないで下さい。二つの凄惨な事件が、「31文字の謎」でリンクする！ 戦慄の《出版禁止シリーズ》。

国《こく》銅《どう》(上)

新潮文庫 は - 7 - 16

平成十八年三月一日発行
令和三年三月五日四刷

著者 帚《ははき》木《ぎ》蓬《ほう》生《せい》
発行者 佐藤隆信
発行所 株式会社新潮社

郵便番号 一六二―八七一一
東京都新宿区矢来町七一
電話 編集部(〇三)三二六六―五四四〇
読者係(〇三)三二六六―五一一一
http://www.shinchosha.co.jp

価格はカバーに表示してあります。

乱丁・落丁本は、ご面倒ですが小社読者係宛ご送付ください。送料小社負担にてお取替えいたします。

印刷・錦明印刷株式会社 製本・加藤製本株式会社

ISBN978-4-10-128816-1 C0193